L O C U S

LOCUS

LOCUS

LOCUS

to

fiction

to 136
可愛的仇人

作者：謝宜安
編輯：林盈志
封面設計：許慈力
繪圖：麻繩
內頁編排：江宜蔚
校對：呂佳真

出版者：大塊文化出版股份有限公司
105022 台北市松山區南京東路四段 25 號 11 樓
www.locuspublishing.com
locus@locuspublishing.com
讀者服務專線：0800-006689
電話：02-87123898　傳真：02-87123897
郵撥帳號：18955675　戶名：大塊文化出版股份有限公司
印務統籌：大製造股份有限公司
法律顧問：董安丹律師、顧慕堯律師

總經銷：大和書報圖書股份有限公司
新北市新莊區五工五路 2 號
電話：02-89902588　傳真：02-22901658

初版一刷：2024 年 8 月
定價：新台幣 380 元
ISBN：978-626-7483-43-5

可愛的仇人

謝宜安 著

目錄

推薦序

某些時候，虛構，就是唯一的真實。關於《可愛的仇人》

臥斧

預先將所有內容視為虛構。

——這或許是致予讀者諸君、在開始閱讀《可愛的仇人》前，最要緊的一句提醒。

因為本書首篇〈自序〉的第一句話「編這本書的契機」，已然告訴讀者「這本書是『我』編輯、編纂的」，再往下讀，讀者會發現「我」是個歷史研究學者，而本書接下來的各個篇章，除了最末的〈後記〉之外，都是「我」從不同文獻裡找到的資料。如此一來，讀者很容易認為《可愛的仇人》當中每個故事都是真實發生過的歷史事件，而身為全世界讀者裡第一批讀到這些故事、幾乎馬上會發現這些故事與臺灣歷史某段時期有關的臺灣讀者，或許更容易如此相信。

不。理解，或者享受這些故事的最佳姿態，是先將它們置於虛構之境。

請暫勿動氣，嘟囔「既是虛構，何須考據得如此煞有介事」之類抱怨，萌芽自西方的現代小說，原初就有「讓讀者以為這是真實事件」的設計。它不是宗教神話，不是民間傳奇，它講的事情就發生在讀者諸君熟悉的現實世界裡，但它是虛構的——英雄史詩裡頭的偉大旅程會變成凡夫俗子的生命掙扎，那些原本遙不可及的斬妖除魔會變成極度貼身的日常煩惱，或許是工作的狀況，或許是愛情的得失，或許是家庭成員之間的相處，或許是孤獨。讀者諸君因此更容易設身處地了解角色們的處境與心態，發出「也有人在這種情況下會這麼想啊」的共鳴，或者多一層「有人在這種情況下會那樣想啊」的發現。

是的。這種做法的重點不在於「欺騙讀者」；相反的，它其實是某種「協助」。

既是以現實世界為場景的虛構，講的就會是「發生在這個世界，但讀者還不知道的事」，經由創作者的敘事安排，協助讀者了解「在那樣的情境裡，某些人為什麼會做某些事」，一方面同理他者，一方面反思己身；而既是虛構，就有了在現實世界當中挪移時間或空間的能力，創作者可以把讀者領至不同地理位置的不同時點，協助讀者「真實」地感受那個時空場景的氛圍，觀察身處其中的角色如何思索，如何互動。史料考據愈是扎實，場景重構就愈具真實的分量——某個角度說來，在能夠穿越時間的「時光機器」尚未發明的現今，虛構的小說，即是最能夠讓人「重返歷史現場」的方式。

這就回到《可愛的仇人》一書值得一讀的原因。

暫且不論〈自序〉和〈後記〉，《可愛的仇人》一書當中的五個故事，核心都是

「愛情」——事實上，這個核心在書名上就已昭然若揭，一直以來，臺語歌詞當中以「可愛的冤仇人」指稱「愛人」的曲子不只一首，例如洪一峰作曲、葉俊麟作詞的〈男兒哀歌〉，陳明章作曲、郝志亮作詞的〈愛情路〉，更近一點的例如詞曲都由周韋杰創作的這首，直接就叫〈可愛的冤仇人〉。稱「愛人」為「仇人」本有種半嬌嗔半埋怨的親暱意涵，但在《可愛的仇人》中，「仇」字多了一層實質意義——五個故事裡萌生戀情的幾對男女之間，都有國籍、族群、社經階級等等不同框架橫亙，他／她們之間的「仇」，並不是愛人脾氣不佳、拿日常拌嘴當相處情趣那種等級的麻煩，而是更巨大的、難憑個人之力改變的問題。

當然，「跨越障礙」一直是愛情故事的主要題材之一。

兩人跨越了障礙便是真愛無敵，無法跨越障礙或者即使跨越障礙仍然因故無法廝守，便是命運殘酷、造化弄人。不過，《可愛的仇人》奇妙地顯出了另一個面向——那些障礙有時並不僅存在於「外」，也根植於「內」，它們會影響每個人的行事判準，那些判準不只考慮到自己，也考慮到對方；再者，它們更會內化成為每個人的一部分，也就是說，當相愛的兩造愛上彼此的剎那，同時也愛上了對方內裡被障礙所形塑的部分。《可愛的仇人》當中各篇主角，尤其是女性，在決定如何面對愛情時，考慮的都不僅僅是「這份愛能否跨越障礙」而已。

於是，書中的〈自序〉和〈後記〉便顯出其重要性。

〈自序〉裡提及一名被日軍所擄的臺灣原住民少女「阿台」，接下來的五篇故事裡，阿台都沒有正式出現，但讀者可以從一些隱微的枝節中窺見她的身影，發現這些故事裡的角色直接或間接與她有關，〈後記〉則為此做了補充。阿台是五個故事裡隱形的角色，卻是這五個故事收錄成一本書的真正主題，顯示身處於無法獨力撼動的框架障礙中，一個人在限制裡如何決定自己的人生樣貌，甚至發揮某種影響的可能。

至此，讀者諸君考究《可愛的仇人》一書是否「真實」，才有意義。

《可愛的仇人》有的故事以真實歷史人物為藍本發揮，例如〈白蟻〉，有的則是在真實歷史背景置入虛構角色，例如〈月夜愁〉。無論使用多少真實的歷史元素，它們都不存在於歷史紀錄，由創作者虛構而成；換個角度看，在《可愛的仇人》世界裡，這些愛情故事都切切實實地存在於與真實歷史相同的場景當中。這是以虛構重建歷史的作業，倘若讀者諸君詳加考據，就能發現許多過去不見得知道的歷史片段（例如一九一〇年的確有二十四名排灣族人被送到英國，成為倫敦「日英博覽會」的部分展出），或者發現創作者如何巧妙地填補了歷史紀錄的空隙；倘若讀者諸君不做這類額外的查考，也能夠跟隨這些故事回溯時光、親臨現場。

預先將所有內容視為虛構。

這句提醒並不代表從〈自序〉開始就表現得「不像小說」的《可愛的仇人》打定主意要欺騙讀者——如前所述，在歷史紀錄不可能巨細靡遺到個人每時每刻的心思轉變、在科技發展暫時無法實際讓人回到過去的現在，虛構的小說是重現歷史現場最佳的方式。創作者的考察愈詳盡，就愈能讀出可信的歷史氛圍，創作者對角色的掌控愈仔細，就愈能讀出那樣環境當中的種種人性。那些或許都沒發生過。但那些都是真的。

因為在某些時候，虛構，就是唯一的真實。

推薦序

底層的愛人能說話嗎——讀謝宜安《可愛的仇人》

朱宥勳

作為謝宜安的伴侶，《可愛的仇人》諸篇章，我幾乎都是頭幾位讀者。在這本書初具規模之時，我突然發現各篇之間有個共通點，於是順口問了一句：「為什麼你都不安排『圓滿』的結局？有好幾篇其實都是有機會『從此過著幸福快樂的日子』的呀！」

「我比較喜歡這種虐來虐去的愛情故事啊。」

「呃，」我背脊一涼，「我怎麼覺得自己的處境有點危險……。」

謝宜安聞言，丟給我一個微妙的笑容。

幸運的是，現實中的我們並沒有虐來虐去（應該沒有……吧？）。小說並不是現實的直接反射，而是以現實為基礎去加工，這是文學常識。但很多人不知道的是，一旦涉及「加工」，小說就不僅可以是現實的延長與補充，也可以是現實的對立與對反，「缺什麼就寫什麼」、「現實沒有什麼，我偏就要寫什麼」——我倆沒有相愛相殺，但《可愛的仇人》每篇小說卻都抓一把玻璃沙往角色心頭上撒，只是謝宜安此一傾向的例證之一。更重要的是，我們要理解這種傾向，才能理解《可愛的仇人》這一短篇連作集，從形式到內容的種種設計。

《可愛的仇人》以五個短篇小說組成，每一篇都能各自獨立。然而，在各篇之間，有三條線索串聯了這些小說：第一、一名來自現代的「編者」，她撰寫每一篇文章的前言，並以仿真的學術筆調，將它們虛構成某種「真實的歷史文獻」。第二、這批文獻都會閃現史實之中，「牡丹社事件」裡被擄走的原住民少女「阿台」的蹤跡。第三、各篇人物之間常有勾連，比如〈白蟻〉的「阿丸」便為〈來自蕃地〉的主角執筆；〈新婦秘話〉的杏雨便是〈查大人〉的作者。

這些設計馬上會引出一個問題：為什麼要「以假亂真」，假裝這些小說都是「有所本」且共享同一世界觀的「文獻」？難道不能單純說故事就好了嗎？

當然可以單純說故事。但如果沒有這層設計，這本書所隱藏的「第六篇小說」，就沒辦法浮顯出來了。

第六篇小說，就是原住民少女「阿台」的故事。

從表面來看，《可愛的仇人》是五組沾親帶故的戀愛故事。這五組戀愛故事所共享的「世界觀」，是九九％都跟史實上相同的日治時期臺灣；而關鍵的一％差異，就是「阿台在這條世界線上還活著」。如同本書〈自序〉（當然也是虛構的）之結尾所暗示的：「作為這本書的編者，我想我透過搜集這些文獻，而終於發現了一道光，能照進阿台所跌落的縫隙。」史料裡被日本人俘虜、「教化」、放回的阿台，最終在族人異樣的眼光下精神失常、上吊自殺，幾乎可說是臺版的「胡若望」式悲劇。但謝宜安動用小說家的特權，將阿台召喚到《可愛的仇人》裡。在這裡，阿台沒有被人遺忘，一直閃現在人們的記憶裡，〈查大人〉的清次家族和〈月夜愁〉的理玖都曾有聽聞；阿台不但沒死，還能以其語言和文化知識，幫助〈來自蕃地〉的女主角djalan面對殖民者。

於是，「阿台」這名歷史人物，便被謝宜安以「反事實的後設小說」設計，封存在小說裡，就像DNA封存在琥珀裡那樣。若關注近年臺灣小說的讀者，對此應不陌生：黃崇凱的《新寶島》、蔡易澄的《福島漂流記》和拙作《以下證言將被全面否認》，都使用了類似的手法。這波「反事實的後設小說」與一九八〇年代，臺灣曾經流行過的後設小說浪潮，在主題關懷上完全相反。當時，這種手法被拿來演繹「一切歷史敘述都不可信」的後現代信條；於今，這種手法卻成為「能否建構另一種歷史可能性」的探索。並且，這些小說都會刻意模糊真實與虛構、文獻與小說的界線，那當然是灌注了「希望這些可能性為真」的柔和期待。如果前代後設小說的態度是「什麼都是假的」，今日作者的態度就是「在硬邦邦的真實之外，我們能否許願一個更好的歷史版本」。

——比如說，阿台可不可以有好一點的結局？

就此而言，謝宜安雖然在愛情方面虐人不倦，但在歷史方面卻另有一種脈脈溫情。而《可愛的仇人》與當代其他「反事實的後設小說」最大的差別，正是她帶入了「愛情小說」的類型元素。相較於傳統的後設小說與歷史小說，愛情小說更能以女性視角出發，關照女性的命運波折。因此，《可愛的仇人》不只是重塑了阿台，每一篇小說其實都重塑了在史料中鮮有記載，但聰慧靈巧、有自尊與力量的女性角色：〈白蟻〉讓日本人難辨你我、〈來自蕃地〉在倫敦頂著眾人目光逛百貨公司、〈新婦秘話〉在封建暗影裡自學成才、〈查大人〉有能力使好警察「墮落」、〈月夜愁〉承載慘痛過去卻能頑強面對生活……這每一位女性角色，都是值得載入史冊，刷新男性視角之傳統史觀的人物。歷史上有沒有這樣的人呢？不管有或沒有，我們現有的歷史紀錄顯然都沒有關注她們。但在《可愛的仇人》這本「文獻選集」裡，她們能以凜然正史的姿態，活在各自的篇章裡。

這是謝宜安透過小說許下的終極大願：臺灣史上的女性們，能不能有不一樣的身影？不被殖民者掩蓋，也不被反抗殖民者的男人們掩蓋，而是能發出自己的聲音，在生命最重要的關口裡，對意亂情迷、騎白馬來拯救自己的男主角說：不。我們到此為止吧。

能說「不」的主體，才是能挺立的主體。

即便這聲「不」的代價如此之大，要與愛人此後兩別，要墮入慘澹的後半生。但謝宜安還是讓她的女主角們勇毅地說出口了。在歷史上，女性能和男性「虐來虐去」，把局面扳得有來有回，是多麼難得的一件事。難得到必須以「反事實」來顯影。

不過，別看我花那麼多力氣解說謝宜安的形式設計，事實上，在小說品味上，她有著非常「傳統」的一面——她相信小說的本職學能是「講一個曲折且引動讀者情緒的好故事」。種種史料剪裁、元素鋪排，都是在這個前提之下進行的。綜觀《可愛的仇人》，我們大致可以發現共通的敘事模式：前三分之一悠然進入故事，暗中埋下線索（比如〈白蟻〉的女主角為何有點「無知」？〈來自蕃地〉的女主角，又為什麼可以靠公學校學來的零星單字，聽懂日本人在說什麼？）；中間三分之一帶入男女主角各自的動機，將衝突推高（比如〈查大人〉裡頭警察心態的轉變、〈新婦秘話〉裡陰陽怪氣的家庭）；後三分之一引爆所有伏筆，釀成無可挽回的遺憾（這無需舉例了吧——正是「虐來虐去」的部分）。

從這個角度來看，《可愛的仇人》雖以臺灣史為背景，但實際上是不需要什麼臺灣史門檻，也能充分享受的愛情小說。其中我認為最豐富嚴密的，當屬〈來自蕃地〉。從舊社的禁忌到踏上倫敦日英博的「舞台」；從人類學家的私情，到殖民體制的無法顛覆；同是族人，對於「新時代」卻都有各自不同的反應……在不算長的篇幅裡，竟安排了非常高強度的辯證結構，構思十分精奇。我尤其喜歡「逛百貨公司買鞋」一段，在djalan是為自己而買，但連最愛護她的人類學家，都誤以為此舉是「追求文明」，兩造之隔值得玩味。尤其「djalan」的名字意為「道路」，女主角不但如長輩所預言的「走得很遠」，此一意象與「逛百貨公司買鞋」互相呼應，更是餘味深長。

最後，讀者若有餘力，非常推薦讀者對照本書所涉及的典故。當然，不知道這些典故也不影響閱讀，但若能連點成線，想必能有更大的樂趣與啟發。舉其大者，至少就有以下歷史線索：〈白蟻〉顯然以建築名家井手薰為本、〈來自蕃地〉有人類學家森丑之助的身影、〈新婦秘話〉有「義愛公」的蹤跡，更別說全書屢屢提起的「阿台」。而在文學典故方面，〈新婦秘話〉與佐藤春夫的〈女誡扇綺譚〉、〈查大人〉致敬賴和的名篇、〈月夜愁〉與陳千武的〈獵女犯〉，都有可以併讀的對話關係。最核心的，當然是書名《可愛的仇人》了——這一篇名來自日治時期最暢銷的通俗小說，徐坤泉的《可愛的仇人》，原作是一部拍成鄉土劇連播一百集都不會有違和感的愛情倫理（？）悲喜劇。謝宜安挪用了「雖然可愛、但卻像是仇人般無法和解」的結構，在每一篇小說反覆試煉男女主角在性別、族群、殖民體制之間難以逾越的深淵。正因為愛人如此可愛，才反襯了這些社會建制如何森嚴，能讓彼此最終無法不「仇」。

當我們徹底理解謝宜安布置的所有線索，我們才會清楚看到，這本小說集實際上是問了一個史碧娃克式的命題：「底層的愛人能說話嗎？」《可愛的仇人》就是謝宜安的自問自答：為了那些可能愛人也可能被愛，卻在臺灣史上悄然無聲的女性們——她們沒有機會說出來、被記錄下來的話，將透過小說家的想像與虛構，發出令人難以忽視的聲音。來吧，讓人們相虐相仇，讓人們因為有所冤仇，因而永遠記住她們的面容。

推薦語

為愛諷刺的「冒充歷險記」

張亦絢

我願為妳再冒充：「冒充」耐人尋味。從古老經典的「莊子試妻」（暫擱置沙文的面向）、《假如我是真的》，與海史密斯的「雷普利系列」——冒充，挑戰的可能是壓迫性建制，也可能是個人對自我為何的不安——貫串《可愛的仇人》中的「冒充」，令人興味盎然。它並不借助對「冒充」功能性的單一想像，也跳脫道德論。只要「我可能是誰」存在，「我是誰」就既可能被否決，也可能被擴充、放大或多孔隙化——實在好看得不得了。

本真性的再商榷：背景都在日治——或更早——種族與性別，諸種差別待遇「偽成正道」興盛之時，藩籬被認為顛不可破。如同制服——每個人都被分派了固定角色。但在故事裡，制服都不制服了，被反穿、被（服儀）不整、被輕解……。抵達此處，並不稀奇，而是宜安逗留的方式，那裡有一種對時間政治的純正實踐，即便對今日以為存在的各種本真性，也進行了叩問。

不同女人的浪漫：賦予女人的浪漫，新的詮釋——羅曼史最新變種，浴火重生啦（笑）。

帶來深度的互文：互文或多文本交錯的顯隱效應，讀了過癮，也恰到好處。

輕柔老練的諷刺：最扎實的，是作者上乘的諷刺功力——它並不只顯示在文筆上，還包括了取材——這不只令人讚嘆，還令閱讀的每一分鐘，都是享受。

可愛的仇人

《東京日日新聞》七二六號臺灣牡丹社事件木版印浮世繪。

（國立臺灣歷史博物館提供）

自序：第一個阿台的故事

編這本書的契機，要從多年前說起。

十幾年前，我去美術館看了「新聞錦繪」的展覽。新聞錦繪如同現在的新聞照片，但在缺乏照片的年代，報紙的彩色插圖須由畫師繪製。錦繪中，一名由士兵穿上和服的少女，吸引了我的目光。那時一睹，彷彿我親見過她。因此，我開始了解她的人生。

距今比一百年前更久遠的以前，一艘由宮古島前往琉球的貢船漂流至臺灣瑯嶠，五十四名宮古島人遭到瑯嶠高士佛社人殺害。為此，數千日軍初次踏上了臺灣這塊土地，帶著火砲與精良兵器，與牡丹社群間展開一場戰爭。琉球國在戰爭不久後，正式被日本併吞，而經過二十年後，臺灣也被納入日本版圖。當年參與戰爭的許多人，再度來到臺灣，成為總督、成為官員。牡丹社事件，是後來許多事的起點。

在這左右國際局勢的大事中，有位一度被遺忘的小人物，她是阿台（オタイ）。

原諒我只能如此呼喚她。那本來不該是她的名字，如果她在六月二日的傍晚，沒有因為來不及逃走而被日軍抓到。

那一天，日軍行至女仍社。女仍社多數人都因為聽聞行軍的喇叭聲，而先行逃走了。走得太匆忙，日軍進入女仍社時，糯米飯還在鍋中，成了來自五百里外疲憊敵人的晚餐。日軍在沿途搜索時，發現了落單的一名老婦與少女。

老婦據說是少女的祖母，不久後便藉機脫逃，只剩少女一人，被帶回日軍在車城的營地。根據當時隨軍醫師落合藏太的紀錄，少女被捕時狂亂地哭泣著。隨軍記者岸田吟香則言，她的眼睛受傷、腳也跛了。身處在車城，卻無法與車城的漢人通一字。記者冷靜記錄，因為少女是蕃人，車城人是支那人，因此語言不通如外國人。

在日人眼中，少女只有十二、三歲。後世學者推測，排灣族人身形嬌小，少女或許年齡有十四——無論如何，我都相當不能釋懷。她才那麼小，因突如其來的騷動逃走不及、被一群來自異國的男人抓住，被帶離久居的故鄉。唯一可依靠的親人卻在此時逃離，在這絕望的境地中，她卻因為語言不通，沒有機會了解發生了什麼事——這樣的慌亂，又豈是單單哭泣可以表達的？但在日本人的紀錄中，卻總說著她的痴蠢、不明事理。說她如餓狼一般貪心的吃著食物，面對問題眼神茫然不應。甚至說她「蠢如豬」，簡直是視她為野蠻與愚昧的化身——非人，而是如豬、猴一般的動物。

那不然又要如何說明呢。

在隔日，她被拍了一張照片——照片中一隻大手壓著她的頭，防止她亂動，當時的濕版寫真需要被拍攝者靜止十秒，但阿台顯然是沒有機會理解這件事的，因此有了那隻大手。大手下，阿台的眉間緊蹙，表情相當不安。那也是當然的——那是安靜的暴力啊。或許她不懂拍照，但這點，她是懂的。

面對假文明以行的野蠻舉止，她再透徹，也只能被視為野蠻之人。這張照片如今成為她最真切的身影，向我們證明著她曾經活過。但在照片被發現以前，她為人知曉的即是我所見到的一段軼事。因為太像隱喻，一度讓人懷疑，她未曾真實存在。

那張錦繪來自《東京日日新聞》。錦繪中，兩三士兵包圍住阿台，為阿台換上都督贈與的白底浴衣，繫上鮮紅色的腰帶。阿台神情慵懶，亦無抗拒。記者岸田吟香寫道，換上和服的少女，看起來就像日本少女一樣。這令離家許久的士兵們湧起了思鄉之情。

我當時初見時，訝異於兩個大男人為少女著裝的反差。知道始末後，則深深感到不公平。

所以，你們是知道「她也是人」的嘛。

就是因為阿台被當成奇珍異獸、被視為難得的蕃人標本，她才會遭遇獵奇眼光、才會被壓著頭拍照、才會被說是猿猴與小豬——但是當她因穿上和服而化身日本少女，她居然能勾起日本士兵的感傷？

這實在太殘酷、太不公平了。

報導與錦繪所透露，似乎對於粗蠢的蕃人少女，能因一襲服裝而改變的戲劇性嘖嘖稱奇，原來野蠻與文明不過一衣之隔。在我看來，這簡直是壓榨她最後一絲身為少女的價值。她只在這種感傷時刻，被短暫的想像做日本少女——但她終究不是。假使她是，他們絕不會那樣野蠻的對待她，絕不會對她的哭泣視而不見。

他們欠她的。

而我想把她應得到的那份同情，補償給她……。

阿台的故事，並沒有在換裝的戲劇性時刻畫下句點，那反而成了一個開端。不知道是否受到換裝所啟發，日本人們興起了「不如試著將阿台徹底改造為少女」的念頭。阿台被送上前往日本的船。蕃地事務局為怕阿台中途病逝，多準備了六張照片，以保存阿台的形貌——所以在他們眼中，照片可以作為一個鮮活生命的替代品？就算阿台死了，只要留下照片，也勉強可行……？果然阿台只是標本啊。她與照片，一個是會動的標本，一個是靜止的標本。

蕃地事務局會有此考量，顯然阿台當時病得不輕。但預備照片一事，就是他們對於「阿台病死」這一可能性所做的補救——不是暫緩出發，讓她好好靜養，也不是讓她到日本接受更好的醫療照顧，而是，先想到她死了之後，起碼有照片。

在前往日本的船上，阿台不時啼泣。抵達日本後，原本只是作為「蕃人活物標本」

的她，被賦予了遠大的任務。年輕的日本帝國企圖試驗，「野蠻」人種是否能用文明予以教化，阿台的肉身便成試驗場。當時臺灣還非日本殖民地，但日本已經先想到這一重。歷史冥冥中似有定數，二十年後日本統治臺灣，面對蕃人，他們依然思考起「野蠻是否能教化」的命題。

阿台被賦予的教育方針，是將她改造成受皇國美風薰陶的婦人。因此讓她習日語、學裁縫，並延請名儒佐佐木支陰教她習字讀書。阿台逐漸學會一些日語，面對來客考她四肢五官之名，她只錯了一處。客人說起私密部位，她亦知恥。日人認為阿台已從粗蠢蕃人，轉變為知天道人倫之人。經過五個月的教育後，日本與清朝間協議停戰。回到臺灣的阿台，去見了牡丹社出兵的統帥西鄉從道，在西鄉面前寫下「東京」、「オタイ」（阿台）等語。這時的她著東京新樣和服，儼然少女模樣，面對日人喚她以「オタイ」之名，她亦回答「はい」（是），也能招呼問候人。西鄉從道致牡丹社的告諭文內總結，阿台天性純良，輔以教育而有成績，若未來要令其曉人倫全天性，則經年可待。

簡言之，蕃人可以教化。

以今日視之，當然覺得日人所謂的「教化」極其表面。不過是招呼與言語，然而那些表面之物，卻致命地決定了一個人，是否能被當成「人」而加以對待。

經過數個月的學習，阿台拚來了一個「人」的尊榮，但在一八七四年的夏秋過去、她回到部落後，她不再需要這些。從日本人那裡習來的「文明」，反而成了累贅，以部落的角度而言，那是另一種「野蠻」——阿台後身淒涼。日本人不關心阿台的下落，牡丹社知識分子巴基洛克先生調查了出來：阿台早逝。她回到部落後，身著和服、已染日式習俗，與部落格格不入，令族人擔憂她會導致「墮落」。阿台為了躲避部落人群，晝伏夜出，精神逐漸失常。一日，阿台失蹤，族人沿途找尋後，在河川下游的一棵大榕樹上，發現了上吊的她。阿台年不過十六。

從阿台日後遭到的排斥，可以說，日本人教化得十分成功吧？

但是這份成功，卻是以摧毀阿台的人生為代價。

死在青春的阿台沒有結婚。據學者推論，可能是因為，阿台離開部落與日人共處，情節等同失貞於外人，因此被部落排斥。日本人以「阿台面對私處提問而臉紅拒答」，為「阿台知天道人倫」的證明——但在部落，倫理規範另有一種。阿台被擄走五個月，即是違反了這一種。而阿台習得的日語，在日本國境內是一種文化資本，回到部落，卻成了墮落的象徵。

第一次讀到阿台的結局時，我渾身戰慄，指尖冰冷。

我曾見過她的那張照片，與照片裡，她憂慮而清澈的眼神四目相對……無論如何我難以想像，她的身子癱軟地垂在清晨的透明陽光下，眼皮輕掩。同樣一雙眼睛，這時已沒有一絲生命的光亮。

我不敢想，她心中是否曾有一瞬間，想著：「要是這一切沒發生就好了……」

要是六月二號那一天，她沒有因為跛腳而在中途停下、沒有被抵達女仍社的日軍抓到。然而歷史無法復返，只是，是否曾有人道歉？日籍研究者在論文中指出：「對於阿台的悲劇，日本應該負起責任。」而事到如今，阿台已逝，她也沒有後代可以被道歉……阿台的悲劇殘存下來的形式，甚至不是一種可被補償的遺憾——留下來的，是比遺憾更殘酷的形式，宛如詛咒。

巴基洛克先生調查到了阿台所屬的家族，也查到了阿台的本名。她出身於pasedjam家，名字叫做Vayaiung（娃亞蘊）。娃亞蘊父母雙亡，與祖母相依為命，那天一起被擒的，即是她的祖母。娃亞蘊死後，她的名字成了禁忌，因為按照族人習俗，要是曾有名字的使用者發生不幸，名字便不會被繼承。在巴基洛克先生之外，作家平野久美子提出了另一個可能性：娃亞蘊並非阿台真正的名字，因為她聽聞，「娃亞蘊」在排灣族裡意為「品行不良的女性」。因此推測，這可能是阿台回到部落後，族人為她起的名號。

因此，「阿台」（オタイ）無法代表她，因為「オタイ」指向的是造成她畢生陰影的一段歲月；但是「娃亞蘊」——無論是否為她的本名——如今都已成為禁忌。悲劇留下的並非遺憾，而是詛咒。

不只生無可挽回，死亦無所救贖。這不是太悲傷了嗎。明明她經歷了那麼獨特而非凡的命運，以我們歷史研究者的角度而言，那可是值得一再停留目光的一段驚人事蹟，令我們百年後仍眷戀回返——她給予我們的如此之多，但是我們卻無法為她做任何事，無法修改她遺留下來的，已成禁忌的餘音。她就這麼掉進了文化之間的縫隙，成為遺留在縫隙間的人。一想到這件事，我便坐立難安。

說要把她應得的同情還給她……那也只是我的一廂情願罷了。唯有如此，我才能稍稍釋然。

說要改變她的結尾，終究過於狂妄。我懷抱的想法只是，或許，曾經存在另一種可能性，只是我們現在受限於文獻的欠缺與耆老的消逝，而無能得知。但在悠悠時空中，在無限世界當中的某一個世界，那個可能性幽微的存在著。也許透過我搜集的這些文獻，我們可以抵達那個可能性。

阿台，那是妳的名字。對於日本人來說，是「臺灣小姐」之意。妳被迫接受「文明」的洗禮，而在突如其來的離開發生之時，跌回無人可承接的深淵之中。此名起得無心插柳，但是妳活生生的人生，以我們如今的後見之明視之，竟弔詭地成了後來殖民地的隱喻。七十年後臺灣再度離開日本帝國、回到「祖國」懷抱。那一代人或許可以多少懂得，妳來不及留下的那些嘆息吧？那時妳如果活著，應該是八十五歲吧？或許白髮的妳，可以驕傲地說「我早就知道了」——就算不是八十五歲，在一八九五年時，妳三十五歲，妳還來得及告訴族人，接下來將發生什麼事，他們要面對的是怎樣一群人。只可惜，這些都沒有發生。

只是妳走得太過前面，那時還沒有任何一個人，來得及理解發生在妳身上的大事。妳因此極為孤獨。但那並非妳的錯，妳留下的，不應該是個禁忌的名字。

作為這本書的編者，我想我透過搜集這些文獻，而終於發現了一道光，能照進阿台所跌落的縫隙。我把這些獻給你，希望你也能藉由這道光，而看見她一度消失的身影。

參考資料

山本芳美：〈因為發現照片而逐漸深入的オタイ研究〉

valjiuk-mavaliu（華阿財）：〈戰役下的少女オタイ之謎——牡丹社事件之軼事〉

山本芳美：〈パイワン少女オタイからみる「牡丹社事件」〉

平野久美子：《牡丹社事件 靈魂的去向》

周婉窈：〈從琉球人船難受害到牡丹社事件：「新」材料與多元詮釋的可能〉

白蟻

【譯者註】

這是在中井惠的遺物中發現的一份手稿。研究日治建築史的同仁M在整理日記時發現這份手稿，分享給我。此份手稿並不載於日記之中，為一份獨立的手稿。開頭題為「蟻害」，又題「記總督府廳舍之興建」。今將之譯出，作為研究之用。

觀其內容，應是中井惠根據總督府廳舍興建過程中的個人經歷寫成的紀錄。開頭提及撰文時間為「西鄉都督遺跡紀念碑」（位於今恆春牡丹鄉）除幕之後，其除幕式為一九三六年三月十五日，因此文稿應成於一九三六年。文中時序主要落在一九一〇～一九一五，為中井初來臺的時間。手稿收於信封之中，信封中尚有一張總督府廳舍落成時刊印的明信片。

中井惠（一八七九～一九四四）：岐阜人，建築家。畢業於東京帝國大學建築學科，畢業後進入「辰野葛西事務所」，師從建築名家辰野金吾。於一九一〇年因協助總督府廳舍建造來臺。中井惠任職殖民地期間，設計眾多重要建築，為臺灣最重要的建築家之一。手稿內提及的事蹟，部分與惠的生平有所出入，也與眾人對惠的印象不符，頗難判定其真假。或許是惠以自身經歷為靈感，所創作的小說也說不定。然而惠並沒有小說創作的經歷。假使手稿所述為真，故事中的孩子應生於一九一五，今日或許已不在人世。然而惠參與建造的總督府，至今仍作為總統府而屹立不搖。

陽光照耀在丘陵上。此處居高臨下，從這裡看去，鄉間景色一覽無遺：平房在山間散落著，山被溪谷環繞，溪谷後是更陡峭的山壁。在六十年前，這一帶曾經發生過戰爭。

那是在高雄州恆春郡石門一帶的風景。由我設計建造的紀念碑，在數日前的三月十五日舉行除幕式。紀念碑位在高聳的山頭，視野非常好，好到讓人心痛的程度。我原本打算把紀念碑的落成，視為我個人心事的終點。然而直至今日，我依然將心事懸於心頭。我以為二十年的光陰，可以讓我在心中消化一切。沒想到，時間只是把思念淘洗得更加純粹。

這一份手記是應當作廢的。但是唯有寫下來，我才可以從記憶中逃離，獲得解脫。這份手記全是為了我個人，在此時此刻的自由而存在的。除此之外，它不應該、也不可能產生其他意義。

假使你是不幸看到的讀者，請你當作我的幻夢。並且在讀畢之時，將之燒毀。

✦

殖民地臺灣是個什麼樣子的地方呢？在前往那裡之前，我不禁抱持著幻想，思考了這個問題。我與前輩們擁有一樣的經歷：自帝大卒業，接著進入恩師辰野先生的建築事務所，再接下來，我們之中有些人選擇前往臺灣，成為建設新天地的技師。

或許不是我們選擇了殖民地，而是殖民地選擇了我們。進入恩師事務所的那一年，正巧碰上風華絕代的殖民地總督府廳舍競圖。競圖比賽，那是內地幾次討論著想實施、卻未能舉辦的選拔。沒想到居然在殖民地臺灣成功舉辦了，多麼不可思議——而且競圖的設計目標，還是最高權力中心總督府。

讓自己設計的建築，落實為總督府，成為臺灣的象徵——作為建築家，這應該是無上的驕傲吧？若能成功自競圖中勝出，必然名留歷史。即便我當時正在服役，也不禁怦然心動。我其實無暇準備，但光是見證這個盛會，也能為自己生在此時此刻，而感到光榮不已。報紙上張貼著應募的廣告，聚會上人人熱議著這次懸賞競圖。建築學會也發了一冊《應募者心得》，我還是索取了一份。《應募者心得》裡有預定敷地的規模與附近的市街圖，甚至有敷地的地層斷面圖，資料十分詳細。

這裡就是那塊兵家必爭之地嗎？就在這塊土地上，將建起足以傲視全島的宏偉建築？

我未曾到過臺灣，但拿著這份文件，我卻好像已經深入瞭解了這塊土地。我把《應募者心得》翻了好幾次，只要想到這是全日本最優秀的建築師競爭的場合，我就打從心底興奮的顫抖。可惜我退役的時間太晚，一個月後即是截止日。只能看著前輩在華麗的舞台上競逐。

審查時程很長。隔年公開的第一次審查結果，在帝大期間即頗負盛名的森山前輩入選了。森山前輩也是恩師的學生，同時是我非常尊敬的建築家。他彼時任職於總督府，恩師在第二次審查時去到臺灣，期間接受森山前輩接待，也參觀了森山前輩的作品。

「唧筒室真是美麗，能喝從那裡流出來的水，會讓人覺得心情愉悅吧。」

「松崎設計的鐵道飯店，不愧為殖民地飯店的代表。殖民地的執行效率也很驚人，應該要三年完成的建築，居然在十四個月就完成了。那樣美麗的建築，真是不簡單。」

恩師說著這樣的話。恩師甚至這麼對我說：「惠，森山真是去了個好地方啊。當初我向後藤長官大力推薦，真是沒有推薦錯。那裡一定是你們可以大展身手的舞台。」

森山先生是耀眼的星，出身貴族，是眾人皆知的才子。然而森山前輩也是知名的紈綺子弟，知名的不務正業，恩師數度表達過擔心——理解到這些，就會明白恩師的欣慰是多麼貴重。

不久後，決選結果公布——入圍的森山前輩未能中選。甲賞從缺，最高名次是長野宇平治先生所得的乙賞。然而長野先生的設計，總督府也並未完全滿意。總督府土木局決定根據長野先生的設計圖修改。土木局任命的工事主任，即是森山前輩。

「落選者卻成了工事主任」——這自然引起了尷尬的爭議。然而若說我來臺之由，實際上得益於此一爭議。恩師推薦我前去協助森山前輩。我因此來到了臺灣。

✦

恩師說，多數設計者皆未考量到殖民地的風土，因此設計出許多不適合亞熱帶的建築。他們讀了《應募者心得》，仍然對風土的差異視若無睹。

我的故鄉岐阜與臺灣一樣，同是群山昂立之地。然而岐阜山中非常寒冷，臺灣的平地則非常炎熱。來到臺灣的人們總說，那種炎熱，是讓人昏昏欲睡、什麼事都做不了的、無可救藥的炎熱。我不禁對這說法感到可笑，建築尚有增加陽台等對抗炎熱的方式，人類總不可能束手無策吧？

我在九月來到臺灣。對於臺灣的第一印象並非炎熱。

而是令人吃不消的宴會。

就職有歡迎會，離開有歡送會，過年有新年會，活動結束有慰勞會，還有各種慶祝會、發表會、晚餐會……我初抵達臺灣時不懂得拒絕，胡亂答應了一串，接著就是無休無止的宴席。我在宴會上碰到了村上君，村上君是我在第一高等學校的同學，沒想到如今會在臺灣遇到。村上君對這類宴會很感興趣，不停帶著我在社交場合上認識人，一下是某某長官與其夫人，接著又是某某企業家及其夫人，還有眾多的官員與夫人們……村上君身材高䠷又健談，夫人們都很喜歡他。然而幾場宴會下來，我已經暈頭轉向，不敢保證自己記得多少人。

我向村上君轉達推辭，以後若非必要，我實在想結束這令人疲憊的宴會，好好讀點自己想讀的書。

「必要啊！這次真的是必要的啊！」村上君說。

要是按照村上君的標準，每次宴會都有萬不得已要去的獨特理由。但實際上，我這種初來乍到的普通官員，又不是課長一級的，哪有什麼非得去應酬的社交場合。

「你在說什麼，你不是出身良好的世家子弟，大名鼎鼎的和歌詩人之後嗎？」

「又在開我玩笑了。」

「好啦，這次在總督官邸舉辦的天皇誕辰慶祝，層級很高呀！」

我無法成功拒絕村上君，還是去了。一部分原因，是想看由福田東吾所設計的總督官邸。那座官邸因為兒玉總督堅持的華麗氣派，消耗過多國庫而引起民怨。

宴會於傍晚入場，天空上還瀰漫著豔麗的彩霞，明亮的燈泡就已點亮。燈泡多到讓人眼花撩亂，會場甚至比白晝更明亮。官邸裡種植著熱帶植物與鮮花，在燈泡的照射下，呈現異於陽光下的鮮亮色彩，夢幻得不像是真的。就在如夢似幻的白光之間，立著石灰色的總督官邸——那確實是極其富麗堂皇的建築，美得令人屏息。若是由我這樣的建築師來說，我會認為即便背負罪名，也是值得的。

賓客陸續入座，座席前方有為此次盛會特別搭建的舞台。夫人們的和服非常美麗，也都帶著閃爍動人的飾品。殖民地俸祿高，想必是造成她們如此奢華的原因。

村上君大概是注意到我的視線停留在女人身上，在我旁邊起鬨似的說：「今天有藝妓喔。」我知道他只是故意大驚小怪，畢竟我也去過料亭許多次，早就不覺得新鮮。只是據說殖民地官員比在內地時更加放蕩，夫人們也管不到。村上君先前就曾告訴過我，兒玉總督還曾經在總督官邸與相熟的藝妓共寢，連衣物都被小偷偷走。

「連總督都這樣，其他人就不用說了！」

煙火結束後就是藝妓的表演。藝妓穿著華美的和服登場，手持扇子跳著舞，優雅得令人陶醉。場上的氣氛應該要隨著藝妓的登場來到高潮，實際上卻非如此，空氣宛若凍結，氣氛十分詭異。

「……天啊，這太巧了吧……」村上君如此喃喃自語。我轉頭正想問他，他抬起下巴，指向右前方的座位。眾人的目光集中在一對夫婦身上。

那對夫婦我認得，是高官武田局長及其夫人。武田夫人是位美人，也在婦人會中擔任要角。如今武田局長一副若無其事的樣子，他身邊的武田夫人則別過臉去，看得出來她身子正在顫抖。

這個尷尬的狀況並沒有持續多久，武田夫人隔壁的女子打翻了酒杯，這突然發生的莽撞之舉轉移了人們的注意力，武田夫人趕緊拿出手帕擦拭，幫女子稍作整理。雖然乍看是女子做錯事，但所有人都知道，這是為了給武田夫人台階下。為女子擦拭時，武田夫人緊張的神情減緩不少。接著，女子便請武田夫人帶著她離席。

那個舉止救了武田夫人，女子的心思既勇敢又細膩。不禁讓人覺得，她應該是出身良好的貴夫人吧？

即便只關注片刻，有一事仍難令人忘懷：她美得令人移不開目光。

宴會結束後，我才從村上君那裡得知了事情的真相——武田夫人之所以如此尷尬，是因為登場的那名藝妓紗子，實際上是武田局長的相好。

這是社交圈人盡皆知的傳聞。據說一次，夜間有要事要找武田局長。武田官邸內外找遍了，卻未見武田局長。武田夫人這時才艱難地透露，武田局長在某某樓休息。那天睡在武田局長身邊的，就是紗子。

達官貴人有藝妓相好並不稀奇，盛大宴會邀請藝妓來表演也不稀奇。但是沒想到，會發生如此令人尷尬的巧合。

「武田夫人當下怎麼強裝鎮定，應該也難掩內心波瀾吧！而且全場的人都注目著，那多麼尷尬啊！其中不知有多少惡趣味的人，想看武田夫人出醜的樣子！」村上君平常態度輕浮，在這時候，也不禁為武田夫人打抱不平。

「原來如此。」我可以懂武田夫人舉止的異常……但武田局長若無其事的態度，我則無法理解。

「那名帶武田夫人離去的女子又是？」

「那是和島課長夫人，和島永久子。真是幸好有和島夫人，才沒讓那些壞心眼的人們得逞。」

「原來她叫和島永久子啊……」

村上君笑了一下，又恢復平日的輕浮：「是個美人吧？和島課長真有福氣。」

我糾正他：「是個有教養的貴婦人。」但我說這句話時，卻不敢看他。

村上君看穿我的窘迫，笑得更開心了。

「和島課長真是少數的清流。據說他婚前也是會出入風月場的。但婚後就完全成了好丈夫。他為人謙和又善良，實在很值得尊敬。與和島夫人很匹配呢。要是人人都像他們那樣就好了。」

村上君不只一次跟我說過，殖民地的官員有多麼墮落。舉凡總督到下級官員，都熱衷於花天酒地。幾乎每次警察臨檢時，都會臨檢到流連煙花的官員，有時候還會遇到自己的上級長官。當時情況之尷尬，應該不亞於今晚。

「像今天這起尷尬的事，應該要歸咎於武田局長的行徑。然而卻是由他的妻子來承擔恥辱，真是太不堪了。」

我不禁責備起武田局長。村上君並未否認，只是沉默良久，才終於開口。

「……其實啊，我聽說，武田長官在內地時可不是這樣。他是很潔身自愛的一個人。沒想到來到殖民地，就變了樣。」

「咦……？」

「我不知道是什麼原因，我甚至不知道這傳言是不是真的。但是原本品行優良的日本人，來到臺灣就變得放肆，也不是只有武田局長一位。」

村上君這麼說，不禁讓我想到，村上君以前也是正直而有氣節的人。如今這些都變成他隱藏的一面了。或許，正是因為村上君看得太透徹明白，知道再努力也做不了什麼，所以才變成了如今的樣子。

「來到殖民地，所有人都變了樣啊……所有人都變成了另一個人。」

村上君坐在我宿舍的榻榻米上，他的酒杯已經空了，仍是把酒杯遞到嘴邊，假裝喝酒的樣子。他看起來已經非常熟悉這種假裝了。

來到殖民地，人會變成另一個人。

我並不想相信這件事，但是村上君輕啜著已空的酒杯，若有所思的神情，卻使這句話，真實得不容質疑。

家。

✦

無論村上君怎麼說，我都無法徹底對臺灣灰心喪志。我想這是因為，我是一位建築

長野宇平治先生得到乙賞後十分不平，他向佐久間總督提出抗議，結果卻被回以「不得提出抗議」。長野先生甚至為此與恩師起了衝突，他主張：「無論如何，有競爭就該有第一名！」使得恩師相當不悅。

長野先生如此憤恨，固然有個人因素。但我也不禁想到，他曾經花費至少數個月的時間，想像著新總督府的樣子，伏案一筆一畫繪製出如今的設計圖，每一張都是無數心血……不只是他，森山前輩也是如此，參與競選的片岡先生、櫻井先生……所有人都是如此。這樣想，或許會被笑思慮不周吧，然而我仍忍不住單純的覺得，足以令如此眾多的精英建築家為此傾注心神，殖民地臺灣絕不會是次等之地。

更何況，我在來到臺灣後，因公或因私地，前往多處建築見學。鐵道飯店果然如恩師所言一般，是足以令人驚嘆的奇蹟。森山前輩的傑作，唧筒室也好，電話交換室也好，都是優美的詩篇。即便是被批評的總督官邸，也華美得十分雄辯。假使是能透徹欣

賞這些建築之人，絕對不會把臺灣視為放蕩之地，也不會放任自己在此墮落。

即便是浪費公帑好了，只要有了美輪美奐的官邸，殖民地就會成為與之匹配的存在。據說主張「官邸必須盡善盡美」的人中有後藤新平長官，他如此主張，實在是很懂得建築的語言。

總督官邸是如此，總督府廳舍更加是如此。無論如何，絕對要呈現出最宏偉華麗的一面。因此，必須對細節有所堅持，任何一點鬆懈都不能有。

森山前輩已是有不少作品的優異建築師，對於總督府廳舍設計圖一案，他仍戰戰兢兢。森山前輩將設計圖帶回東京，與東京的老師、前輩討論。修改後的設計圖，中央的高塔增高了，比原本秀氣的設計更有氣勢。加以出於建築費變更、容納人數變更等原因，森山前輩又做了許多改動。等到正式動工，已是明治四十五年夏天。

動工之際舉行了「地鎮祭」，祭壇設在武德殿前的廣場。總督府廳舍地鎮祭實屬大事，佐久間總督也來了。觀禮時，我相當受感動——覺得進行了這麼久的這一切，終於有了個正式的開始。神主在祭壇前念著禱詞，獻上給神明的供物。

據說地鎮式的舉行，是虔敬地告知土地之神，此處要興建建築一事，並祈求土地之神保佑工事平安。

我因此很不恭敬地想到，可是這裡是臺灣呀。臺灣應該沒有日本的土地之神吧？

不，臺灣應該有自己的土地之神——但是使用神道教的儀式，真的能把話語傳達給臺灣的土地之神嗎？

我很認真的思考這件事，我把困惑告訴村上君時，村上君卻捧腹大笑。

「你啊哈哈哈哈，不知該說是認真還是死腦筋，居然在思考這種事！」

村上君跟我講了一個異聞：大稻埕的妓樓「愛笑樓」，曾經發生「心中」（殉情）事件。殉情的愛侶是一名內地來的職員，與愛笑樓的娼妓阿丸，因為他們的戀情不見容於當世，所以才選擇殉情，是令人難過的悲劇。他們一把火燒了愛笑樓，最後，職員的屍首被找到了，阿丸的卻沒有。有人說，阿丸早就已經被燒到連骨頭都沒有了。

「在那之後，就有人說在半夜愛笑樓的廢墟裡，看到女鬼的影子！」村上君說到這裡，做了個鬼臉嚇唬我。

「哇嗚！」

「後來呀，據說是請神主去解決的。」

「咦？是因為心中的是日本人，所以才請神主吧？」

「可是那個阿丸好像是臺灣人。」

聽到這則怪談，我已經不知道該說什麼了。「心中」也好、女鬼也好、除靈也好，聽起來一切都是那麼荒謬。村上君又接著說：「這樣的事情很多啦。」

確實如此，畢竟始政十多年來，每一次建築動工時，都有地鎮祭。意思大概是只要日本領有了臺灣，日本的土地之神，就會自然地照顧到臺灣吧？但在我看來，這實在是有些過於一廂情願。就連建築都必須適應臺灣特殊而炎熱的氣候，祭神儀式卻照搬，實在是不可思議。在臺灣舉行地鎮祭，就像是把原本在日本的建築樣式，原封不動的搬到臺灣來，令人感覺格格不入。

臺灣應該原本也有自己祭拜土地神的方式吧？那些方式我不熟悉，可能要交由人類學家去研究。不過我想，現在的儀式，是一定無法把我們想講的話傳達到的。畢竟日本與臺灣之間，不是只有風土的差異，還有文化的差異。

不過我們終究只能用我們的雙眼來看事情。即便是積極了解風土的我，也還不敢說，我們建築家沒有犯下「在臺灣舉行地鎮祭」的這種錯誤。不過究竟怎麼樣，才能夠在建築的世界裡，把話語傳達給臺灣的神呢？我不禁思考著這樣的事情。

✦

動工之後，開始打樁。森山前輩實行了連在日本都尚未使用的基礎工法，使得工程十分費工。不只打樁，為了總督府廳舍，森山前輩選用了許多高難度工法，提升了建造的時間與困難。打樁工程不得不從清晨四點就開始，施工期間宛如從早到晚地震不斷，聲響也十分刺耳。我們到現場勘查後，不禁憂心忡忡，這樣附近居民必定不得安寧吧，然而打樁工程將持續一年之久，必須請同僚協助安排送禮之事。

後來，還是接到了附近書院町官舍的投訴，說：「曬在外頭的衣服被染黑了。」因為工程的緣故，已經破壞了官舍的寧靜，如今又令衣物染上髒汙，實在是十分愧對他們。為表示重視，這件事落到了我頭上。我被吩咐到官舍去了解狀況，致贈和菓子表達歉意。我不敢輕率以對，事先詢問了書院町官舍的住戶數，並問村上君臺北有哪些適合的和菓子名店。

「你要去那邊的官舍啊……」村上君意味深長的說，我還以為他又要說什麼，結果他卻說：「算了，沒事。」這反而害我更好奇了。

「你又要告訴我，那邊的人有多墮落了？」

我故意試探村上君，村上君果然馬上忍不住了：「才不是，她們那種可是本來就墮落的，端莊才是裝的——」

「哦？」

村上君癟了癟嘴。「你知道『灣妻』嗎？許多官舍都會有一些灣妻。據說啊，她們雖然住在官舍裡，卻一點也沒有貴婦人的模樣，都是裝出來的。」

「灣妻……指的是臺灣人妻子嗎？」

「哈哈，才沒人娶臺灣女子為妻。灣妻指的是在臺灣結婚的妻子，是日本女人。啊，不對，多半沒結婚。」

村上君說得讓我越來越混亂。

「沒結婚卻住在官舍裡，這沒問題嗎？」

「公開姘居還不是問題最大的部分——重點是，這種在臺灣認識的女人，都是花柳界的。欸，那些人也真是沒想清楚，居然認娼婦當妻子，簡直是直接把花柳界搬進官舍。」

村上君教我分辨的方法：從日本來的，多半是明媒正娶的妻子。但在臺灣認識的，通常是灣妻。據說灣妻會聚在一起玩紙花牌，大聲說話，十分不成體統。因為不是好人家的女子，對於諸種往來禮節一竅不通，非常粗鄙。

「總之呀，你要小心。」村上君指著我的胸口。「這些灣妻在丈夫面前會假裝柔順，但是一離開丈夫就會恢復成原樣。你去的時候，恰巧是灣妻們最猖狂的白天，據說書院町那邊的灣妻，還曾經打過架呢。惠你這種少爺，應該沒見過那種情景吧，說不定會被嚇到喔！」

「我是去送禮跟道歉的，你居然跟我說這些。無論如何，總之她們現在都是官員夫人了。」我抗議。雖然聽村上君講軼事很有趣，但他總是夾帶太多偏見，讓我很為難。

村上君又湊上來：「我是在提醒你小心！有些還是以前耍過男人的女人，手段高得很。像你這樣的美男，可要提防著點啊。」

「你又在開我玩笑……」

「我說的是真的呀！」

我跟村上君又討論了一些「為什麼在臺灣的日本女人都墮入花柳」這樣的問題。村上君又重申他的「本島次等論」，不無譏諷地說：「同樣都是日本女人，本島娼妓當中，美女比內地更少。畢竟你想嘛，就跟我們一樣啊，在內地混得好的，誰想來臺灣啊。女人也是，混得不好的才會到臺灣來……所以臺灣所有東西都是次一等的，女人從事風俗業的多，從事風俗業的女人當中，又是醜女多。」

村上君說完後，自認很有道理的點了點頭。他已經有點醉了。我只好笑他：「像我們這種在內地不得志的男人，與在內地混不好的女人……這樣說起來，不是絕配嗎？」

我雖然這樣說，但是打從心底知道，我們這類建築師，和其他官員是不一樣的。臺灣不是次等，臺灣是另一個世界。就連長野先生得到最高名次的設計，審查委員也只給出了乙賞。可見總督府廳舍標準之高。顯然就算是殖民地，審查委員也沒有因此而放寬標準。更不用說，在這之後森山前輩拿著這份第一名的設計圖，在其基礎上繼續修改。真要說，應該是第一等中的第一等吧。我們建築師，做的可是這樣的工作。

總督府廳舍建好以後，一定會成為即便置於全日本名建築之林，也毫不遜色的氣派建築。而我將成為見證。

✦

我在白天來到書院町的官舍。果然能聽到總督府廳舍施工的聲音。但是，也能聽到其他聲音。

因為施工聲的干擾，我未能聽得很清楚。但似乎是女人說話的聲音。我循聲音找去，才發現是幾位夫人，她們一看到我，瞬間安靜了下來，向我微笑致意。應該只是方才聊得太盡興了。

我說明來意後，幾位夫人向我自我介紹，並收下了禮盒。她們提及所謂「衣物變黑」的情況是，曬在院子內的衣服，經過一整天後，沾上了黑色的油汙。明明是剛洗好的衣物，卻馬上沾上了髒汙，讓人非常不能接受。我再次向她們道歉，並說明這施工日程會持續一年，這段時間，要請她們將衣服送洗。

夫人們聽聞我是總督府土木局的官員後，對我非常客氣。可以感覺得到，她們雖然因為衣物之事而感到困擾，但在我面前，皆能節制住怒氣。因此，我覺得村上君的說法，終究只是他的偏見。官舍這邊都是值得尊敬的夫人，並沒有他說的那種嫁作人婦的風塵女。

我依次完成拜訪。來到最後一戶，獨立的高等文官宿舍。門上懸掛著「和島」的姓氏名牌。

在先前，我就向外頭的夫人們確認，那一處宿舍是否有住人。宿舍看上去有一種寂寥的氛圍。夫人們聽到這個問題，臉上閃過一絲猶豫，只跟我說：「確實有住人，您可以前去造訪。」

原來是和島家。

這個和島，是那個和島吧……？我腦中閃過絢爛如白晝的電燈下，和島永久子的美貌。在那之後，我有幾次機會見過和島永久子。她在人群中十分耀眼，即便宴席有數百人來去，人們的目光仍忍不住停留在她身上。她有一種獨一無二的優雅氣質，我時常能看到她持著酒，對著其他客人輕輕微笑。自從那起事件以後，武田夫人出席眾多社交場合，都習慣把和島永久子帶在身邊。我其實偶爾會想，這不會提醒人們想到那天她遭遇的醜聞嗎？然而或許對武田夫人來說，唯有和島永久子相伴，她才能感到安心。

我也在這些宴會上，與和島永久子打過一次招呼。她一樣是那樣輕輕淺淺的笑，有種難以捉摸的感覺，更讓人覺得十分嫵媚。

然而我最近聽聞，和島課長因病去世。

假使這真的是和島永久子所在的宅邸，那門後會有她嗎？

我閃過這樣的念頭，按照慣例敲了門。

沒過多久，門就打開了。開門的是和島永久子夫人沒錯。她有點慌張，開門之時站得離我有點近，我不禁退後一步。和島夫人個頭比我嬌小，雙眸由下而上注視著我。遠看雖感覺她是高不可攀的美人，近看卻十分清純可人，小巧的五官精緻如陶瓷娃娃一般。

——誰說殖民地都是次等美女的。村上君說的話果然都不是真的。

「中井先生。」和島夫人認出了我，輕輕向我點了頭。

「和島夫人好，不好意思今日打擾，我是代替敝土木局前來道歉的。」我遞出和菓子，和島夫人接過禮盒。

「真是勞煩您費心了。要進來坐坐嗎？」

我內心感到不妙。和島課長不是才剛去世嗎，我進入寡婦之家，恐怕有所不便。可能是發現我的猶豫，和島夫人又補充說：「我可以拿冰的葡萄酒給您。」

「不可以。」

我不小心直接說了出口。和島夫人有些被驚嚇到，等待我更多的說明。但要我直接明講拒絕理由，更為尷尬。和島課長去世一事，她若未主動提起，我怎麼好意思開口。

「總之，在這裡就好。」我最後只能說出這一句。

和島夫人眼神轉動了一下，好像明白了什麼。

「我打算去取前幾天送洗的衣服。不知道能不能勞煩中井先生，陪我走一段呢？」

或許第一次見到她我就知道了。她提出的要求，我是無法拒絕的。

✦

我跟著和島夫人走，去到洗衣店前，經過書院町官舍旁的總督府廳舍敷地。

我原本應該要就衣物染黑一事致歉的，一看到敷地，卻不禁談起總督府廳舍的話題。這時已經接近日暮，夕陽把我們兩個的影子拉得很長。明明陽光已不炙熱，和島永久子依然撐了把洋傘。白色的洋傘荷葉邊繁複，和島永久子珍重地撐著傘，身上是素雅的和服，一副優雅的貴婦人模樣。

「那就是總督府廳舍的敷地了。」

廳舍敷地上方，懸著低垂的、豔紅的夕陽。天空在天青中混雜著桃色、朱色等不同的紅，連和島永久子的素色和服上也染上了一點豔麗的色彩。因為天色已晚，施工的聲音已停了下來。工人們閒散地收拾東西準備離開。

「夕陽很美呢。」她說。

「嗯。」我點點頭。夕陽確實很美，但我心中預想的總督府樣貌也不遜色。

「和島夫人，儘管夕陽很美。但是在十年後，不，五年後，我們將無法從這裡，毫無遮蔽的看到美麗的夕陽——那時宏大的總督府廳舍，會把這裡的視野遮住。不過沒關係，我有自信，夕陽下染紅的總督府廳舍，必然比夕陽本身更加美麗。」

我的手指向那塊地，在空中勾勒出廳舍的形狀。

「正對著我們的，是華麗的立面，立面中央是十一樓的高塔。廳舍整體是紅白相間的色調，在夕暉的照耀下，連白牆也會被染紅吧，但是紅色的部分會變得更加豔麗。夕照應該會穿過高塔，美麗的天色配上美麗的建築，形成讓人難忘的美景。只要站在我們這個位置，未來十年，不，或許未來百年吧，人們都能看到這個美景，都將為這幅美景所震懾。

「過去十年，這裡還充滿水田與白鷺鷥，誰能想到，未來居然會集眾人之力，憑空落成一座永恆的奇蹟。不只這裡，這整個臺北、整個臺灣，在這段時間裡，建起了鐵路、鋪建了新的道路，四處立起嶄新廳舍。

「誰能想到，這個城市由建築連起的天際線，是我們曾經畫在製圖紙上的形狀。而未來，整個城市都會充滿我們的製圖紙……」

我說話時，和島夫人專心聽著。但隨著我的滔滔不絕，她不禁笑了出來。

我看向她，那不是輕蔑的笑，她確實被逗樂了。為什麼呢，我並沒有說笑話呀。

「中井先生這麼說，真是不解風情呢。」

我這才意識到，難道是我過分的認真，顯得有些可笑？就算是那樣，和島永久子是會這麼說話的人嗎。若說我以為她那次的機靈，展現的是她優雅得出奇的貴婦人品質，那麼我所知恐怕還過於稀少。她也有這樣毫無防備的、直率的時刻。

「中井先生，我對這些一竅不通。就算您再怎麼解說給我聽，我也是不會懂的。我只能模糊的理解，經過洗滌的衣服之所以被弄髒，是因為這份工程很偉大吧？既然如此，那也是沒辦法的事。不過除此之外的事——恐怕就不是我可以理解的，也不是我有機會看到的。」她低下雙眉，纖長的睫毛半掩黑瞳。

和島夫人這麼說，指的是喪偶之事吧？和島先生去世後，她未來也將會回到內地。我在她面前說這些，都是沒有用的。是我過於魯莽，又勾起了她的傷心之事。

「……對不起。」

「不必對不起呀，中井先生。雖然能親眼看見更好，但您告訴我的，已經足夠我想像落成的美景了。」

「不然，」我衝動說出口。「我給您寄明信片——無論您在哪裡，我寄張明信片給您吧。那時一定會製成明信片的。」

我退縮了。我不敢說「屆時一定會邀請您」，就連客套話都不敢。對於眼前這女人，似乎就連「寄明信片」這樣的承諾，都要很小心。

「欸呀。那我會很期待的。畢竟是您的明信片。」

和島永久子說完，開玩笑似的笑了。這真的是那名體貼大方的和島永久子嗎？居然這樣開我玩笑。

「您會說到做到吧？」

她歪著頭，看向我。又是那種帶有期待的眼神。我不自覺點頭。

她勝利一般的笑了。轉頭專心看向前方，彷彿她眼中的時間已經來到數年後，廳舍落成之時。我遵守著與她未說出口的邀約，再度來到此地。

✦

儘管我在和島永久子面前說大話，說我們已經改變了臺灣許多地方——但實際上，我們也遇到不少麻煩。臺灣的風土有她自己的性格，若只是未加深思熟慮地將建築立於其上，便會受到侵蝕。侵蝕的力量很多，烈日，炎熱，暴雨，強風，地震與白蟻。特別是白蟻。帝國初領臺時建的那些木造建築，如今多半已被白蟻啃食，甚至到了需要重修的程度。

我來到臺灣後，曾前往許多處視察過蟻害。今天前往臺北醫院病棟，白蟻啃食的狀況十分驚人，屋梁上已無一處完好。我意識到「這都是蟻害的痕跡」時，涼意從腳底泛上來。

這是建築師的噩夢吧。無論再優秀的設計，假使最終都將付諸白蟻之口，那是多麼徒勞呢？白蟻的存在總讓我感覺敗北，即便我輩承襲了來自英國與歐洲的優秀建築傳統，在大自然面前，人類的力量仍是極為脆弱。假使總督府希望殖民地長治久安，那建築也當屹立不搖——然而面對臺灣氣候這樣多重的威脅，我輩實在很難樂觀以待。

這些被啃食的木材，不乏大費周章從日本運來的松與杉，沒想到只是經過十年，蟻害已經如此嚴重。過去五年來，包括許多官舍在內的眾多廳舍，已經數次申請經費重修。但不斷的重修，能抵禦蟻害嗎？唯有徹底研發對治蟻害的方法，才能終止這可怕的連鎖。總督府研究所的大島正滿團隊正在研究木材的防腐方式，未來或許會有所進展吧。或許到了總督府廳舍工程使用木材之時，我們已能找到相應的對策。否則，我真對於未來的一切，感到渺茫而不可捉摸。

視察完病棟的那一晚，我做了噩夢。

夢中的我打開一扇門，進到房內坐下。頓時，大批白蟻從四面八方撲過來，我的視線全被白蟻佔據。不只我眼前，我身上也爬滿了白蟻。無論怎麼揮舞雙手，都無法趕走白蟻。牠們才是這個地方的主人，我只是一個突如其來的闖入者，因為激起了牠們的驚慌，而被團團包圍。

在夢中，我彷彿被困在那裡長達百年之久。

直到清醒，難受的感覺仍揮之不去。

已經被侵蝕得這麼深刻了嗎？白蟻不止盤據屋宇，連我的夢境都侵蝕了。我為白蟻煩憂到這地步，不知該說是建築師的驕傲，或是建築師的落敗呢。

✦

我在那之後才聽說，和島課長去世以後，和島夫人的舉止十分反常。和島夫人回到日本參加和島課長的喪禮，結束之後，她應該留在和島家的，卻又在官舍出現。據說，她自稱是來收拾和島課長的遺物，卻收拾了相當的久——這段時間裡，她依然隨著武田夫人出席宴會。和島永久子住在官舍裡的行為，就好像和島課長仍在之時。只是隨著和島課長的去世，一切都應該改變，她卻奇異的依然生活如常。

我無法認定和島永久子是個無情之人。在那樣乍看平常的舉止下，或許有著我無法想像的巨大悲傷吧？

收到宴會邀請時，我腦中會閃過和島永久子的側臉。社交圈內的評論興起得又快又刻薄，即便是不熱衷八卦的我，也知道和島永久子的風評正在急遽下降。她拯救武田夫人的事蹟已經遠去，現在的她被視為形跡可疑的婦人，有許多流言蜚語，談論為什麼和島永久子仍留在臺灣，為什麼她在丈夫新喪之時，仍持續出席社交場合。其中不乏嚴重傷害一名貴婦人的惡意話語。

謠言說，和島夫人一定是在殖民地有相好，因此捨不得離開。

我在男人們的料亭聚會時聽過這樣的話，作為開玩笑而被提及。像是這樣的玩笑話，我無法附和，也只能說：「和島夫人的丈夫才剛過世，你們說什麼呢。」我見識過和島永久子見義勇為的一幕，比起流言，我更相信她凜然的人格。

和島永久子的美貌為她招來目光，也為她招來議論。在聚會中，男人們樂於提起和島永久子，光是她身在人群之中，眾人的目光都會跟著她流轉，自然在私底下，她也是個迷人的話題。更何況，這朵原本高不可攀的高嶺之花，如今落到了地面上，可以任人議論。眾人自然不會放過這個機會。

今晚也一樣。和島永久子穿著素色的和服，身處其他夫人華貴鮮亮的衣著之中，也全然不遜色。她仍是目光的焦點。

今晚的宴會辦在鐵道飯店的大食堂。鐵道飯店由松崎萬長先生所設計，為德式風格建築。作為臺北第一等高級旅館，它壯闊得令人屏息。讓人感嘆，不愧是出自松崎先生之手。

村上君見到我，又故意笑我：「哇，這不是原本打算退出社交界的建築師中井嗎？」

「我是來看建築的。」

「到底是建築，還是美人呢。」

村上君笑笑，循著我的目光看去。和島永久子與武田夫人一起，站在眾夫人之中。她注意到我們的視線，遠遠的點頭，和我打了招呼。我也頷首回應。

鐵道飯店大食堂可說是臺北重要的聚會場所，內部的裝潢也經過挑選。我趁此機會端詳，或許因為我正巧站在大食堂的角落，又聽到了一些對於和島永久子的議論。

「不知道永久子的相好是誰？」

「要是能娶到永久子，一定很棒吧！」

「她的丈夫畢竟是溫柔的和島課長，像她那樣的美人，眼光應該很高吧。」

「但永久子現在的地位應該很尷尬吧！武田夫人就算再怎麼善待她，也不可能持續一輩子啊！」

明明和島永久子就在不遠處，幾個男人們依然不避諱，這讓我覺得卑劣。一個原本受人敬重的女子，因為丈夫去世，就要在背後受人議論。這十分不公平。

而且我知道，和島永久子並不是那樣的人。

我大步從他們身邊走過，筆直走向和島永久子，找她搭話。

戴了簡潔飾品的和島永久子，在水晶燈的照射下，與白天的樣貌不同，十分楚楚動人。我其實只是一時興起，窘迫得不知說什麼好，和島永久子說，裡頭太悶了，她想到陽台上去吹吹風。

二樓的陽台可以見到外面的風景。殖民地經過漫長的夏天與炎熱的秋天，終於有了冬天的涼意。和島永久子拉緊了和服外的羽織。

「冷嗎？」

和島永久子點點頭，反問我：「中井先生不覺得冷嗎？」

我搖搖頭，和她談起家鄉岐阜的天氣，冬天冰封一般的雪白山嶺。和那相比，這並不冷。

「真的嗎，真想見識看看呢。聽說踩起來是軟的，好想試試看。」

和島永久子像小孩一樣天真而興奮的說。或許她出身於沒有雪的地方吧，來到臺灣後又看不到雪。

「這個就真的不能說帶您看看了。不然我寄明信片給您？」

「又是這招，中井先生。」

和島永久子又露出她的真心笑容。即便只說上幾句話，我也能感受到，我與她之間已經存在某種連結。不說話的時候，我只是戀戀的望著她。她也沒有拒絕我的目光。即便在外有許多閒話，她依然是那個和島永久子，內心純淨無波。

我又忍不住說起陽台的避暑功能，不時眼光看向她，擔心她又要笑我不解風情。而她的模樣，像是已經在內心裡笑了許多次，只是顧慮著我的感受，而沒有說出來。

「你很著迷呢。」

「什麼？」

我不禁有些慌亂。不知道她指的是什麼。

「難道不是嗎？中井先生。您真的很喜歡這些建築呢。這些房子要是有靈魂，知道它們被您這樣看著，應該會覺得很幸福吧。」

從這裡能看到城市的夜景。過去十年以前，這裡還不會有夜景可言，但是如今，道路被電燈點點串起，像是女性頸上的珠墜。從此以後，夜空星光輝映，地面也有落在人間的點點繁星。一想到這一點，怎能不對眼前的景象感到著迷。

「真的嗎。被我看著，是幸福的事嗎？」

和島永久子點了點頭。雙眸迎上我的目光，像是她整個人自發走入我的視野之中，為我的目光所環繞。如今我眼裡盡是她。

「是呀。」

她身後，是天上的銀河與地上的銀河。而如今天上與地上的星都不是星，只有她獨自閃爍。

「但是呢，中井先生，請您不要把目光移開。您不是說，您們是蓋出天際線的人嗎？那未來，天際線會一直在這裡等著您。相應的，您也要負起責任，一直看著您所繪製的城市──不要把目光移開呀。否則，那些幸福也會失落的。」

黑夜裡，我看不清她的表情。她的聲音甜美而平穩，像在說一件與自己不相干的事。然而她語音剛落，我便忍不住，唐突的抱住了她。

我對和島永久子一無所知。直到現在也依然如此。

如果必須要有理解才能有愛，那我寧可不要那種愛。

懷中的她沒有反抗，靜靜的依著我。她身上有淡淡的花香，我的西服貼著她的和服，發出細碎的布料摩擦聲。令我幾乎要暈眩。

她方才故作若無其事的樣子，讓我憐惜到心痛的程度。或許在她心中，寂寞已經膨脹到徹底包圍住她，讓她忍不住向人求救。她單薄的身影如何能承受這些紛擾呢，她明明如此孤立無援。

或許我只是那個碰巧看見的人。就算我只是那個碰巧的人。就算是那樣也好。就算我實際上什麼都做不了，就算我對她的心意也只是徒勞。

就算我知道後來一切的真相。

我的決定依然不會有任何改變。

✦

我有時利用視察完總督府廳舍建地的時間，順道繞去官舍找永久子。官舍畢竟人多，我不好入永久子家門。為了掩飾，我也多半帶點東西去，美其名是慰問。

永久子會撐起洋傘，和我一同出門散步，她稱之為上課。永久子的和服皆素雅，多是淺色的色無地，少數低調的小紋。然而她的洋傘卻頗引人注目，幾乎每一把都不同，我未曾見過重複。即便冬日裡太陽並不燙人，落下的時間也早，永久子仍不厭其煩的撐著洋傘出門。她的木屐聲清脆，與我的皮鞋聲交錯，像是有節奏的交響曲。

我們走在街頭，混入城市的茫茫人群之中。好像我們只是兩個極其平凡的男女，不是哪裡的官員或誰的妻子，只是單純的深受對方吸引的兩人。

我們也在宴會上碰頭。有些高官離開殖民地的歡送會辦得盛大，來者五、六百人，還有園遊會的攤位。這類宴會我多半要列席，但是行程結束後，我便會找到永久子，和她一起逛街。若是有人問起我們，我會說：「她對繪畫有興趣，找我商量。」永久子則會說：「我對建築有興趣，找他指教。」

永久子開心的忍著笑意。等到對方離去後，與我相視而笑。我只恨這時不能馬上抱住她。

我們都已經不是未婚男女，卻比當初更有戀愛的感覺。身為人婦的永久子仍保持著少女的純真，沒有那種貴婦人的矜持。我說起許多生活細節，她都像初次聽聞般好奇，靜靜聽我說。或許是因為永久子生養於大戶之家，被保護得太好，加以婚後和島課長的呵護，保存了她惹人憐愛的這一面吧。

失去和島課長的永久子，像失去母鳥保護的雛鳥。書院町官舍那邊說，希望和島夫人能搬離宿舍。

森山前輩在會議結束時叫住我。

「我有一事要轉告你。你認識和島課長夫人吧？要麻煩你傳達慰問。官舍營繕方那邊說，我們理解遺孀的悲慟，但一直這樣住下去，也不是辦法。」

其實這並非我們營繕課的事，森山前輩應該是被拜託了吧。

「嗯，我知道了，我會跟和島夫人說的。」

我打完招呼後就要離開，又被森山前輩叫住。

「中井啊，我知道我們這類人，都有某種浪漫性。但這份浪漫與生活如何取得平衡，是我們的課題呀。」

聽聞森山前輩這麼說，我內心愧疚萬分。

——來到殖民地，人會變成另一個人。

村上君說的話。過去的我曾認為，絕對不會發生在自己身上。

若說在一個月以前，說我會在殖民地，與寡婦談起戀愛。我是絕對不相信的。然而如今的我，卻若無其事的做著這件事。對外都宣稱是友誼，我們也確實尚未踰矩，然而我們都再清楚不過，那是戀愛。

若問我自己，要是發生在內地，這可能嗎？或許不會吧。因為不得不顧慮周遭人的眼光，不可能如此恣意妄為。

但是臺灣是另一個世界。這裡的好消息與壞消息都獨自發生，都與內地脫鉤。船運使所有事物都變慢，所有消息都遲鈍。在這裡，人可以擁有另一段人生。

這樣說來，臺灣對我來說，難道真的是「第二」嗎？是因為殖民地比較不重要，因此我變得放肆嗎？永久子對我來說，是在這個第二之地的消遣娛樂嗎？這樣的我，又有什麼資格批評與藝妓交往的武田局長？我——我也成了那樣的人嗎？

村上君說的，殖民地官員都墮落了。

我仍做著白蟻的夢。夢中的我成了被白蟻啃食的食物。不要說對抗白蟻了，夢中的我徹底輸了，血肉一口一口遭到咬齧。我的存在越來越少，半邊臉已經剝落。我站起身，在窗戶裡看到沒有血肉的我，僅存的骨頭。骨頭構成的空洞間，裡面有永久子的臉。

✦

村上君給了我忠言。

「你要留意啊，你是有前途的人。就像你說的，你跟我們不一樣。正因為如此，萬一在這方面出了什麼差錯，前途就毀了。你知道嗎，有人因為娶娼妓而被革職遣返的呢——」

「永久子和那類人不一樣。」

我語氣很嚴肅，村上君失笑。

「對了，因為這陣子你比較忙。我沒來得及告訴你這件事。聽說，和島夫人是『灣妻』。」

灣妻。村上君口中來到臺灣花柳界、卻成為官員之妻的女子。

但是清純如女學生一般的永久子，怎麼可能是灣妻？

「又是那些惡意的閒言閒語嗎？」

「不不不，這次是當事人親口告訴我的。和島夫人據說是搭船從內地來的，但實際上並非如此。那時和島課長還沒當上課長，和島夫婦拜訪了許多戶人家，說和島夫人剛從內地過來，帶了許多和島課長老家新潟的土產柿種。但是實際上，和島永久子根本就不在那艘船上，八成是算準了船班的日期。至於為什麼要偽裝成內地來的，大概就是怕被識破吧。」

「這種話誰都可以說吧？又不需要提供什麼證據。」我已經聽慣那些針對永久子的議論了。這樣一種說法，或許又是對她的更為精密的攻擊吧？雖然我不知道原因為何，但或許與我有關，與嫉妒有關。

「對方是我信任的人，我也是為了想提醒你才告訴你的。假使你有所堅持，那我也沒辦法了。不過呀，是不是灣妻這種事，應該不需要我多言才對。你比我更了解和島永久子，你應該能判斷出真相吧。」

村上君嘆了一口氣。

或許看起來是一樣的吧。

對我來說，與永久子在一起不是消遣，不是墮落。

選擇來殖民地，跟選擇永久子，對我而言是同等的重要。只是這些決定，我在內地都做不出來。

但就算我這麼想，在他人眼中，恐怕看起來是一樣的。我與武田局長，看起來是一樣的。

✦

關於白蟻，曾有過這樣一個爭論。

臺灣以蟻害著稱——這一兩年我去視察了多處，也經手許多重修的木造建築。建造中的總督府廳舍，選擇建材也以應對蟻害為優先。臺灣災難級的蟻害，令像我這樣的建築師束手無策。

然而，在九州也發現了白蟻。

九州的小倉、門司、下關、福岡等地也發現白蟻。肆虐臺灣的白蟻在九州出現，可能並非巧合——九州與臺灣關係密切，藉由船運，九州港口許多人員、貨物頻繁往來臺灣。因此有一說，是臺灣的白蟻透過船隻來到九州。

這是真的嗎？假使是，那麼內地本沒有蟻害，棘手的蟻害，是由臺灣所傳來。臺灣的蟻害具有強烈的感染性與傳播力，使得內地的九州也淪陷，慘遭白蟻啃蝕。

夢中的我，已經被白蟻啃食乾淨了。鏡中照出的樣子，只有我通透的魂魄。以及永久子雪白的身軀。

✦

為了避人耳目，我們約在北投的溫泉旅館。我和永久子分別抵達，她乘著車，在大雨中來到旅館。她一看到我，便迫不及待地投入我的懷中。隔著和服，她嬌弱的軀體微微散發著熱度。

永久子的髮絲先是被雨水打濕，又沾上了溫泉水。髮絲因此更黑了，襯托她因洗淨而變得白皙的肌膚，以及鮮亮的紅唇，模樣十分絢麗。

我與永久子喝著清酒，她的雙頰很快泛上紅霞。我們時斷時續地聊著天。

「中井先生，今天該不會又要跟我介紹房間吧？」

永久子又取笑我，之前散步每到一處，我總是忍不住介紹建築。我不禁順著她的話，煞有其事的接下去說：「這是床之間，通常會懸掛書畫，或者擺設插花作品。讓你們這些貴婦人的消遣有個去處……」逗得永久子格格笑。

「好像夢一樣呢。這樣和中井先生喝著酒，就像是夢一樣。」

難得聽到永久子的告白，我不禁有些羞赧。

「真的嗎？你真的會想夢到我嗎？」

「是再好不過的夢了。」永久子又啜了一口酒，濕潤的雙眸凝望著我。

「那是從什麼時候開始的呢？」

「嗯……我想想，應該是從看總督府建地那一次開始吧。」

「那不是非常早嗎？真是可怕呀。」

永久子又笑了。「對呀，很可怕的唷。會變成女鬼。」

「說到女鬼，你聽過愛笑樓的幽靈嗎？」我問，永久子點點頭。

「殉情的阿丸嗎？是個悲傷的故事呢。不過，沒想到中井先生也會談論這樣的故事。」

「只是聽說的罷了。」

我也和永久子說了我的夢。白蟻的夢。我提到了被白蟻侵蝕的部分，但沒有提到，永久子在我夢裡出現的部分。

「真的很像中井先生會做的夢呢。」

「你會笑我嗎？」

「不，我更加尊敬您了。」

「白蟻真的很可怕呀。」

「真令我驚訝，我以為都是這樣的。原來對中井先生來說，是第一次見識到白蟻嗎？」

永久子說得理所當然，簡直像是——簡直像是她已經太習慣白蟻的存在。

怎麼可能。

「永久子是九州人嗎？」

「為什麼這麼問呢？是新潟人呀。與先夫同鄉。」

永久子又說了一些新潟的事情，包括和家人一起吃的竹葉糰子等。我已經聽不清她說什麼。

新潟出生的人，不可能沒見過雪。

永久子在說謊。

——殖民地的女人。不乾不淨的女人。來路不明的女人。

我不願去想，然而這些念頭接連閃過。

永久子對內地不熟悉，卻預設臺灣的蟻害舉世共通，這表示比起內地，她對臺灣更為熟悉。

她又為什麼要說謊呢。莫非她真有不可告人的過去，必須用一層又一層的謊言，包裹住醜陋的真相？

她要隱瞞的是什麼？

永久子穿著旅館的浴衣，張開的領口下，可見她雪白的肌膚。

在今夜以前，她是那樣遙不可及。然而當她決定與我共眠，我卻不可遏止的想著，她可能是那種熟悉男人的女人。

——「不要把目光移開。」

旅館的黃燈旁，永久子從身下望著我。眼前永久子的白皙皮膚太過眩目，我想瞇起雙眼，永久子將雙手伸向我，說：「不要移開目光。」

我枕著永久子的軀體入睡。這夜我睡得極熟。我沒有做白蟻的夢，也沒有在夢裡見到永久子。

✦

永久子在說謊。

永久子說著多重的謊言。在人前，她假裝與我保持距離，我們不再並肩行走，不再相視而笑，但我明明清楚，她有多麼貪戀於我。

另一方面，她持續說著關於她出身的謊言。

永久子說謊的樣子十分自然，就像是喝水、吃飯一樣。好像她已經非常習慣這件事。與我相處的她，有多少是真的呢？我感到掙扎，但是看著永久子時，我又卑微地想著：「她說謊也無所謂。」

我們依然常參加殖民地官員的送別會。那些送別會，像在進行著倒數計時，像在說，最後所有人都將回去，在殖民地的旅居終究只是暫時。這就是個中繼之地，存放著所有人生命中的一段經歷，但不會有人真正在這裡終老。

在這些送別會中，我終於參加到了那一場。

村上君要回日本了。

「我以為你會再待久一點的。」我對村上君說。

「因為我已經見識到有趣的東西了呀。」村上君意味深長的看著我：「而且我擔心，我再繼續看下去，可能很快會變得不有趣了。」

「你淨是說這些奇怪的話。」

「哈哈哈哈，我都要走了，就讓我多說一點嘛。雖然未來沒有我，你大概也不會寂寞就是了。你要是遇到什麼有趣的事，記得寫信跟我說呀，比如遇到了愛笑樓的幽靈之類的。」即便到最後，村上君也是若無其事的開著玩笑。

「才不會遇到呢。」

「難說唷！畢竟是我們的大建築師中井先生呀。那些我沒辦法完成的事，就交給你了唷。」

雖然村上君總是耍著嘴皮子，但其實他透露過回去的真正理由。他說：「我又不是你，我知道自己能在這裡做到什麼程度。現在我覺得已經到極限了。再繼續待下去，也只是自欺欺人罷了。」

原來乍看已經看開的村上君，最初也對殖民地有過嚮往。

在村上君離開後，永久子裝作若無其事地問我：「你也會回去嗎？像村上君一樣。」

溫泉旅館裡，永久子轉過頭去，我看不清她的表情。即便永久子說的話裡有謊言，但我知道，這句是真的。她是真的害怕我走。

「總督府廳舍建好前，我是不會回去的。」

「那麼廳舍就是我的敵人了，我希望它蓋得越慢越好——最好，永遠不要蓋好。」

永久子平靜的說，這種話只能是玩笑，永久子卻認真得不像是玩笑。我再次感受到了她的可怕。

在那之後，永久子幾次提到廳舍的工程進度，總有咄咄逼人的感覺。

「尖塔越來越高了呢。」

「嗯。」

「就快蓋好了吧。」

「還沒那麼快呢。」

「會很快的。」

「不會。」

「會。」

我終於被問到不耐煩了。

「你要我留下來，卻不對我誠實。那我又為什麼要留下來？」

永久子露出錯愕的表情。她拿起枕頭，丟到我臉上。一點也不痛。我拿下枕頭後，才發現眼前的她噙著淚水。

「就算我誠實，你也不會給我我要的東西吧？既然如此，我誠實又有什麼用呢……」

她抓起棉被哭泣，一絲不掛的她顯得更加脆弱。我想觸摸永久子的手臂，卻被她拍了回來。她倔強的雙眼凝視著我。

「你都已經看出來了，卻瞞著我，這難道就不是一種說謊嗎？」

我無法反駁。

「真是太狡猾了。你指責我說謊，我就無法指責你，為什麼不娶我了啊……」

永久子說到我的痛處了。

我只是想把問題推給永久子。

永久子說謊只是個藉口。若我真的愛她，那又有什麼大不了的呢。

真相是，我沒有勇氣。

「為什麼呢？是因為故鄉的妻子，還是因為不敢娶長官的女人？」

「你知道啊。」

我沒有說過妻子的事，畢竟她只是個有關係的陌生人。

知道卻瞞著我，確實也是一種說謊呢。

我們兩人之間，到底有多少謊言呢。

「假使你誠實的跟我說，我或許可以考慮……」

考慮什麼？我不敢再說下去。永久子沒有去處，但我能讓她跟我住嗎……？

永久子像是看穿了這點，輕輕笑了。

「你聽到的又是什麼故事呢？」

我沒有回答。

「不如，就讓我來說說我聽到的故事吧。」

永久子說了這樣的故事。

一名愛笑樓的酒女，被客人強迫殉情。酒女在被迫殉情的前一晚，剛好遇上了來買醉的官員，她出於絕望的把自己的經歷告訴官員，喪偶的官員竟然提出了娶她的要求

——她因此成為官員的妻子。為了怕被輕視，卑微的酒女不得不變造出身，成了從內地

來的、與丈夫同鄉的千金小姐。

「要是武田夫人知道了，一定會憎恨我的吧。因為我就是勾引她丈夫的那種女人。」

「所以你是灣妻——」

「不，雖然我不是內地千金，但是我也不是灣妻。」

永久子換了一個腔調，是我第一次聽到她說出口的腔調。

「ワシタイワンザーモ。」

永久子說這句話的時候，嘴唇一張一合，宛若金魚。我聽不懂她說什麼，像是金魚的永久子，不像是人類，我頓時變得完全不認識她了。即便我們才剛交纏在一起，這一刻，她陌生得超出我的認識。

就算我聽不懂，我也知道答案了——那個音調，是臺灣話。

村上君，我見到了幽靈。

「阿丸……？」

永久子蹙眉：「阿丸已經死了。在那名強迫她一起殉情的男子死於火災時，阿丸就跟著死了。在你面前的不是阿丸，而是和島永久子。」

永久子是臺灣人，還是阿丸。這多麼令人訝異啊。

比起永久子的風塵出身，永久子是臺灣人這件事，更讓我感到震撼。怎麼可能，像永久子這樣的日本貴婦人，會是臺灣人？

很快的，除了困惑以外，我感到的是憤怒。

臺灣與日本的風土、民俗如此不同——這份差異大到令人憂愁的程度。臺灣人出於自己獨特的文化，表現出與我們日本人全然不同的行為與舉止，其中一部分我不能接受；另一部分，作為想在這個島上建造合適建築的建築師，是我想努力理解的。然而，臺灣人跟日本人的差異，怎麼可能說消除就消除？甚至和島永久子，居然扮演到讓我差點察覺不出來的程度？

永久子的日文，置於東京的貴婦人之中，也是完全標準的。她儘管不知道許多食物的做法，但是除此之外，她的舉止言行，她每天穿的和服羽織，她的髮髻與腰帶，她踩木屐與低眉的模樣……可以說簡直惟妙惟肖。

——為了什麼，她需要做到這個程度？究竟是，多麼想擺脫自己的出身，因此不惜消除自身的獨特性、徹底偽裝成一個日本人？

瞧不起自己的人，也不配得到他人的尊敬。

「為什麼？到底為了什麼？」

永久子曖昧的笑了。

「因為我和您一樣啊。」永久子靠近我。

「中井先生很喜歡華麗的建築吧？喜歡水晶燈、地毯、雕花的桌椅跟懸掛的洋畫吧？我也喜歡呀。我喜歡洋傘，我也喜歡坐人力車，喜歡不用自己洗衣服，喜歡美麗的電燈，喜歡夜晚的園遊會，喜歡酒跟美食，喜歡被當成貴夫人。」

永久子又露出她那個天真的笑容。

「但是呢，如果我說出真相。這些都不會是我的。武田夫人不會把我帶在身邊，不會送我上等的和服布料，也不會教我插花。我只是，為了我想得到的東西，付出了努力而已。我聽說，即便是蕃人女子，穿上和服，看上去都會像日本人。」

永久子的告白，我已經無法用震驚來形容了。她的想法……我該說是異想天開嗎？這樣，為何她一開始會對我釋出善意，也說得通了。

永久子在尋找可以讓她當夫人的獵物。

「和島課長一開始就知道嗎？」

永久子點點頭。

「……」

「那我……」我感覺輸了。我比不上溫柔寬厚的和島課長。「我是你的目標嗎？」

「因為和島死了。所以你要是變成中井夫人，你可以維持現在的一切，對嗎？」我沒注意到自己有多生氣，但我的聲音顫抖著。

永久子沒有否認。

「但是我發現了，所以你失敗了。」

「我不後悔。」

「……從什麼時候開始的。你從什麼時候開始……」我想說的話有些難以啟齒，我頓了頓，終於狠下心：「……決定勾引我的。」

我不需要心軟。我不是在對戀人講話，而是在拷問一個說謊的女人，一個隱瞞自己身分的低劣女性。

為了奢侈生活？那是什麼理由？我們才不一樣。

若說這一刻，我有沒有那麼一點感到愧疚——或許是有的。然而我對自己說，我並非因為永久子是臺灣人而瞧不起她。我不是因為這種簡單淺薄的原因。我是因為她居然看不起自己的出身，居然說謊，而瞧不起她。

「我不後悔選了中井先生。」永久子看著我的眼神，沒有任何的猶豫。簡直是在說，她喜歡我，就算我是個壞人。

那一晚，我對永久子做了一個男人能做的，最糟糕的事情。永久子沒有抗拒。但這並不代表，那不汙穢。

我希望能消除恥辱感。我無法說明那種恥辱感從何而來。大概是因為被女人耍了吧。而且還是被殖民地的女人。怎麼能夠嚥下這口氣呢。

被女人耍了可以，但是被殖民地的女人耍不行嗎？我是這樣想的嗎？

我無法回答。

我想說，我只是害怕失去她而已。從永久子跟我坦白的那一刻起，永久子就不是永久子了。比起說謊的她，坦白的她，更不是她。

這樣說很荒謬吧？

即便荒謬，但是我又要——怎麼面對這個「不是日本人」的永久子呢。

✦

僭越。如果要我說，我覺得是「僭越」。

不只是欺騙，還有僭越。欺騙是隱瞞錯誤，僭越是犯下「超出分寸」的錯誤。

身為臺灣人卻偽裝成日本貴婦，是欺騙，也是僭越。

我並不覺得臺灣次等、也不認為臺灣人是次等的，但是僭越的感覺，卻揮之不去。

如果能全部都是永久子的錯就好了。

其實我知道的。關於九州白蟻之謎，答案是，九州自古以來都有白蟻。即便我身為北陸人，並不清楚九州的白蟻，但我讀過文章。佐賀稱白蟻為「堂倒し」，福岡稱為「堂崩し」。從語言可知，九州一直都有白蟻，不是臺灣傳過去的。

說「九州白蟻是臺灣白蟻導致的」，大概是想把日本壞的一面推給臺灣吧。這不公平。但這很方便。我懂得這種方便的感覺。

和島永久子夫人搭乘船班回到日本。我寫信和村上君說，這件事已經落幕。同時，我的宿舍裡出現了一名臺灣人女僕。

有人說，新女僕相貌與回國的和島夫人相似。只是臺灣人女僕穿著臺灣女子常穿的大襟衫，梳著臺灣婦女的髮型。看起來像是從鄉下來的。

聽到這些話時我會說，對呀，怎麼可能會一樣呢。

許多家庭都有臺灣人女僕，這名女僕，也只像是眾多當中的一個。

我提出了無理的要求。我知道這樣很過分，但我需要永久子的贖罪。

永久子總是配合到不可思議的程度。

永久子告訴我，她原本沒有名字。因為排行第九，家裡叫她阿九。她被賣到酒樓的時候只有十三歲，被起名為「丸」。她在日本人的酒樓裡學會日語。

我讓阿九住進宿舍。沒有給予婚姻的承諾。

我其實希望阿九生氣。

假使她生氣，那這樣，或許多多少少有一點機會，我們可以回到平等的狀態。

但是阿九沒有。就像她曾經盡責地扮演一名日本夫人，她如今盡責地扮演臺灣人女僕。

我依然會在無人時環住阿九的腰，只是不再像過去那般，對她抱持敬意。

穿著大襟衫的阿九，依然是美人。雖然與和服的大和撫子感不同。阿九能把兩種女性的美都詮釋出來，讓我無法分辨，哪一種美才是她真正的美。或許都是，或許也都不是。或許都不重要。是我太過膚淺，但我做不到不膚淺。至少現在還做不到。

✦

總督府廳舍主體已經建起，即便主體是具備耐蟻性佳的鋼筋混凝土，廳舍依然有需要用到木材的部分。假使木材的耐蟻性不夠，那麼過了幾年，我們又會需要替換廳舍的木材——在這點上，有一個我們之前未曾想過的解決辦法。

我們選用了阿里山的檜木。

根據總督府研究所大島正滿的研究，臺灣的數種木材，包括檜木、楨木、扁柏……其實具有較佳的耐蟻性。

這乍看是反直覺的——從日本運來的木材，難道不大費周章嗎？難道不高級嗎？然而它在白蟻面前卻十分脆弱，反而是生長在臺灣深山的檜木，足以與白蟻對抗。即便從阿里山上伐木運下山的工程也不容易，但這結果，簡直像是在嘲笑以前，我們把日本木材運來臺灣的那種努力。

我開始想像一件事。

殖民地的白蟻真的是問題嗎？

或者只是在不熟悉殖民地、想用日本木材的我們眼中，才是無法解決的問題？

會議結束後，我決定提早回家。

阿九依然像往常一樣，站在玄關向我鞠躬。我放下公事包，緊緊抱住了她。

我意識到，我過去在乎的堅持，其實根本無所謂。

我請阿九搬出女傭房，今晚就搬。她所蓋的棉被，也被我搬到我所居住的座敷空間。我會寫信回家，也會帶著阿九回岐阜拜訪父母。

而且我會留下來。

我會耗盡畢生之力，探究這塊島嶼適合什麼樣的建築。

我會在這裡結婚生子，會在這裡終老。我們一起。

這裡可以是家。

那一夜，我待永久子如妻子。我和她說我會留下來。

「太好了。其實呀，我妊娠了。」她在我懷中低下頭。「怕給你壓力，一直沒有告訴你。如今有這些話就夠了。終於讓我等到了。」

我當時沒有多想。如果可以，我真想回到那一夜。當時我所想像的未來，有我愛的妻子，有孩子，有令人期待的明天。

直到今日，我依然非常遺憾，非常非常的遺憾，我沒有辦法和永久子一起共度後半生。

為什麼呢？為什麼永久子要選擇離開呢？

隔天，我興奮的回到家，玄關前沒有阿九，迎接我的是一片寧靜。

我找遍宿舍內外，沒有見到阿九的身影。阿九的衣服私物全部消失了，就像這兩年來，她從來沒有住進來過。

我翻遍了壁櫥，內外檢查過一遍，終於走到街上，想追逐她離去的身影。我知道阿九只是離開了，她不是消失，她還存在於這世界上某個地方。人不會憑空消失的。

但是我不知道要去哪裡。

我第一時間想到的，是和島家居住的官舍。但是那裡早就已經是下一任課長的住處了。永久子不會在那裡。接著，我產生了想去新潟的衝動。

但是，我在想什麼啊。怎麼可能會是新潟呢。

我發現我不知道阿九的故鄉。不僅我不知道故鄉，我連她的真名都不知道。我與她共同生活兩年，我卻未曾開口問過她。

就算我只是想寄張明信片給她，我都不知道住址與姓名要填上什麼。

我甚至打聽到了愛笑樓的位置，昔日的火災廢墟已經建起了新的建築。我向人打聽愛笑樓阿丸的事，沒有人願意對我說，連那則怪談，也不再有人提起。

我的心願逐漸從「找到永久子」，變成「只希望再見她一面」。我在想像中討價還價，假使我要的越少，是不是就越可能達成？我也不斷的拷問著自己，那個晚上，我是不是說錯了什麼話，讓永久子即便拖著有孕之身，也要對我不告而別？

這段時間裡，我一直沒有停止尋找阿九。總督府廳舍完工後，我改變主意，留了下來。過了數年，終於不得不把妻接過來。我依然想著，有一日我可以與阿九不期而遇。有時，我會夢見自己回到官舍，站在和島家門外，永久子打開門，撞進我懷中。我們兩個都笑了。

我永遠的錯過了。過了二十年的今天，我依然沒有辦法接受這份錯過。

假使阿九把以女傭之身服侍我，視為一種贖罪。那麼為什麼偏偏是在贖罪結束之時，她選擇離開我……？

我不懂。但是那晚我對她說的，「我會探究這座島適合什麼建築」，我仍努力完成。她一定會在某個地方看著我吧，我希望她能知道，我也在一直看著她。

阿九離開的二十年後，我接到了一個委託。那個委託，邀請我設計建造西鄉都督遺跡的紀念碑。這是始政四十週年，對「牡丹社出兵」的紀念。

牡丹社出兵，是起點的起點。早在始政之前二十年的這場軍事行動，就已經預示了未來帝國對臺灣的統治。領兵出征的，便是西鄉從道都督。

為了紀念碑的興建，我得到了一些資料，作為設計紀念碑的參考。在那之中，我看到了一張圖。那是一張新聞錦繪，來自《東京日日新聞》，上題「臺灣牡丹少女」。畫中，一名少女被官兵環繞，兩名官兵正為了中央的少女穿上西鄉從道都督所賜予的浴衣。

少女臉上神情黯淡。無論是誰都能夠看得出來，她是被迫的。

直到這一刻，我才終於理解。

被人穿上和服，與自己穿上和服，實際上是同一回事。

穿著和服哭，或穿著和服笑，實際上，也是同一回事。

即便如此，阿九並沒有說出口。

為什麼不說呢？假使不說，我要怎麼理解呢？

這是阿九的溫柔，也是阿九的殘酷。

但說到殘酷，最殘酷的終究是我。不可逾越的殘酷橫在我們之間。而我一無所知。

我恨她騙我。她若不騙我，我便不會愛上她，我便一輩子不需要理解這些。

直到二十年後的今日，我才終於在自己的書房裡痛哭失聲。

來自蕃地

【譯者注】

這是在杉喜之助的遺物中發現的一封信件。寄信者經查，應為一九一〇年曾赴英參加日英博覽會的排灣族高士佛社女性djalan（一八九二～？），當時她十八歲，《臺灣日日新報》報導曾提及她的特殊舉止，也曾提到她的姓名。信件描述於一九一〇年日英博覽會中發生的事，由djalan口述、另一名女子「阿九」來進行記錄。書信寫於一九二六年，杉離開臺灣並失蹤以前。讀來令人訝異，十六年後作者仍能將一切記憶得如此清晰，敘述起來如歷歷在目。

杉喜之助（一八七七～一九二六）：人類學家。京都人。一八九六年日本領臺之初便隨軍隊來臺接觸到原住民，由此投身原住民研究。此後數十年，杉出入原住民所在的深山蕃地，為原住民拍攝許多珍貴的照片，常為博物館或教科書所使用。杉被視為是最了解臺灣原住民的人類學家之一，其著作也是日治時代原住民研究的重要文獻。一九二六年於旅途中失蹤，從此下落不明。

杉先生：

結果沒想到，我還是必須以這樣的形式寫信給您。

這樣我們之間的辯論，我到底算是贏了，還算是輸了呢。

聽聞您要離開臺灣，這一次應該是真的永別了吧。趁這個時候，我請阿九太太把我說的話寫下來，化作這封信寄給您。我依然不會寫日文，因此我用日文說，她幫我寫成文字。您聽得懂的部分，她會幫我標註聲音。

信中可能會有不太準確的地方，請您見諒。

我想應該是沒有輸吧。寄信給您，不是因為我向文字屈服了，而是因為我要告訴您，而您不在我面前。我不會再有其他機會可以見到您了，因為您要回日本了。我其實很驚訝，您曾說過「在想完成的事情完成前，都會一直留在臺灣」，我以為那是指您漫長而宏大的書寫事業。但是您的書未寫完您就決定回日本了，為什麼呢？是發生了什麼事嗎？

我原本以為，我可以趁著您回日本的這個機會，終於向您說真話。但我在內心思考了許久。我想，我終究是沒有什麼真話可以說的。屬於真話的那些語言，我不能說。

杉先生，您應該是這世界上最清楚這件事的人：我不能對您說「愛您」……。

如果我想說，我要用什麼語言說呢，我是不能說「愛してる」的。不能用日語說，也不能用排灣話說。我因此沒有任何語言可以說了。

比起「愛人」，或許用「仇人」會讓我自在一些吧。您就算是仇人，也是可愛的仇人。

我不能說愛您的原因，您應該最清楚了。十六年前的那次的旅行，當下我很高興，收穫也很多；但當我事後回憶起來，其中部分的事情，仍令我難以釋懷。我知道不是您的錯，但我依然必須責怪您。

我不能說愛您。但是當那年春天，您帶我到博覽會的臺灣館中，十分熱情的向我導覽，介紹著那些藏品。您的身姿，我看得目不轉睛。

不能說愛您。那我又能說什麼呢？我能說的就只有這封信了。我沒有辦法說我思念您，也沒有辦法批評您。若說我思念您，那太過殘酷了。若是我批評您，那似乎又過於溫柔——彷彿我的不滿，都能化為語言。那樣一來，豈不是對您太過方便——您也清楚，那是不行的吧？

您再清楚不過了。

如果您可以愚昧就好了。

如果您不清楚的話，或許我們之間還有可能。但是您太清楚了，清楚到我們彼此之間，沒有裝傻與模糊的空間。因此我也只能以最赤裸的態度，向您說出那些，不是真話的真話。

既然我不能思念，也不能批評，那我只能將我們所共同經歷的事，原原本本地寫下來。將我當初的經歷與想法告訴您。至於那是什麼，就由您來思考吧。

您還記得我們曾經的爭論嗎？關於記憶。

您一直希望我能寫日記，記下這一切。您總說，我們是獨一無二的一批人。過去從來沒有其他人像我們一樣，作為生長在臺灣這塊島上的生蕃，環遊了大半個世界、前往先進的大英帝國，參與了無與倫比的盛會，甚至見到了英國的國王與王后。您說我們是第一批人。而在這之中，我又是最特別的、最應該寫下自己想法的人。

您努力勸說我，我一定要寫下來，寫成日記最好。您甚至在英國時，買了一本非常精美的日記本贈與我，那應該花了您不少錢吧。那本日記本我依然保存著，不過就如您所預料的，我一個字也沒有寫。

我為什麼要寫日記呢？寫日記是要給誰知道呢？我寧願在晚上我們固定的聊天時間，族人都聚在一起的時候，生動的講述那些故事。我可以講好多次、花費好多個晚上，我相信大家都會非常高興的。接著他們會記得，未來再講給其他人聽。我的兒女會知道，我兒女的兒女也會知道，他們會知道他們的 vuvu（祖先），是一個前往英國的偉大的人。

寫成日記的話，是誰會知道呢？我又要怎麼看到他們有沒有笑呢？

即便是現在，要是沒有阿九太太聽我說話，我也會覺得自己的樣子很滑稽可笑。要是這些文字最終沒有被您讀到，那我不就做了傻事，花了很多力氣卻沒有結果嗎？

即便我將這樣的想法告訴您，您依然堅持。您告訴我，要是我不寫下來的話，我會記錯的，只有寫下來的事情才是真的，因為文字不會變動，而記憶會。您向我展示了您的筆記本，跟我說您在蕃地旅行的時候，都會隨手記下或者畫下您所聽聞的、見到的事物。

「我的記憶力也很好，但是我還是習慣寫下來。這樣才不會記錯或忘記。」

您這麼說，但我實在不能同意您。我現在為什麼要說得這麼詳細呢？因為我想跟您證明，我不會記錯，也不會忘記。就算我沒有用紙記錄下來，我所記得的，依然跟您一樣清晰。

我現在，就把我們的經歷說在這裡，請您確認看看。

✦

我這樣說一封信給您，您應該會發現，我的日文更好了。好的原因很複雜，充滿了令人悲傷的經歷，不足說給您聽。對此，我不會感到自豪。我日常生活中不再講祖先與族人的語言，我與他們的聯繫又少了一種。

我的名字djalan，其意義是道路。取名的時候，或許所有人都沒有意識到這代表什麼。直到我逐漸長大，kama（父親）才說，道路通達，路通往外面。如果我最後沿著道路離開了部落，他也不會訝異，不如說，他本來就不期待我會在部落裡終老。

我們已經在這一塊山區生活了好久好久，讓樹足以從小樹長成大樹好幾次。曾經，幾乎所有人都在部落生，在部落死。但是在kama的年代，不再是那樣了。到了我的時代，當然也不一樣了。聽您說，我們的部落至少存在上千年的歷史，那這就是千年以來，我們遭逢的一次最大的改變吧。

我現在說起這些，應該是想用時代來緩解我的悲傷吧。否則我就得獨自承受一切了。

kama說在他還小的時候，我們的舊社被燒了。那是您也再熟悉不過的事，是您們與我們接觸的起點。幾位來自宮古島的朋友因為船難而來到了我們的土地，中間發生了一些誤會，我們原想好好招待，對方卻做了失禮的事，因此祖父那一輩出草了他們。後來的事就是您知道的，您的國家所屬的軍隊來到臺灣南端，與我們社和周邊諸社展開了戰爭。我們之中有些勇士在那場戰役中英勇戰死，死於你們國家軍隊比我們更先進的槍砲。我們摯愛的家園，因為戰火而變成不能居住的殘破土地。

kama在那之前住在舊社，在火焰中，他牽著他ina（母親）的手離開。我們從此沒有再回去那片受詛咒的土地。一切在那時候變了。我出生以後，你們的國家宣稱領有了這塊土地，不只漢人居住的平地，也包括我們「生蕃」所居住的山林。

kama在看著住家著火的那一刻就已經知道了吧。所以才一直跟我說：我們不會過以前祖先們過的生活了，都不一樣了，全部都會不一樣的。

除了漢人以外，還會有其他人，你們日本人，新的人到來——用一種我們無法拒絕的方式。

薪柴上已經冒出小小的火了，火會燒起來的。

你見過kama，你知道kama是我們部落裡最好的雕刻家。他雕刻出來的祖靈柱，像是他真的看過祖靈。或許他真的能看到一些其他人看不到的東西吧，所以他才說，我會沿著djalan離開部落。

kama果然是懂得祖靈的人吧。雖然他不是巫師，但他會預言呢。

我從小就有點與眾不同，大家都開始吃檳榔的時候，我不吃。我因為牙齒沒被檳榔染黑的關係，和其他小孩處得不是很好，他們會拿這點取笑我。雖然我不會吃檳榔，但是我很會爬樹，據說爬樹的姿態是令人讚嘆的優美。我也喜歡爬到高的地方，那裡有迷人的風景，有呼喚著人的遠方。

我不知道我會不會離開，但是我喜歡偷跑出去。部落外很多山林被視為Parisi（禁忌），我其實是不該進去的，但山裡太好玩了，你永遠無法想像你會發現什麼。我甚至認識了意想不到的人。當然，我總是瞞著kama，瞞著所有人。

kama說起舊社，總帶著懷念的語氣。他說我們那時還住在石板屋裡，是祖先留下來的石板屋，不是這種漢人教我們的土角厝。他說起時，總是非常驕傲。

我沒住過石板屋，以至於第一次見到時，差點認不出來。

後來我就被抓去上學了。先是豬勝束社那邊開始的，後來日本人也在我們高士佛社設立學校。學校裡教日語、算術，圖畫，以及他們說的「禮儀」。這些我都覺得很無聊，而且禮儀只對日本人用得到啊，所以我向來只上圖畫課。

kama說我已經不是小孩了，已經長到要準備做一個女人的年紀，不應該獨自進入山林，以免發生危險。對於kama的話，我當然是非常用心，從此以後更加小心，努力不讓他發現我偷跑出去的任何痕跡。

我慢慢知道kama說的「離開部落」是什麼意思。部落裡有一些嫁給外地人的女人，通常她們是嫁給漢人，接著她們就會作為漢人的妻子，當翻譯，幫他們跟我們溝通。

kama相信我會變成那樣的女人。雖然kama相信，但是kama很傷心，我是kama的小女兒，kama很疼我、很捨不得。

kama也發現了，我確實有天分。來到部落的日本人，都不是一開始就會說排灣話的。他們的排灣話不是很好，只會說一些簡單的字，但是卻認為我們應該從那些簡單的字當中，聽出他們要表達的意思。這不是太讓我們困擾了嗎。但kama注意到，我能從那些簡單的字詞當中，發現他們真的想講的意思。只要我在旁邊聽，就不太容易發生誤會。其他人也認為，我這個成天偷跑的，比蕃人公學校裡的第一名，更能聽懂日本人要說什麼——或許我擁有與異族人溝通的天分吧？就算不依靠語言，也可以溝通。

所以這就是為什麼，當你在那個風大的陰天來到我們部落時，我也被叫去了。儘管您的排灣話好得完全不需要我。我那時十三歲，聽聞有官員來到部落，還以為是個老頭子，以至於一時之間沒能看得出來是您。

頭目稱呼您為sugi（スギ），說您是我們的朋友，在近十年前曾經造訪過部落。我難以想像，您看起來是那麼年輕，像是個少年一樣。十年以前，難道不是跟我一樣，還是個小孩子嗎？我聽聞您曾經縱橫臺灣的山脈，探訪過深山裡的許多部落。您那纖弱而嬌小的身軀，究竟是怎麼辦到的呢，真不可思議。

打著綁腿的您，看起來十分俐落。但是您的衣服都沾上了髒汙，又感覺您很笨拙，我覺得很好笑。我笑起來時，您也露出傻笑。

您積極研究排灣族的那段時間裡，造訪我們社時，都住在我們家。您見過kama的雕刻，說他是蕃人裡手工數一數二好的。這話由拜訪過許多部落的您來說，實在是太令人驕傲了。您是很善於交朋友的人，與kama相處得相當愉快，kama也問了您你們國家的事。唯有一事讓他不高興，就是當您聽聞我們原本住在舊社時，詢問我們：「舊社在哪裡？」原本笑著的kama臉色突然改變，生氣的說：「那是Parisi（禁忌）！你還敢問我！」要您從此不要再問。

那一刻，您臉上閃過抱歉與失落。我不知道我們的舊社為何如此吸引作為外來者的您。但您是真心的。我想所有人之中，只有我懂。

✦

您來到部落，拍完了照片做完了調查，又前往下一個地方、去調查其他部族。我儘管有時會想起有您這樣一個人，但並不會思念。直到在異地再次遇見您。

那是你們所記的明治四十三年。我們一行二十四人，作為「臺灣生蕃」的代表前往英國。我們高士佛社有八名，其他十六人則來自周邊諸社。我和姊姊，以及另一名來自我們社的女性長輩，是其中僅有的三名女性，其餘全是男人。

石川警部告訴我們時，沒有人知道要去幹嘛，也沒有人知道「英國」這個地方在哪裡。豬勝束社的頭目潘文杰去過日本，但石川警部說，英國比日本更遠，要坐很久很久的船才會到。kama一聽到很遠，他又想到我，因此向頭目推薦讓我去。ina（母親）認為kama在發瘋，說萬一女兒被日本人帶走怎麼辦——以前就有一個女仍社的女孩被帶走，回來後發了瘋。死掉了。

石川警部保證不會發生這種事，說會讓去的人定期寄信回來。石川警部一向很受部落裡的人信賴，儘管我並不喜歡他。石川警部說，我們會旅行好多塊土地，雖然坐船的時間很長，但我們可以見到蕃人從未見過的新世界。而我們前往的地方，是一場由日本和英國合作的盛大的博覽會。為了這場博覽會，日本投入了數量極為龐大的人力與物資，去到英國的我們，可以親眼見到那份成果。而不只如此，我們扮演的角色更為重要——我們要去告訴世界上的其他民族，我們是臺灣島來的蕃人。

kama聽得雙眼閃閃發亮，跟我說：你們要去，因為你們是部落的未來。

ina最後放行了，不過她的要求是，姊姊Rungayo要跟我一起去，我們兩個彼此有個照應。姊姊大我三歲，那年二十一歲。她其實並不願意，因為她已經訂婚，原訂於今年結婚。所以連她的訂婚對象Butsuaberi也去了。

出發前，石川警部對男人們說：「不要忘記戴頭上的那些飾品。」

我們社裡的男子們的髮型您也見過，那髮型會把前面一半的頭髮剃去，用後面的頭髮綁成辮子，像是漢人那樣，繞成一圈一圈盤在頭上；但我們還會再在頭上加上一些排灣族的飾品來做裝飾。男人們很習慣這麼做，未來也會繼續下去，戴飾品是理所當然的。石川警部還要特意提醒，真是囉唆。

航程真的很長。我們二月出發，從基隆搭船先到日本的門司港，在門司港與來自北海道的十名愛努人會合，接著再從門司港前往上海、香港，再到南洋的新加坡、往西到印度等地方。這些地方我都不知道是哪裡，總之聽板倉巡查說，我們跨越了世界的一半。我們旅行這麼久也只有一半，世界到底多大呀？

石川警部與板倉巡查兩人看我和姊姊特別緊，要我們不許和其他男人親近。姊姊很不高興，我則無所謂。我想，這是因為您不在船上的緣故。

✦

船舶停靠英國的港口，我們終於到了。我們在安排下，搭乘馬車前往會場。與我們一同抵達的愛努人，則是坐火車。我們搭乘馬車的好處是可以觀覽英國的街道。我們部落中令人敬重的Salangai，一直感嘆，說英國的建築實在太美麗、太宏偉了。

會場很大，我們擁有一個獨立的區塊，叫作「福爾摩沙村」。除了我們以外，還有來自北海道的愛努人，他們住在「愛努之家」中。在開展前的一個月間，會場尚在建設。我們也加入了建設的行列，福爾摩沙村要建十二戶房屋，按著我們的形式建。Salangai原本很擔心，材料可能對不上，但他們看到建設的素描，很驚訝，因為確實是我們房子的樣子。

那是您提供意見的吧。

在我們待在尚是空地的福爾摩沙村的時候，外面傳來了聲音：「讓我進去，他們認識我啊！」我追著聲音看去，板倉巡查正攔著一名矮小的男子，男子雖然穿著西服，動作卻十分不莊重，正想跨越欄杆進來。

我不禁笑了出來。板倉巡查因為來到部落的時間太晚，才不認識您。我前去為您解圍。說這位是スギ，介紹了您的經歷。我還沒說完，板倉巡查就嘆了一口氣，對您說：「您要申請啊，我沒聽說您要來。」

您只是俏皮的笑了。看來您似乎很習慣被這麼說了。

大家見到您很驚喜。但是總是在臺灣的山林裡進行調查的您，為什麼會突然出現在英國呢？

您對大家說的是，「因為工作」。或許是不好解釋吧。我私下才聽到您的真話：您有一位敬重許久的坪井正五郎博士，在遇到有公費留學名額時，他推薦了您。由於是敬重的老師所推薦，您盛情難卻。但您也抱怨，「老師真是太不了解我了，我不是那種書生派啊。」由於您恰巧在英國的緣故，您也擔任這次博覽會人類學部門的協力，主要負責東洋館中的一角，以及我們所在的福爾摩沙村。難怪板倉巡查對您相當恭敬。

這樣的您，到底為什麼要跨越圍欄啊。

您似乎很喜歡跟我們一起。您一直說：「英國好無聊，我什麼也不能做。」但與我們在一起時，您相當自在。您布置展場的空檔，就來看我們蓋房子，您說是來學習的。就連吃飯時，您也出現了。

「又可以吃到我最喜歡的小芋頭了！」

還以為您是來做什麼，原來是來跟我們搶食物的呀。您向來很喜歡我們的小芋頭，還說：「如果問我小米、蕃薯、米跟芋頭哪一個最好吃，那絕對是小芋頭最好吃呀！」

然而我們的午餐煮好時，您也看出來了。

這裡沒有芋頭可以吃，是薩摩芋（蕃薯）啊。薩摩芋、小米、米，芋頭還算問題比較小的，但是米——這就不太好。我們來自不同的部落，我們算是比較沒那麼傳統的，但在有些傳統的社，米依然帶有禁忌意味。他們就多吃了一點小米。但總感覺好奇怪。

會場很大，除了我們所在的地方以外，還有許多區塊，也有許多英國人的施工者走來走去。一個月過去，我們的房子與其他區域的建築陸續完工，您主動提出在開展前，帶領幾個人參觀您所布置的東洋館臺灣館。但您的要求迅速被石川警部拒絕了。在石川警部轉過身時，您就拉著我說：「不然我帶你去吧？」

您用做壞事的神態說著。但明明是學習的事情，還要這麼偷偷來，真是不懂您。

「不找其他人嗎？」

「太多人去他們很快就會發現的，你就好，跟我來吧。而且這樣我就不用一直說排灣話啦，很累的。」

——咦。

就因為這句話，我與您到了東洋館。您說東洋館與福爾摩沙村可說是在會場最遠的兩端。福爾摩沙村在會場的最深處，東洋館則在入口處，因此我們要橫越大半個會場去到東洋館。我要怎麼不被發現呢？照我這個樣子，走出福爾摩沙村沒幾步，就會被其他人注意到了吧。

我們躲開了板倉巡查的目光，移動到房屋後，您拿起頭上的帽子，往我頭上一蓋。又脫下身上的外套，披在我身上。您看上去瘦小，您的外套在我身上，卻仍相當寬鬆。原來您還是比我想的高大啊。

您的外套有些溫熱，讓人想起這件外套剛剛還在您身上。您說，這樣就不會被發現了。

我們穿越了整個展場——出發以來，我一直都在石川警部與板倉巡查的特別監視下，我已經忘記那種偷溜出去的感覺。這次與您走在會場內，就好像在山林間探索一樣。這趟旅程以來，我終於第一次逃離監視的目光。

到了東洋館內，我才終於開口問您，您說「對我不用一直說排灣話」是什麼意思。

我用排灣話問，但是您回答我時，卻是用日語。

「君、日本語が分かるのに。」（你明明聽得懂日文啊。）

我尷尬的笑了。您沒有特意要揭穿我，表情只是單純的好奇。您只在私下時對我說，就說明您十分清楚，這是我個人的秘密。

「你總是裝作你的日語，就是蕃童公學校裡的那種普通水準，但是實際上，你日語非常好呢。你全部都聽得懂。我們說日語的時候，你應該全部都知道我們在說什麼吧？」

我之所以能懂得那些日本警察的話，不是因為我能觀察他們的表情與動作，而是我根本就聽得懂日語。

我不喜歡石川警部，也是因為他用排灣話和頭目他們說話時，都相當恭敬。但當他說日語時，卻能聽得出來他十分鄙視我們。

「你的日語能力要是讓部落裡知道，一定可以起到很大的幫助的。為什麼你說話的時候，總是要隱藏這點呢？偽裝很辛苦吧？」

「因為我不想被知道，我是怎麼學會的。」

這一句開始，我用日語回答您。

「就連你現在也不能告訴我嗎？」

「杉先生，即便我相當尊敬您，但請您見諒。」

「看來你連日語的個性都學了啊。」您苦笑。

「就算你不告訴我，我也會想辦法找出你的老師的。」過了一會，您快速在我耳邊說了這一句。

東洋館裡似乎因為尚未開張的緣故，並沒有多少人潮。裡面的樣貌，就像是特別華麗的漢人市街。屋頂上有好幾層往外翹的屋簷，塗著鮮亮的色彩，還有彩繪的門楣，以及像是城門的建築物。東洋館展示的範圍包括臺灣、朝鮮、滿洲鐵路、廣東等。

臺灣館的區塊，有一些擺設。其中一個景是山地中的蕃人，從衣著來看，應該就是我們排灣族吧。蕃人身後有斜斜的山脈，還有檳榔樹，他們不勞動，就只是站著。我看假人看得不停的笑，平常誰會那樣站啊？站得像是要給杉先生您拍照一樣。

在假人的旁邊放著蕃人物品，有我們排灣族的，也有一些是其他部族的。說起這些展示品，您相當自豪，因為是您在臺灣的深山中探險、交朋友的過程中得來的。裡面有泰雅族珍貴而稀有的織布，也有我們的蕃刀。您將這些藏品寄給東京理科大學的人類學研究室，再由研究室那邊寄過來展示。

這一區還展示了多張您拍攝的照片。您盯著其中一幅自說自話：「選了這一張啊……」那張照片上是一位蕃人婦女，您說是屬於北蕃的泰雅族。您為這一戶人家拍攝了許多張照片，這位婦女則拍了兩張。一張是她平時的穿著，就跟我們一樣，她的穿著也和漢人有點相似，因此您又幫她拍了另一張照片，請她披上泰雅族的織品。而在這裡，只展出了她披織品的那一張照片。

您喪氣的說：「因為位置不夠，所以只能放一張。可以理解為什麼做這樣的選擇，但是如果可以，我還是希望兩張都展出啊……」

您提到這樣的狀況，其實常常發生。十年前有一次博覽會，不是在英國，而是海對面的法國巴黎的萬博，那一次也有蕃人圖像的展出。那次的負責人不是您，而是您的同行。被展出的是一張由繪師根據照片描繪的圖——結果卻與原本的照片出入相當大。可以說那張照片根本就是充滿錯誤。您看過原照片，發表於《蕃情研究會》，原來的照片上，其中兩位泰雅族的蕃人並沒有臉上的刺青，然而重繪過的圖卻把刺青畫得很深——「這真是太懶惰了。」您感嘆。

我聽不懂您在說什麼。但您那種認真投入的樣子，我看得很高興，因此當您說起研究成果並忘記時間時，我也沒有提醒您。我們待到黃昏時刻才回去，我解下外套與帽子交還給您，自在的從正門走進福爾摩沙村。板倉巡查看得睜大了眼睛，看我沒理會他，便知道要找您——但是對上您，他又嘴巴開開合合，說不出話來。您一直道歉，但心裡似乎並沒有歉意，板倉巡查不斷推辭著您的道歉。看著這一切，我很愉快。

離開臺灣館前，我跟您說：「現在您成了世界上，唯一知道我秘密的人了。」您有些驚訝，隨即臉紅了。您不知道，我這是在給您施加約束呀，這樣一來，您就不容易說出去了。即便知道您本來就是可守密之人，我還是要加上這一句。因為這秘密對我來說，實在太重要了。

「我真的嚇了一跳，明明連板倉巡查都沒有發現的。您怎麼發現的？」

「該說，因為這是我的專長嗎？」您摸著沒有戴帽子的頭，有些靦腆的笑了。

啊啊，為什麼那個樣子，如今在我眼前，依然這麼清晰呢。

✦

開展了。展覽將從五月持續到十月。那天石川警部再度跟我們說明情況：等到十一點就會開展。我們要在福爾摩沙村內待著，會有人付入場費進來看我們，直到晚上十點二十結束。中間有四次跳舞的時間，我們要聚在一起，跳舞給來客看。除了我們女性要參與的跳舞以外，男子還有戰爭的演示，要拿著刀、槍與弓，展現他們的勇猛。

我們在福爾摩沙村的作息非常規律。每天都一樣，五點起床洗澡，八點吃早餐，十一點開放入場，十二點吃午餐，晚上七點吃晚餐，待到十點結束。睡前我們會得到一點酒，但相當有限。我們也睡在福爾摩沙村內。儘管無聊，這份工作的薪水相當優渥，我們一天可以領日幣一円，連航行期間也算在內。因此若計算二月出發，到十月展覽結束、一月歸國的這段時間，我們也能領到三百多円。儘管原本不是為了錢來的，但不得不說，真的不是一筆小數目。

我們得到了一批印有我們肖像的明信片，可以向進來參觀的遊客兜售。多賣一點，就能多賺到一點錢。姊姊很積極的賣，但我並不想賣。

那張照片是您幫我拍的。我們拍了團體照與個人照時，您說也想幫我們拍照。因此我得到了兩張獨照，其中一張是由您拍攝的。石川警部說這張很好，洗出來發給我販賣。

拍第一張照片時，我沒有笑。您說我太嚴肅了，故意說話逗樂我。如果說那張照片上我笑得好看，也都是因為您。

要我向人兜售您幫我拍的照片？我不如把那些都留著。

福爾摩沙村裡總是擠滿了人。每天都有戴著大帽子的女人與穿著西裝的男人，付六便士進來看我們。英國女人撐著傘，拿著望遠鏡往我們身上望，英國男人仔細的上下看著我們居住的房屋。這時我會想，這些人真是閒，還要付錢進來給我看。

展示的日子，族人一開始還因為很受到歡迎而興奮，但是發現每天生活都一樣以後，很快就膩了。某天就寢前，我聽到隔壁部落的男子對石川警部說：「太無聊了吧！這不是人過的生活！在山上還比較自在！我想回臺灣！」石川警部要他再忍忍，但他說已經受不了，他們佩刀、帶著槍與弓，卻不用狩獵而只要在這裡走來走去，像是笨蛋一樣──石川警部勸了幾次，他才安靜下來。但是隔天，同樣的狀況又來了一次。

您來過幾次，但都是短暫停留，板倉巡查說，您在東洋館有解說的任務。而您少數來看一眼時，我也會聽到石川警部對您說，監督的任務由他們來就好，不勞煩您插手。

✦

當天白天發生了一起插曲，姊姊因為腳不舒服，因此由我去找板倉巡查，板倉巡查再找了醫生來。我原本站在旁邊看，但突然板倉巡查說要帶我去買東西──我們因此去臺灣喫茶館買了一杯熱茶，再回來時，醫生已經離開了，姊姊的腳上有包紮，石川警部的臉很難看。

姊姊則一副若無其事的樣子。我問她，她什麼也不說。

在那之後，我曾經無意間聽到石川警部與板倉巡查的對話。

「不是都有好好監督嗎？怎麼會發生這種事！」

「這也不能說是監督的問題……而且您太大聲了。」

石川警部聽上去非常生氣，板倉巡查則似乎很緊張。

「不是監督的問題？難不成你期待他們可以控制自己？今天這種事，根本就是沒有好好監督的結果。沒有監督他們，就是會出這種亂子。蕃人就是這個樣子，根本不能期待他們能控制自己……」

「警部，請小聲一點，會被聽到的……」

「他們又聽不懂日文。」

啊啊，就說我討厭石川警部啊。明明用排灣話可以說些客氣的話，回到日語就變成了一個失禮的人。這傢伙該不會有兩個靈魂吧，日語一個，排灣話一個。不過當然，日語那個才是真的靈魂。

在那之後，姊姊搬去和結婚對象一起睡了。kivi阿姨來和我住一起。kivi阿姨說，姊姊要結婚了。

展覽期間有些事情改變了，有些事情發生了。

來參觀的遊客摸了鐵砲。據說，那位遊客原本因為好奇想要動手摸一下，剛伸出手，就被Salangai他們出聲制止了。但那位遊客並不死心，趁著他們不注意，又摸了一下。這一回Salangai就不高興了，大聲斥責了對方。板倉巡查一聽到騷動，馬上趕來向遊客道歉。石川警部隨後趕到理解狀況。因為涉及英國遊客，現場也有其他會說英文的工作人員前來。他們說了什麼我並不清楚，但是隔天石川警部說，遊客是因為不懂事，所以才摸了鐵砲，但他們已經警告過遊客，只是我們也絕不能對遊客生氣。

Salangai雖然不太高興，但令人尊敬的Salangai並不是會記仇的人。摸鐵砲的小衝突發生過後不久的某天，福爾摩沙村的人突然變多了。原本就已經相當熱門，那天湧進來的人潮又是平常的兩倍。而奇怪的是，不少人來到我與kivi的小屋前，東張西望的望著裡面。我走出來外面，便產生了一陣譁然聲。許多人盯著我，我不知道是怎麼一回事，只好用我不太擅長的英文對他們說Hello。

他們露出很訝異的樣子。但這些人並沒有回應我，只是與他們同行的人們悄聲說話。另一些人來看了我一眼，驚嘆一聲後離去。雖然他們發出了聲音，但都不是想和我對話的意思。我有些不耐煩。明明和我說英文也沒問題呀。

直到您在我們吃早餐時來找我們，我才終於解開疑惑。您帶著幾份英國的報紙，翻開一處給我們看，英國報紙上有我們的身影。那是關於日英博的報導，提到日本帶來的「福爾摩沙村」十分受歡迎，是展場中人潮數一數二多的區域。您一字一句的念給我們聽，一邊解說著英文。您又帶了另一張比較小的報紙，也提到了福爾摩沙村，還說「福爾摩沙村當中有一名蕃婦美人」，上面印了我的照片。

我很錯愕，但您相當得意。您說這類報紙大多喜歡這種內容。被稱之為美人，我應當感到開心。

「怎麼會有照片呢？」我明明沒有賣的，為什麼報紙會刊登出來？但我隨即想到，我的照片石川警部和您手上都有。您說，照片您也贈送給了《臺灣日日新報》的記者田原，他為了撰寫日英博的特別報導剛抵達倫敦，過幾天會來見我們。

因為您相當高興，以至於我不知道該如何跟您開口說明我的感受。不是語言的問題，日文與排灣話都不足以表達我的困惑。

「怎麼了嗎？」您低聲問我，似乎察覺到了我想說話卻又不說的窘態。

「最近人有點多，我相當困擾。」我也壓低聲音，以其他人聽不到的音量，用日語對您說。我也只能說到這樣了。

隔天，那件事發生了。

我因為人多又覺得疲憊，在屋內休息著。外頭傳來kivi阿姨的聲音，原來是一名男子正想進屋，被她攔住了。那名英國男人穿著胸口有裝飾的華麗衣服，態度卻相當粗魯。我聽聞聲音出門了解情況，才一走到門口，對方的手就在我的胸部上摸了一把。

「ＸＸＸ，ＸＸＸ！」英國男人指著他的手，對著他的同伴大笑，兩個人一起笑起來。

這一切發生得太快，我來不及反應，只是愣在原地，不知道要做什麼。他似乎還說了什麼我聽不懂的話。我這才想起來我該回應，但我只說得出you……接著就愣在原地。

隔壁小屋的Salangai看向這邊，他注意到了異狀。我有預感，他很快就會搞清楚發生什麼事的，習慣保護族人的他，大概不會接受。

我叫出來的話，Salangai就會知道……我怕他又會像上次那樣。相對的，我只要笑，就可以假裝沒發生事情——但我笑不出來。

這時候，您出現了。

您抓住了那名紳士的手，用英文說，You can NOT do this. 您的語氣冷靜，但強硬。您的胸膛起伏著，大概是因為奔跑而喘著氣。您怎麼會突然出現在福爾摩沙村內呢，啊，該不會是又翻過了欄杆進來吧。

您伸出的手，手指微微發抖。儘管您沒有大聲說話，但我能感覺到，您非常生氣。您只是強壓著怒火。

您緊緊抓著那名紳士的手，令他想抽手也抽不了。我訝異於您嬌小的身軀，竟有那麼大的力氣。您招呼了一聲，板倉巡查趕來了，隨後石川警部也到了。您向他們說明了狀況，也譴責他們沒有多注意我們的情形，才讓這件事發生。

「謝謝杉先生的注意，但這件事我們自會處理，不勞杉先生費心。」石川警部說。

「不就是因為你們的疏忽——」

「我們對djalan沒有杉先生來得用心，是我們的錯。」

我向石川警部表達了我的意思。我並不希望Salangai和其他部落裡的人知道這件事。大家不喜受辱，必然會有所反應。我不希望大家的旅英之行蒙上陰影。

我說的時候，能感覺到您不捨的目光停在我身上。我並不想被同情，但您的目光，仍讓我想對您說聲感謝。

我只是想不透。那名英國男子所做的事，毫無疑問是失禮的行為。從其他人的反應來看，無論是在日本人眼中或在英國人眼中都是如此。既然這樣，那為什麼會發生這種事呢，為什麼會是我呢？

那句話又是什麼呢？

您似乎了解發生什麼事。

隔天上工前的時間，大家盥洗時，您來找我了。您向板倉巡查打了招呼，說要把我借走一會，板倉巡查不敢違抗您而答應了。您把我拉到他看不到的地方，又用同一招帶我翻牆離開了。我跟著您走，想著要去哪裡呢，您把我帶到被建築遮蔽的無人處，對我深深一鞠躬。

「發生這樣的事，我真的很抱歉。」

我愣住了。您不必這樣啊。

「這不是您的錯呀。是那個男人的錯，跟您無關。杉先生甚至制止了他——」

「不，都要怪我。這全都是我的責任沒錯。我對不起你。我向你保證，未來絕對不會再讓這種事發生。」

杉先生，您那時刻的表情真是可怕，嚴肅到我都嚇壞了。平常總是輕鬆的笑著、甚至把許多規則都不當一回事的您，為什麼會露出如此可怕的表情呢。

我明明是想笑出來的。這多不像您啊，但我卻笑不出來。心像是被碾碎一般疼痛著。

您見我沒有說話，又說：「大概這樣還是無法得到你的原諒吧。沒關係，你想怎麼責備我，就怎麼做吧。」

明明受傷的應該是我，為何我在這時，卻為了您自責的模樣而心疼呢。

您嚴肅到可怕的模樣，好像您真的無法置身事外，我的事就是您的事。

我的雙眼泛出了淚水。為了怕被您誤會，我別過頭去。您卻擔心我是在生著氣，又用目光追逐著我。我實在是沒辦法了，才終於對您說：「我不會責備您的。」

「不，你會的。如果你知道實情的話。」

「什麼意思？」

您低下頭，緊抿著雙唇。您年過三十，卻依然帶著少年氣息的臉龐，此刻看上去誠實，而脆弱。我這才終於意識到，您的歉意或許並沒有我想像中那般簡單。

「我沒有辦法解釋，我直接帶你看吧。」

您帶我來到愛努之家。愛努之家沒有像東洋館那般遙遠，只要繞行我們所居住的環形區域半圈，便可抵達。愛努之家的十位愛努人來時與我們同樣都在船上，但因為語言不通的緣故，我們沒有太多的交流。只知道他們生性親切，溫和好相處。

愛努之家與福爾摩沙村一樣有圍欄。這是當然的。

與我們一樣，愛努人也住在他們自己所建的房屋中，十名愛努人穿著自己的特色服飾，待在屋內供觀看。您要帶我付費入場，我怕被他們認出來，下意識壓低了帽子。明明這應該是十分正常的行為，畢竟對於所有遊客來說，他們都執行得再正常不過——但我卻感到羞赧。為什麼我會有這種想法呢。

「不用低頭，你現在就是遊客。」

您遞給我「公式案內書」，公式書裡介紹了愛努的木雕、熊祭、女子嘴上刺青等習俗。愛努人會吃熊。在我們文化中捕熊被視為禁忌，我沒見過熊，只是偶然聽 kama 提到過。但那樣高大而可怕的熊——這些溫和的愛努族男女居然會吃。我不禁看著愛努族的男男女女，想著他們身體的一部分，都是由熊肉所變成的。

您說，裡面有一位男子「殺了一百頭熊」——說起來很驚人，但我在船上時聽說過這個故事，還跟他打過招呼。他是個溫和硬朗的中年男子，「殺了一百頭熊」只是他的其中一面而已。

在愛努之家，與其說我能了解愛努人，不如說，我能感受到自己的處境。差別最大的，是我如今明明就像在福爾摩沙村那樣的地方，但我居然不會被看——多數男男女女看著愛努人們，不會注意我。在福爾摩沙村可不是這樣，目光多到令我感到疲憊與焦躁。就算坐在屋內休息，也會有人想探頭進來看。

但是現在，我成了那些看人的人。我甚至可以做那些我討厭的事：探頭進去看那些躲在屋內的人。不管他們的意願。

原來「另一邊」的感覺是這麼一回事嗎。

參觀完愛努之家後，您帶我到臺灣喫茶店稍作休息。我原本想把帽子和外套脫下來，但我怕會被注目，石川警部和板倉巡查會發現我，因此我依然戴著。儘管穿著您的衣服很有趣，但我也明白，我並非自願偽裝，而是必須偽裝。我沒有獨自行動的自由。剛剛那種「我在另一邊」的感覺，終究是錯覺而已。我終究不能像您一樣，在這裡自由穿梭。

「接下來我會對你坦白，我想請你聽我把話說完。」您喝了杯茶後說。我哪次不是認真的聽您說話呢。

您說，福爾摩沙村和愛努之家這種，都屬於土著村。土著村是個許多人不同意的，帶有惡名的形式，又被稱之為「人類動物園」。它讓土著在村內生活，展示給其他人觀賞。名義上是藉由展示，讓人們學到人類學的知識。但是這個形式也很殘酷——只有被視為「野蠻」的人，會被放到村內。

「我並不同意這做法。但只要有心，還是能夠從中觀察、學習的。這次日英博覽會的邀約，是英國方主動提出，希望日本可以展示臺灣生蕃和愛努人。我覺得這是個機會——很多人對臺灣蕃人的印象就是『會砍頭、很兇惡』，我很傷心，我想讓他們知道你們有多溫和與高貴，你們有自己的文明。」

您原本昂首說著，突然頹下了肩膀。

「但我終究還是把人想得太好了。這形式很容易造成一些誤會……讓參觀者誤會他們可以對你們失禮。這是我感到抱歉的部分。是我參與的這個形式，導致了你被冒犯的結果。我非常抱歉。」

您再度低下頭。

是這樣啊。

您的意思是，我被摸胸部，和鐵砲被摸，是同一回事。而這都是因為我們身在福爾摩沙村。

您參與了的福爾摩沙村。

「杉先生，那個英國男子在那之後說了一句話。您知道那是什麼意思嗎？」

您搖搖頭，您當下沒有聽到。但我記得十分清楚。即便我完全不懂那是什麼意思，我依然硬是把那些音記了下來，在這時候唸出來給您聽。

您一聽，露出痛苦的表情。

「我不想告訴你，但你不會接受的吧。」您苦笑。

「嗯。」我點點頭。「您說要對我坦白的。」

您如此的照顧我們，讓我們可以避開某些對我們不利的事實。但這是對等嗎？假使您繼續對我隱瞞，不說出那句話的意思，那是否又是相同的狀況？

「是的，我終於對你坦白了。」您鬆了長長的一口氣，看起來終於卸下心中大石。

但望著您的樣子，我卻無法為您感到喜悅。

「請您對我坦白就好，不要告訴 Salangai。」

「你不會覺得這是隱瞞嗎？」

「因為不是隱瞞的話，那就是侮辱了。」

您愣了一下。「對，是我失禮了。謝謝你。」

我們要是知道的話，就必須接受那種「被當作野蠻人」的意義——我們不會同意，這樣一來就必須要反抗。但以我們現在的處境，我們無法反抗。這實際上是不得已的狀況，但是以外人看來，就像是我們自己選擇的侮辱。比起來，無知還更好一些。

我是這樣想的。

大家都相信來到英國是一件光榮的事，那這樣就好。不是光榮的部分，由我來知道。

關於您的坦白，我當時的感受很複雜。我當時無法明說，到如今我終於能用語言說出來。

我覺得您在利用著我。

我想您也不會否認這一點吧。

我們被利用來展示，這件事情使您懷有愧疚感，而透過「向我這樣一名蕃人訴說真相」，您做了您認為「公平」的事，因此終於可以喘一口氣。這是您需要的吧。您以為這整件事，只是您在向我說明事情而已，但我作為聆聽者，我也幫了您。因此您細微的利用了我的位置，來使您安心。

我不怪您。人有許多自己不會察覺到的地方，這就是您的吧。

我為什麼要知道，我們被當成野蠻人的這件事呢。假使這是公平，但這是善良嗎？

「野蠻女人的胸部也是軟的呢。」據說那句話是這麼說的。

因為您的翻譯，我終究知道了。但您說出這句話時，那份無法饒恕自己的痛苦，我也看在眼中。我想那其中有一些善良。

✦

即便我知道，您以某種極度文明的方式利用著我。但我也知道，您在看到我被冒犯的時刻，您是如此生氣，雖然您的生氣是不動手的，但怒火之盛與動手無異。為什麼呢，明明我只是一個異族之人，為什麼要為我如此生氣呢。

我儘管困擾，也不敢對姊姊說。姊姊大概會把我比擬成她與未婚夫Butsuaberi的狀況。但怎麼可能呢。

姊姊搬過去與未婚夫同住後，晚上我時常能聽到他們的小屋傳來嬉鬧聲。她似乎吃胖了一點，時常面帶幸福的微笑。我問她怎麼了，她只會格格笑，什麼話也不說。

擁有情人，是這麼開心的一件事嗎？

那一夜，我又在晚上聽到姊姊的聲音。但是這一次的聲音似乎不是只有笑聲，還有一種……我沒聽過的聲音，不像是姊姊的嗓音。

我尋著聲音，偷偷摸摸來到他們的小屋外。我直覺那樣不好，但是我太好奇了。小屋的窗子有幾道縫隙，我把頭靠著，藉著外頭的光，可以窺見幾分真實。

我很快意識到那不是我該看的——我想馬上逃回小屋內，但又怕手腳忙亂下，發出聲音被發現。只得放輕手腳緩緩離開，深怕踩到什麼東西會驚動他們。

就是在這時，我聽到了腳踩到異物的聲音。

我原以為是自己發出的，差點嚇壞。但我很快確認，那不是我發出的聲音，而另有其人。我判斷出聲音所在的方向，在那裡看到了您的身影。

您壓低著身子，穿著單薄的和服，交疊的領口敞開著。您向來穿西服，著和服的樣子我是第一次見到。您露出很不好意思的表情。

我們在小屋外坐下。我這才知道，原來在冒犯事件發生後，您怕再出狀況，因此申請睡在隔壁的日本喫茶店，已經連續好幾天。從那裡，可以望見福爾摩沙村內的狀況。若半夜有異狀發生，您可以很快的反應過來。今天就是因為看到我離開小屋，擔心會發生什麼事，所以才跟過來看看。

入口處應該是有守衛的，照理來說您進不來。您大概又翻牆了。

「畢竟我說『我保證不會再發生』嘛。」您低下頭去。

您說的是真的呢。

「不過我……並沒有發生什麼事。結果就像是您看到的。只是陷入了一個像是偷窺狂一樣的狀況。」我想笑，但不適合笑出來。您應該看出來了。

與我共同長大的姊姊，已經在我不知道的時候，擁有了自己的秘密……如今對著異國的月光，我是真的孤身一人了。

「姊姊應該很快會結婚吧。真為她高興呢。不過不知道在英國這邊結婚，會不會很麻煩呢。」

「如果他們要結，我當然會協助的。不會是太困難的事。」

「是嗎？」

「而且有機會讓英國人看看傳統的排灣族婚禮也很好，說不定還會成為日英博的話題呢。」您說著，人類學的興趣又來了。我以為您是要安慰我的。但說到了您喜歡的事情上，您又恢復成那個樂在其中的樣子。

「真羨慕您呢。」

您聽到似乎很意外，張大眼睛望著我。

「我真羨慕您，可以像這樣，把自己的全身心都奉獻給學問。」

「那只是剛好呀。你的人生還很長，或許會遇到那樣的事物。總會有機會的。」

「不，不會的。這不是年紀的問題，」我說到這裡，又想到這可能說得太多，有些踰矩。假使我沒有在欄杆內，或許我可以做這樣的夢吧。但我與您的位置……「算了，今天很晚了，明天還要早起工作，杉先生也先去休息吧。」

我起身之際，您拉住了我的手。

您原來是這麼有力量的嗎。我還以為您很瘦弱呢。

「我害你失望了嗎？」您小心的問。我坐回剛剛的位置。夏天的晚風並不冷。

「杉先生，在您向我說明之後，我一直在思考。最後我也無法得出結論。假使我像您一樣就好了，或許可以對此議論一番。但我的不足之處實在是太多了，畢竟我不是您呀。」

我說出了這番混合著自虐的話語——不是要博得您的同情。但我與您的對話，一開始就不是在同一個平面上的。或許經過一輩子，也無法達到同一個平面。

「那就寫下來吧。」您對我說。

「你的想法絕對不是不重要的。你來英國的這一趟旅行，其中所學到的事物，絕對不會是沒有意義的。記者會採訪你們，問你們對英國的看法，但那不會是真的。你自己寫下來，那才是真的。而且你的日文這麼好——你做得到的。你寫下來吧，我幫你發表。人類學期刊上從來就沒有蕃人自己寫的文章，你將會是第一個，你寫吧，可以先從日記開始——」

您就像老師一樣滔滔不絕。我雖然拒絕您，您仍不死心，對我說：「仔細一想，像你這樣想得這麼多的蕃人，卻不寫作，真是太可惜了！老實說，在遇到你之前，我根本無法想像，可以有一名蕃人把日語說得這麼流利，而且還可以用日語理解深刻而複雜的概念，甚至也可以自己表達出來——真是太不可思議了。你的視野，已經超越了一個生長在部落的十八歲排灣族女孩可能擁有的程度呀。」您的眼睛閃閃發亮。您一定是因為太投入了，才會沒有意識到您抓著我的手。

「杉先生，我真的不會……」

「——我知道了，留學！我向老師寫信推薦你，你到東京去。你可以住我在東京的宅邸，學費就由我來資助好了。你kama那邊我也幫你說，頭目應該也會同意的——」

「杉先生。」我打斷您。「您明明清楚，我沒有理由離開蕃地。更別說住您的家。」

「你可以。」

「不，我不可以。是您沒有想清楚。」

「不，沒有想清楚的是你。明明我——」

您說到這裡，沒有再繼續說下去。

我們都知道，那是不可能的。而且，也沒有必要。如果只是為了讓我留學。

既然知道是如此，那我為什麼又直直望著您漆黑的雙瞳，與您少年般的臉龐呢。您將眼神瞥向一旁，但也並未後悔於自己的失言。

我的內心震動著。不是因為您說的東京種種，那於我已經遙遠到無法想像。而是因為您的態度。我從未有一刻像現在這樣，與您如此之近。而令我驚訝的，我居然並未排斥。

您就在我眼前。仿若虛幻不可及的您，就在我伸手可及的距離內。

您回望著我。露出了像是終於誠實了的，釋然的微笑。

「你kama會懲罰我的。」您在黑夜裡說著。日英博的夜晚並不是完全的黑暗，有著明亮的電燈。電燈照耀著您的臉龐，您的雙眼像是反光的琉璃珠，令人看得入迷。

「我記得沒錯的話，是要帶銀元跟粟酒去你們家吧。根據在你們部落調查的結果。」

您呀，這時仍是不改本色呢。

「您光是說這樣的話，kama就應該要罰你了。」

「他會知道嗎？」

「他知道時，已經太遲了。」

於是我在看到姊姊與姊夫親密的那一日，第一次親了人。

✦

我們在英國舉行了婚禮。婚禮的主角是姊姊與姊姊的丈夫，那場婚禮雖然是意外的結果，但卻成了整個日英博的高潮。

結婚的原因，是因為姊姊懷孕了，再過幾個月就會生產。前一陣子，石川警部讓姊姊搬離小屋時，kivi阿姨就如此預測。那一天我因為姊姊的腳痛幫她叫了醫生。醫生應該是在醫治腳痛之時，發現了姊姊懷孕的異狀。姊姊原本可能想瞞，因為就醫而被發現，那天石川警部是因為這件事而生氣。

石川警部向我們宣布：九月初姊姊與未婚夫將舉行他們的婚禮。我們所有人都必須要參加，婚禮會以傳統排灣族的方式舉行。姊姊與未婚夫從小就有婚約，因此所有人都沒有意見。至於為何要在現在於英國舉辦——看到姊姊略微突起的腹部，所有人都清楚了。

Salangai馬上說，可是沒有活豬。石川警部像是早就已經知道這件事一般，說：「我們會去尋找，保證婚禮那天可以有一頭活豬，讓你們現場宰殺。」

我馬上看像站在一旁的您，您向我點了個頭。我就知道，又是您提點過石川警部了。畢竟您了解我們的結婚儀式。

結婚那天是九月三日的下午四點。我們在福爾摩沙村內舉行婚禮。我們從早就開始忙著用花葉裝飾小屋，我也比平常更盛裝打扮，穿戴了鮮花。到了下午，人群逐漸聚集到福爾摩沙村內來，其中多數是英國人，也有少數的日本人。石川警部與板倉巡查協助管理會場的秩序，宣布著關於婚禮的事項。您則站在一旁。

石川警部用日文解說著婚禮，現場有工作人員將之翻譯成英文。

「……婚禮將會以最原始、最真實的蕃人傳統儀式舉行。新郎是二十四歲的Butsuaberi，新娘則是二十一歲的Rungayo，這對新人從小訂了婚，他們希望可以在日英博的期間舉行婚禮，這樣他們可以在日本天皇與偉大的英國國王的見證下結合……」

我忍不住偷笑，我看著您，您也面帶不失禮的微笑，報以我帶著默契的眼神。

我們共同繞著福爾摩沙村遊行，族中的男人們拿著武器，我們共同唱著歌。接著，我們圍成一圈時，兩位族中男子扛著那頭豬出現了。Salangai把長矛刺進豬的心，其他人立刻將豬隻火烤、除毛並肢解。肢解後的肉塊，放入鍋中煮熟。

這整個宰殺過程，除了我們參與以外，還有四位白人男子站在一旁。據板倉巡查事先的解說，那是英國組織的成員，來協助確認我們宰豬的過程——根據我偷聽他們所說的日文，那四名白人男子來自「皇家防止動物虐待協會」，他們擔心我們亂殺豬。

雖然那四名白人男子很煞風景，但我並不在意。新郎背著姊姊出現了，姊姊明明那麼期待結婚，這天卻一直掩著臉，她的臉紅得像夕陽一樣。

我們分食現煮的豬肉。大家一起跳舞、喝酒、唱歌。您站在一旁，拍著手和著我們的節奏。我在跳舞中不停的看向您，而我感覺您的目光也未曾離開過我。

這是我參加過的，最愉快的一場婚禮。至今依然是。

天色漸漸暗下來後，木柴燒出的火焰越加明豔。大家開心的喝著酒，您雙手抱胸，站在一旁。晃動的火焰照耀著您半邊的臉龐，您的目光筆直而曖昧，像是要說什麼，卻最終沒有說。無論我在場上如何隨著人群移動，我的眼神都在搜索著您，當我找到您那穿著西服、倚著牆的沉靜身影時，也都會對上您的目光。

我想我知道您在想什麼。我也在想著一樣的事。

到了月底，姊姊生產了。生了一名男孩，取名為「Hitehiro」，意思是「英博」。

✦

盛大的博覽會預計在十月底結束。在英國期間，我們甚至見到了英國國王與王后。他們乘著汽車來參觀日英博，看到我們身上的衣著很感好奇，把我跟姊姊、kivi三名女性叫去和他們合照。英國國王的身邊有相當多的護衛，王后則穿著華麗綴滿釘珠的洋裝，脖子間垂著閃閃發亮的首飾，她伸出戴著手套的手與我握手。她頭上也有那類誇張的大帽子。她多看了我幾眼，我想她可能聽過那個「美人」的傳聞了。

那張合照，石川警部後來也拿給我們收藏。他說：「能見到高貴的英國國王與王后，並且跟他們合照，是你們的榮幸啊。不知道有多少英國人想要合照，卻都沒有辦法呢。」石川警部要我們恭敬的收下照片。

我只是從他手中抽過照片。

「誰見誰還不知道呢。」我抽了照片就逃走了。

我們不只見到了英國國王，我們也見過噴水池、電燈、地鐵與沖水馬桶。水總是從意想不到的地方，「咻——」的冒出來。第一次看到噴水池噴水時，所有人都想逃跑，後來，我們還會特意去看噴水池。

您問我，在英國還有沒有什麼想做的事。

您接下來還有在英國的學術規劃，因此十月底展覽一結束，我們將會分開。我只要一想到這點，胸口便會揪在一起。

展覽結束後，我們有幾天的假期，可以在倫敦市內遊覽。您問我要不要去看博物館、美術館，您可以帶我去，為我進行解說。您特別向我推薦大英博物館，您說起博物館，便滔滔不絕。那實在太像您會去的地方了，您說的時候，我看著福爾摩沙村裡往來的淑女們，她們就像往常一樣，戴著誇張的大帽子，挺著洋裝下纖細的腰與突起的臀部，拿著傘，踩著鞋子在會場裡穿梭。

「那個，」我指指她們身上的衣服。「總有地方在賣吧？」

您關於大英博物館的演講才剛開始，聽到我這句話，您便皺起眉，露出複雜的表情看著我。

「不是您問的嗎？問我還有沒有什麼想做的事。」

您長嘆了一口氣。

「好，我帶你去。」

✦

我才知道，原來英國女人身上用了這麼多東西——頭上不只有帽子，還有面霜，有些人還會搽上胭紅與唇膏，噴上香水。這就是為什麼她們之中有些人的嘴唇特別鮮紅，接近我時，身上有一股濃厚的甜香。

百貨公司的櫃台小姐向您講解，您再將英文翻譯給我聽。為了與我一同來百貨公司，您不再是上身只穿襯衫、再加上扣子敞開的背心，而是把扣子都扣好了，又穿了一件西裝外套、打了領帶。儼然是一名紳士的樣子。原來您也有這一面呀。

我則和平常一樣，穿著排灣族的衣服。我與您從日英博會場搭馬車前往百貨公司的路上，已經引來許多人的側目。若說他們在福爾摩沙村內看我們的眼神，是充滿著興致盎然，此時的目光，則更接近困惑——好像我這樣一名蕃人女子，由日籍紳士相伴共同遊覽街頭，是一件很奇異、很令人困惑的事。

在我向您說我想購物後，您雖然是不情願地答應，仍幫我爭取到了機會。然而石川警部主張，只有他與板倉巡查有監督的職責，您應當參與東洋館藏品的後續相關工作，由板倉巡查帶我去購物就好。我不知道您做了什麼，竟然讓石川警部點頭了。

我們的馬車在哈洛德百貨公司前下車。百貨公司壯闊得像是官方的廳舍一樣，外面有著大片的玻璃窗格，裡面擺放著沒有頭的假人，假人身上穿著洋裝，燈打在假人身上，更顯得洋裝十分鮮豔迷人。窗格旁邊點綴了一些花草，背後是斗大的英文字。不少人停在窗格前面欣賞，我也忍不住慢下腳步。您跟我說明，這個窗格是用來展示的，百貨公司外到處都是這樣的窗格。

百貨公司裡很明亮，充滿了玻璃櫃，有些靠著牆，有些則是比人還低一些。玻璃櫃裡頭是許多閃閃發亮的玻璃瓶、飾品等，玻璃櫃上支起了幾個架子，放著淑女們頭上的帽飾。空間非常寬敞，中央有會自己動起來的樓梯。上頭垂掛著華麗的燈。裡頭有淡淡的香氣。

若有一個地方匯聚了世界上所有的財富，它的樣子應該就會長得像百貨公司吧。

這裡的淑女，穿戴看起來比日英博裡更講究。她們三三兩兩的停留在玻璃櫃前，與穿著制服的店員交談。儘管百貨公司裡人潮不少，但我們一踏進百貨公司，就成了目光的焦點。

她們也看著我赤裸的腳，沒穿鞋襪的赤腳。

我握住了您的手，您也施了點力氣回應我。

會引來這樣的目光也是理所當然的。有幾個蕃人女性——不，有幾個臺灣人逛過百貨公司呢。這樣的地方，我後來到東京也沒看到幾家——來到倫敦這間百貨公司的臺灣人，我恐怕是第一個吧。或許就連日本女人，都沒有幾個人逛過。

面霜、胭紅、唇膏。

梳子、帽子、香水。

皮箱、藥劑、毛皮大衣。

這些東西居然都在我眼前，而我只要付出足夠的錢，就可以把它們帶回家。

大概是因為我的緣故，店員們不太願意招呼我。或許也怕語言不通吧，因此您用英文與她們攀談，再向我翻譯內容。因為是您說：「不買也沒關係，也可以問。這種地方就是這樣。」因此我出於好奇心的，問了好幾次「這是什麼？」幸好店員們也沒有不耐煩，她們一一解說，您再逐項翻譯給我聽。

我也請您向她們詢問價格。您聽到時有些訝異，我認真的跟您說，我在日英博期間存了一些錢，我不是來隨便逛逛的。我是真的想買東西。

您感到困惑，我談起要買東西時，您總是略微皺起眉頭。

看了幾家之後，我衡量了手中的金錢，最後買了鞋子與襪子。這一開始就是我的目標：我注意到英國人們幾乎都穿著鞋子與襪子，所有人都是。您也總是穿著鞋子。相較之下，我們赤著腳，才是很特別的一件事。我想這應該與英國的環境、城市的遼闊與複雜等等因素有關，總之，我想要一雙鞋子、一雙襪子。我就是因為這個緣故，主動提出我要來逛百貨公司。

您一度想幫我付錢，被我拒絕了。我們在結帳時，店員不停看向您，又看向我。可以感覺得出來，她們視我們為一組特別的客人，但她們仍手腳俐落的把鞋子裝進鞋盒裡，用美麗的緞帶打了個結。襪子也放到一個禮物盒裡，交給了您。

在我們離開前，您又帶我上樓，到百貨公司的另一個樓層。那裡賣著男性的帽子、領帶等物，您叫我在旁邊等著，您回來時，手上多提了一袋。提袋裡看上去是兩個十分小巧的精緻禮物盒。我問您是什麼，您笑而不答。

我們走出百貨公司，我想找個地方穿上鞋子。您望著四周，有些警戒的樣子。您挑了條無人的小路，帶我穿過小路，來到一個安靜的地方，找了一張長椅坐下來。

我打開精緻的盒子，拿出襪子與鞋子穿上。走了幾步，雖然感覺束縛，但並沒有不適。腳被鞋襪包覆，有一種奇異的感覺，原來穿鞋子的人是這樣的感受嗎？

我來回走了幾趟。我的腳因為鞋子的形狀而變得優雅，我忍不住欣賞著。我又快走、跑跳了起來，鞋子並沒有妨礙我，反而給予我一種新的自由。我忍不住步伐輕快，跳了幾步舞來表達我的愉悅。

您只是靜靜的看著我，以及不時望向我們走來的方向，注意是否有其他人。

「杉先生，我——」

我要說話時，您示意我安靜。

「有人。」您低聲說。您指了一個方向，我們可以躲避追蹤。

「我們往那邊走。看來，這是認為我不是合格的監督者呢。」您苦笑。

我拉起您的手。您張大眼睛，不懂我要做什麼。您就被我拉著，快步跑了起來。您不安的看向我穿鞋子的腳，似乎是很擔心我。但我雖是第一次穿這樣的鞋子，卻適應得很自然，彷彿它們本來就是我雙腳的一部分。

我們穿越過幾條小巷，繞過幾個彎，我拉您進入人群之中，在人群中穿梭一陣後，又隨機找了個小巷穿進去，我的選擇全憑直覺。我們奔跑時，無論是大街上的紳士淑女，或者是髒亂街道裡的流浪漢，都看著我們，像在欣賞一場表演——我們不顧他們的目光，拉著手、快跑著。您就這樣任憑我帶您穿過一個又一個的轉角，您的步伐也逐漸變得輕快。

我想，穿上鞋子，我可以去任何地方。

或許我也不真的在乎跟蹤，我只是想體驗這種完全的自由。

終於，我們又穿過一個轉角，來到巷子內的一處空地。這次應該甩掉對方了。

您倚牆喘氣，我的胸膛也因為激烈呼吸而起伏。您曾翻越山嶺，我出身山林，但這是我第一次，在城市的街道裡這樣漫無目的的奔跑。還穿著鞋子。我感覺十分刺激而新奇，我想我的心跳，是為此而跳的。

以及因為您。

您的雙頰泛紅，臉上滲出了汗珠，喘著氣的嗓音也略帶沙啞。我因您的疲憊狀態而感到渾身顫抖。您注意到我看著您，也帶著笑意看著我。我想您也沉浸在奔跑的暢快之中。

「不痛嗎？」

您指著我腳上的鞋子。我搖搖頭。

「一點都不，不如說，很自由。」

我這麼說，您略微皺起了眉。

「其實你不必這樣的。」

我感覺您對我買鞋一事似乎有話想說，但直到這時，您才終於說出口。

「我並不覺得穿鞋才是文明的行為，視赤腳為野蠻，是因為他們不了解你們的文化。你不必這樣特意學習，真的。你原本的赤腳就非常美。那是鞋子比不上的美麗姿態。」

「謝謝您，但我真心喜歡穿鞋。是真的。」

您仍是皺著眉，似乎不能理解這件事。我想這種事，我說再多您都難以理解吧。

「總之我非常滿意。我要把鞋子穿回去給kama和ina看。而且您不也看到了，它非常適合我的腳。我想穿著這雙鞋子，在山林裡走應該也沒問題吧。」

您雖然沒有接受，但也放棄說服我。您從提包裡，拿出我剛剛看到的兩個小禮盒，遞給我。

「這是給你的。」

第一個禮盒中，是一本小巧的、硬殼的書。書的內頁是空白的。另一個禮盒裡，是一支筆。我馬上意會到您的用意。

「這太貴重，我不能收。而且您也太看得起我，我並不會——」

我要將書與筆遞還給您，您伸出手示意推辭。

「不會的話，我可以教。我可以用我後半的人生，慢慢教你。」

我明白您這句話背後的意思。但我並不確定。那種事，真的是可能的嗎？

「您這是說——」

「嗯，你先回去。我很快就會離開英國，回到臺灣。屆時我會去跟你kama說。」

我的腦袋嗡嗡作響。kama的預感要成真了嗎。然而儘管我心繫於您，到了想起您便會心痛的程度。然而您說這句話時，我並沒有為即將到來的婚約而高興，只感覺到未來難以捉摸。

與您分開我將會痛苦，但與您在一起，我並不必然會得到幸福。

其實在逛百貨公司時，我儘管著迷於這裡的華麗。但我無法不在意其他人的目光。我就是一個不適合於這裡的人——我悲傷的，偷偷的想，假使我是一個日本女人，我穿著和服或洋裝，就會看起來像是您的妻子。我們可以像其他夫妻一樣，自在的在這裡逛著街。我買鞋襪的過程可以更愉快，而不像現在，我雖然買到了，但我心裡也留下了這樣難以解釋的回憶。

我之所以為這個念頭感到悲傷，是因為我出生後有史以來，第一次有了這個想法。我向來以自己的身分為傲，但這個想法的誕生，讓我感覺到我背叛了族人。

真正的成為您的妻子，會使我更好過嗎？我並不知道。

讓我欲求著這些不屬於我的東西，本身就會使我痛苦萬分。但我不可能不想要啊。可能在最初，我就不應該看到。我看到了，就會產生欲望，便會有痛苦。或許我不該來百貨公司，又或許，我根本不該來英國。

我有多熱愛像是百貨公司這樣的地方，我就有多痛苦。

您對我來說，也是一樣吧。

我有多想與您在一起，我就會有多痛苦。

我今天已經經歷一次了，我不想再經歷第二次。

我們出來逛街，到這時已經很晚了。大笨鐘敲出了響亮的鐘聲，泰晤士河上映照著電燈的亮光。監督我們的人沒有追上來，這次我們是真的獨處了。我將手攀上了您的肩膀，您乍看嬌小，但其實肩膀有些寬呢。再一次，像是要記住您一般的親吻了您。

✦

我們搭了船離開英國，在回臺灣之前，我們先到了日本。我們被安排了日本街頭的遊覽行程，我用賺來的錢，乘坐了人力車。在隔年年初，我們回到了臺灣。我們從基隆上岸，先去臺北、臺南等城市遊覽與購物，才回到高士佛社。

您寄過幾封信來，您說要提前結束留學，趕來臺灣找我。但您要離開英國的流程似乎遭遇了許多險阻，國家出資的訪學行程有許多不得已的地方，您花了好長的時間才離開英國。回到日本後，您又受命於一些學術與博物館的任務，遲遲沒有辦法踏上您所熱愛的臺灣這塊土地。

您的信件以平假名寫成，是怕我讀不懂吧。您也一再的請求我回信給您——您說簡單的平假名也好，也不必擔心寫錯，寫錯也沒關係，或者用畫的也可以，您等候著我的回信。您從英國回到日本，無論在何處，您都迫不及待地寫信給我，仔細吩咐您的地址，讓我能夠聯繫得到您。

但我卻從未給您回信，一封也沒有。

您送給我的筆記本與筆，我也未曾用過。

不是不知道該如何提筆，而是，我不知道該如何面對您。

回到部落後，我將那些準備好的旅行禮物送給kama跟ina，他們問我英國之行的回憶，我說了一些，但我這才發現，我原本以為我會很樂於講述那些事——但我並不。我沒辦法快樂無憂的說著，我們在英國看到的諸種事物。沒有辦法假裝，我其實很樂於待在福爾摩沙村裡。即便我再怎麼努力，我依然想到您告訴我的，我們被當成野蠻人觀賞一事。

知道了這件事以後，我要是還感到自傲，那不是太過於自我侮辱了嗎。

但正因如此，我不能讓kama知道這件事——也不能讓其他人知道。Salangai總是在我們聚會的時間裡，演講般的說著英國的先進，以及英國人如何跟我們不同；姊姊則說著婚禮的回憶，還有她的兒子在英國助產士的幫助下出生等激動人心的經過。他們都是發自真心的，我由衷為他們感到高興。只是那不會是我。

英國之行帶給我的創傷，比我自己所想的更為深遠。

我也沒辦法說關於您的事。

我知道那一切，您都是身在其中的一分子。您知情。但是我卻想原諒您，這不是太荒謬了嗎。姊姊沉浸在自己的喜悅中，很少注意到我的事。但kama發現我回到部落後，就一直悶悶不樂。他曾想扮演一個溫柔的父親，了解我心中的憂慮。但我只是含糊的說沒事。後來他發現了，您時常寫信來。他從板倉巡查那裡聽說，日英博時您也在。但我卻未曾有一句話提到您——這時他就多少知道幾分了。

您會怪我嗎？

您應當怪罪我的不誠實——畢竟連我都無法放過我自己。我一面無法忘懷您，但一面拒絕面對您。我一面不停想像著我成為您的妻子、與您生下兒女的模樣；一面拒絕相信我竟有這種想法。接到信時，我總是迫不及待的拆開，顫抖著讀完後，再把它們塞到我看不見的角落。只要想到我可能愛著您，我便感覺難以承受，讓我想要撕裂我腫脹發疼的心。

我在等待著您，等您來解救我。

隔年，明治四十五年那年的六月，英國的植物學家William Price來到了我們的部落。William是我們在日英博期間認識的朋友。日英博上提供的原住民織品，以及許多包含植物做成的手工藝品，後來捐贈到了英國的博物館裡。William對於我們所使用的植物很好奇，在您的協助下，向我們詢問過一些問題，Salangai那時十分熱心的回答他。那時他就對於臺灣的山林十分著迷，說他一定要來臺灣進行考察。

石川警部把我們找到蕃務所前，說我們有一位特別的訪客。William從建築中走出來，向我們脫帽致意。Salangai一認出是他，激動到眼眶都濕潤了。我很少見過他這麼激動。Salangai伸出手，大力的抱住了這名穿越了半個地球的稀客William。

William說明他這次來臺灣是為了採集動植物。但是毫無疑問的，來到高士佛，是為了見我們。

在大家熱烈歡迎著William的同時，有個人影立於蕃務所的陰影中。我認出來了，那是您。

我的心猛烈跳動。即便已經一年多沒見到您，您的身影依然如此熟悉。就像我從未有一天、有一刻，忘記過您的模樣。

但是這次是真的您。真實存在的您。

我什麼事都做不了，只能呆呆望著您。為什麼不告知我就來了呀，這不是太過分了嗎？但即便我想偽裝，我也無法移開我的目光。您注意到我了，您緩緩的笑了。那是帶著受傷、祈求等複雜情緒的笑容。我終於知道，我傷害了您。

kivi跟姊姊發現了您。她們環住您，歡迎我們的朋友Sugi再度回到我們部落，還是在這樣一個值得慶祝的時刻。姊姊向我招著手，但我卻遲遲移動不了腳步。姊姊拉著我，把我帶到您面前，面對著您，我卻什麼話也說不出來。

那天Salangai要我們去其他部落，告知那些一年多前參加過日英博的人們，William跟Sugi來了。我們要舉辦一個宴會，歡迎從遙遠國度而來的William。我自告奮勇要去通報，即便Salangai建議我留下來陪您，我仍執意要去。我無法正視您啊。

我感覺到您望著我的眼神，總是帶著祈求。但是我什麼都沒有辦法回應。您似乎察覺出來我的態度，因此更加受傷。

我們在蕃務所外舉行宴會。所有參與日英博的、總共二十四名排灣族人都聚集在一起。大家說起一年多前的種種往事，非常懷念，也非常感動。Salangai喝了點酒，他不斷向William說，感謝他前來、感謝他記得臺灣、感謝他把對我們的承諾放在心上。Salangai說到激動之處，站起來，清了清喉嚨，對大家發表了一番演說。

「我去到英國之後，真的深深感覺到，世界趨勢已經在改變了。過去我以為部落就是全世界，但是在英國，有那麼多新奇的發明、那麼文明的城市——我們必須讓我們的孩子盡快學習新的學問，在他們的時代，他們才可以快速追上。我相信，我們與英國人、或說世界上所有自認文明的人平起平坐的未來，已經不遠了。」

在火光的照耀下，Salangai的雙眼中好像有淚光。他說的話感動了所有人。不愧是令人尊敬的Salangai，在巨大無邊的文明力量面前，他也沒有屈服。雖然認同文明的強大，但也不覺得未來令人絕望。我覺得這樣很好。

William與您只在這裡停留四天，每一天都極為珍貴。我們不停地唱歌、喝酒，似乎只有用這種歡樂的方式，才能好好享受William所在的珍貴時光，並報答William翻越山嶺來拜訪我們的恩義。

您帶著酒杯來到我身邊坐下。

「為什麼不回我信？發生了什麼事？」

我好想向您傾吐。把這些藏在心裡，我已經快要無法忍受了。我當下有股衝動，就在您面前哭出來吧。跟您示弱，然後讓您安慰我，我們就能一起把綁住我的那些事解決。

但我忍住了。

我只是輕輕說：「現在先喝酒吧。」我知道您無法抵抗我，因此露出嫵媚的表情，藉此讓您無暇多想，您果然上當了。為何您要如此容易屈服呢。在我的內心，我是希望您能夠抵抗住誘惑，看穿我的脆弱，並拆穿我的呀。

那天我灌了您不少酒，kama也來了，您向他說起日英博的盛大，以及我們與國王王后合照等事，kama眼中閃著光。您又說了一次姊姊的婚禮，kama即便已經從姊姊口中聽說過無數遍，依然很願意再聽您說一遍。

我在一旁不說話。只是不停灌您酒。您又再次吃到了部落的小芋頭，以及您暱稱為餅乾的乾芋頭。您很開心。唯獨望著我的眼神仍像苦苦哀求。您數度想對kama說點什麼，看到我，又把話吞了回去，我意識到不能再拖了。

是您逼我的呀。

隔天清晨，所有人仍在睡眠之中。因為前一晚的歡慶，清晨的空氣還殘留疲憊的氛圍。您受kama之邀，住在我們家。我沒睡多久就醒了，我醒的時候，天色還是灰白色的，一切景象都很模糊。部落裡很安靜，所有人與動物都還沒清醒。

我放輕腳步摸到您的床邊。您睡著的模樣令人著迷，您的雙眼閉著，我曾吻過的嘴唇微張，仍是一副秀氣純真的少年模樣，讓人想要親近。您似乎正在專心的做什麼夢，我遲疑了一下，依然決定喚醒您。

您驚嚇般清醒，發現是我後，很意外的樣子。您想張嘴，我示意您安靜，說：「跟我來。」

您很快意識到狀況，起身整理了一下。從睡眠中起身的您，領口總是敞著，像是一年多前的那個深夜。我不禁感到臉頰微熱。

您隨我走出屋外，沒有人看到我們。我帶您走出部落，踏上山路。我忙著回想前方的路線，以至於沒有意識到您從身後環抱住了我。

您的擁抱依舊溫暖如昔。我明知應該推開您的手，卻做不到。而您的擁抱，令人眷戀到了哀傷的程度。

「杉先生……？」

「對不起，這麼晚才來找你。」

啊啊，您是誤把我的猶豫當作是生氣了吧。

您還真是一點都不懷疑我對您的感情呢。

我輕輕推開您。「不是您的錯。」說到這裡，我又猶豫了。應該說，我擔心與您坦承，我害怕自己的軟弱。因此我只是說：「有一個地方，我想帶你去看看。」

您睜大了眼睛，似乎很意外我另有目的。「你不是只是找我出來說話的嗎？」

我搖搖頭，努力的對您笑了。

「您會喜歡那個地方的。」

您露出孩子般天真的期待表情。又愣了一下，想到什麼似的。

「等等，我可以回去拿相機嗎？」

「不需要帶相機的。」

我說了謊。我明知您接下來，一定會為了不帶相機而後悔萬分。但我要讓您後悔。就像我以後一定會後悔一樣。

清晨透亮的陽光穿過樹葉，霧氣逐漸散去。山風吹過遠方，我在比對眼前的情景，與我往昔的記憶。有些新的草長出來了，過去我踏過的路徑變窄了，但整體景象沒有變，我還認得出來。我不停撥開草叢，幸好您雖是書生，畢竟是嫻熟山路的人類學家，我不必叮嚀您。

對了，我穿著鞋子。在那之後一直都穿著。如今它已經有些舊了。

我衡量，大約到了半途時，我站立在高處，回頭看著您。我深吸了一口氣。

「接下來我帶你去的地方，你要答應我，未來無論如何，都不能夠用文字把它記錄下來。」

您也停了下來，由下而上地看著我，不懂我為何這麼說。

「你要為我守密。尤其是這條路線，你絕對不可以告訴其他人。不可以告訴別人……我要帶你去舊社。」

您睜大了雙眼。

「你是說，出兵臺灣之前你們住的那個舊社嗎？但是，那不是Pasiri——」

「所以我要你答應我。如果你不答應的話，我們現在馬上就走回去。」

陽光照亮了您的半邊身子。您既興奮又悵然，不解的看著我。然而我並無法回應您。

「好，我答應你。」

您雖然接受了，仍難掩失落。您是真的很熱衷於記錄呢。

我一定讓您很傷心吧。

到舊社的路並不遙遠，但是從未有人提起過。我也是在偷跑出去玩的過程中，意外發現了一處廢墟。我一時之間還認不出來，只想著為什麼在山中，會有這樣一處無人居住的廢墟村莊。而不知道，這就是傳聞中被視為禁忌，因此無人提起、無人知道它具體位置的舊社。

我們翻開一片長得特別茂密的草叢，泛著金色陽光的石板屋廢墟，就這麼出現在我們面前。

我聽到您深吸了一口氣，就這麼哽在喉頭。

我明白。我第一次見到這個情景時，也是同樣的感受。

廢墟的型態，不是我們所居住的，上面覆以茅草的土角屋，而是石板屋。大小厚度不一的石頭排在一起，形成一道石牆。石牆有些已經坍塌，但有些還豎立著。房屋因無人居住而長出雜草，但仍能看得出來，這裡曾是祖先們費盡心思，一棟一棟搭建出來的家屋。最一開始，在這些廢墟還不是廢墟的時候，它是作為舒適而適合久住的家屋，被搭建出來的。如今已經看不出來了。爬藤纏住了那些石板牆。有幾戶家屋，中間穿出了樹木。家屋已經徹底失去了家的功能，只是一塊一塊的物件，供植物攀爬、纏繞。穿過樹葉的金色陽光灑下，石板上有樹影與閃亮的光點。廢墟佔地很大，第一次看見，都會為其規模而震懾。

其中幾道石板牆，還能看出上頭有被燻黑的痕跡。

您聽過kama所言。您與我們同樣清楚，這麼美麗的居住之地，我的族人是為了什麼而放棄它。

這就是為什麼，我其實根本不該帶您來呀。

您說您愛著臺灣，但您之所以能愛，難道不是因為放了火的日軍先來到了臺灣嗎？

但是我卻犯了戒。我已經想好了，我要為您犯這一條。

您像小孩子發現樂園一樣，不停的在舊社裡走來走去。您先是用步伐計算廢墟的大小，又大致上算了家屋的數量，以及每一間家屋的規模，推算其可能的布局。您認真的計算著，口中默念數字。您專心的樣子，我覺得非常有趣，忍不住欣賞著。您拿出隨手攜帶的筆記本與筆，打算隨手記下數字。我拉住您的手。

「記錄也不行。您必須全部記在腦袋裡才行。就跟畫面一樣，你不能帶相機，你要全部拍在腦袋裡。這樣一來，會更清楚喔。如果你忘了，那就代表你認為這些，忘了也沒關係。」我向您眨眨眼。「這次換您來體會一下我的方式了。」

「這一次聽你的。不過你這樣，真是讓我又愛你，又恨你呀。」您合作的收起紙筆。

「也該讓您知道我的感受呀。」我開玩笑說，您聞言，抬起頭無比認真的看著我。

「你終於同意了。我回去就跟你kama——」

「不是這樣的，您誤會了。」我沒等您問我下一句，就牽起您的手，把您帶到我想讓您看的東西面前。

那是在荒廢的部落中，保存得最為完整的一間家屋。不知為何，它沒有受到日軍戰火太多的影響，也沒有在歲月的侵蝕中倒塌，儘管破損了一部分，一半敞開著，但剩下的一半卻大致完好。是宛若奇蹟一般的房屋。

您發現了，這棟家屋跟其他不同，裡面有著床與家具，以及一些散落的布片。儘管已經陳舊，但可以看得出來，這裡成為廢墟之後，還有人在此生活。

敞開的那一區，上頭鋪了兩個坐墊。坐墊已經因為風雨的緣故而褪了色，仍是我熟悉的樣子。我在其中一個上頭坐下，戀戀的撫摸著地上。

「這裡就是我學日文的地方。」

「咦？」

「您知道嗎，我們蕃人之所以日語不好，其實是因為教我們的人，並不夠了解排灣話。他們是用日文在教日文，因此我們蕃人學起來很困難。但是教我的人，是用排灣話教我日文的。」

我在還是個孩子時，第一次發現了這個神奇之地。在那裡，還有一名神奇的女子。她和我ina年歲差不多。但她獨自一人居住在這座廢墟裡，長久以來，沒有人知道她的存在。我只知道她是排灣人，但不知道她是哪個部落的，她從來不提。

我成了她唯一的學生。她教我的不只是日文，她也教我面對日本人時，該如何思考。——假使不懂那種思考，那就算學會了日文，也是無用。

所以我成了現在您眼中看到的樣子。

「這就是我的秘密，如今您全部都知道了。」

某一天我再來舊社找她，她卻憑空消失了。我希望她仍活著，只是不打算再繼續教我了。

我非常想念她。

我看著您，積在眼眶的淚差點就要落下來。我好想見她，我一直逃避著去想這件事。但是如今在您面前，我卻沒有預料到，我會如此難以克制自己。只要我再鬆懈一點，我就會在您面前痛哭，我就會跟您說，請您不要離開我。

我絕望的知道，您將成為第二個讓我感受這種痛苦的人。

您看穿了我的軟弱，大步走向我，將我深深擁入懷中。我的臉隔著您的襯衫，能感覺到您走了山路後上升的體溫，以及您猛烈的心跳。這應該要是讓我安心的，這個時刻，卻讓我感到無比的心痛。

我逃了這麼久，終究要做決定了。

「杉先生，其實我想過，『帶您來舊社』與『和您結婚』，我只能做一件事。我不能兩件都做。假使我和您結婚了，我就不該帶您來舊社；我帶您來舊社了，就不會與您結婚。最後我選擇帶您來舊社了，」我要很努力，才能不讓您察覺我的喉音。然而我眼前的視線，已經因為眼中的水光而模糊。

「太好了，看起來您很高興。真是太好了。」

我推開您，不敢看您，但我知道您難以相信的看著我。您抓著我的肩膀，不停說著同樣的話：「為什麼？到底為什麼？」

我沒有回答您。但我想您多問自己，您就會知道的。兩件事情都做，會讓我感覺自己犯了雙重的禁忌。

「——如果是那樣，我寧願不要來舊社。現在還來得及嗎？嫁給我。」

「您不要說謊了，您明明很開心。您開心就好了。」

「跟你相比，舊社算得了什麼——」您也有些克制不住自己了，嗓音開始嘶啞。您把我抓得很緊，您的指甲都嵌入了我的手臂肉中。然而您完全沒有察覺，我也並不覺得痛。我們都要瘋狂了呀。

「您應該感到高興啊。帶你到舊社是部落裡的禁忌，是kama不允許的。但是跟你結婚並沒有禁忌。即便如此，我還是為你打破了禁忌，選擇帶你來舊社喔。你就當作『我願意為你做的，比結婚還要多』吧。這樣難道不好嗎？」

您搖搖頭，眼神裡有哀求，卻什麼話都說不出來。您的表情，像是我正在做一件對您極度殘忍的事。

「既然如此，那為什麼要帶我來？」

「之所以帶您來，是因為我並不同意kama。你問kama舊社在哪裡時，kama生氣了。這不只是因為舊社是禁忌，還因為你是日本人。——但我覺得kama的反應是錯的。

你是日本人，但你畢竟不是放火的軍人，所以我覺得不該對你生氣。不過站在kama的立場，他不能告訴你，這我也可以理解。所以帶你來，是我表現公平的方式。」

我說了長長的一串，到後來，我也不清楚自己在說什麼——或許我只是想說一點話來逃避您。若是不給自己安上這樣的大義，我便會心軟。

您用宛如小狗一般的眼神看著我。

「無論如何都不行嗎？」

「不行。」

「難道我誤會了嗎。難道……你不愛我嗎？」

我沒有回答。

我的目光穿過您，看向山林的深處。山林裡有許多驚喜，藏了很多情緒與希望——即便如此，也沒有地方可以安放我現在的孤獨。

✦

雖然你沒有跟kama說，但你要說的，kama其實早就知道了。

我們回部落裡時，已經是午餐時間。一男一女突如其來消失了一個早上，任誰都會有點懷疑。我說我帶你去看一種特別的花，William抗議著怎麼沒找他。姊姊抱著小孩，看起來不相信我的說詞。

您帶William到附近探索的時間，我被kama叫到屋內。

「我等等就要跟他說，我不反對你們。」

kama一直相信我這個女兒要嫁給外地人。漢人、日本人、外國人……像您這樣的總督府雇員、學者，是一個好對象，能讓我得到幸福。我可以離開部落去見識不同的世界。更難得的是，您懂我們。您是最懂我們的日本人。

「而且你愛著他。我看得出來。」

「我不會跟杉先生結婚的。」

我拒絕了kama。再一次的拒絕您。kama只說：「我希望你不要後悔。」

現在想來，我當時之所以敢如此決定，是因為我根本不知道人生有多長。後悔的時間，其實相當的久呢。

kama依然相信我要和外人結婚。他認為我跟外人的聯姻，可以讓部落更好、更進步。我可以參與一些決定，一些對日本人跟我們都好的決定。

我想，假使我真有那樣的命運，那就把這個命運盡情地利用吧。

我嫁給了板倉巡查。現在成了板倉夫人，板倉ヂャラン。

早上喝著味噌湯，吃著白米飯。過著日本人的生活。

板倉繼續教我日文。我裝得只會一點點，讓他從頭教起，我再學一次。

板倉一直都想當教師，沒想到後來先當上了蕃地警察，後來他也兼任蕃地公學校的教師。

板倉其實是很適合當老師的人呢。因為這樣，我如今才有足夠的詞彙，與充分的餘裕，描述我們共同經歷的過去。

板倉先生很好。對我很好。唯一的問題，只是他不是您。

您不知道是否還記得照耀著舊社廢墟的陽光呢？

關於您在舊社問我的問題，如今我終於可以回答您了。

我來告訴您，關於記憶的秘訣吧。告訴您這些事情，我是怎麼記得的。

當你越愛一件事或一個人，關於它們的記憶就會越清晰。這是我從我至今不算長的人生經歷當中發現的事情。

十六年前的日英博，我依然記得非常清楚，就像我從來沒有忘記過。就算我從來不曾寫下來，我也沒有忘過。

這就是我能告訴您的答案了。我也只能說到這裡。

我已經說得太多了。阿九太太的兒子跟我的女兒要放學回家了，我們要結束這封信了。

願您回日本的航程一路順利，我衷心的祝福您。

新婦秘話

【譯者註】

〈新婦秘話〉為一九二五年（大正十四年）刊載於《情感》上的一篇小說，作者署名「浪聽生」，經查為大正、昭和時代作家新宮羽雄。《情感》為日本的小眾雜誌，發行於一九二一～一九二五這四年之間，訂閱者稀少，此篇小說的取得可說極為不易。小說描寫敘述者「我」自日本來到臺灣旅行，居住於臺灣友人「施君」的家。小說描繪鹿港舊宅陰暗的異國氛圍，刻畫漢人家族的陳腐制度及其帶給人的深刻痛苦。小說的綺想夾雜著異國凝視與異族想像，可與其他日本時代日人作家的臺灣作品並讀。文中所提「S氏」應為真有其人。

新宮羽雄（一八九二～一九六〇）：小說家，近畿出身。他於高等學校時代即參與創辦同人雜誌，結交不少文藝青年。一九一七年發表小說〈樓上〉，描繪書生與人妻的不倫戀，以刻畫人心的微妙而著名。〈樓上〉備受矚目，奠定了新宮羽雄「新銳小說家」之名，發表多篇小說。但在一九二一年，新宮整整一年都無新作發表，中間雖有零星隨筆，皆無小說，直到一九二五年以〈新婦秘話〉復出。〈新婦秘話〉應脫胎於他一九二二年的臺灣之行。一九二二年，新宮羽雄因受前一年（一九二一年）佐藤春夫臺灣之行的影響，加上臺灣友人（即小說中的施君）相邀，因此來到臺灣，自一九二二年十月停留到一九二三年二月。至一九三〇年代，新宮仍持續書寫了一系列與臺灣相關的作品，其中〈新婦秘話〉被當時評論者視為最傑出之作。原以為已經散佚，如今因找到原出處而重見天日。

據說，南方有一條木造的隧道。準確來說，那不是隧道，是由兩端的支那式房屋圍成的，一道長長的走廊。穿越長長的走廊，盡頭有以慈祥目光凝望港口的女神。走廊中人來人往，兩側居住著富裕而有格調的人們。

南方的臺灣島上，存在著這樣一個奇妙的地方。

我聽說那條走廊叫作「不見天街」——難道不是個光聽名字就令人興奮的地方嗎？由於上方天空被人為的遮蔽了，因此「不見天」——如果世界上存在神秘的力量，一定就會在那裡吧。當世界上所有人都身在同一片天空下、受同樣的陽光所照拂，走在不見天街的人們，並不與我們共享同一片天空，他們在另一個世界。

就算是隔著照片，我都能感受到不見天街強烈的魅力。

寄照片給我的人還說了，不見天街不只不見天，它共有「三不見」：不見天、不見地、不見女人。

明信片上能寫的字有限，他沒有說明「不見天、不見地、不見女人」的意思。更使得我心癢難耐。只要去到不見天街，一定就能夠把這個謎底解開了吧。

我不禁埋怨起我這位令人尊敬的朋友——縱橫在臺灣山林的S氏。但我又要感謝他，若不是他故意引起我的好奇心，卻又不說明結果，我也不會如此耿耿於懷，因此真的得到了見識不見天街的機會。

大正十年，對我來說是心情複雜的一年。老實說，我從前一年起就沒有新作了，只是用之前零散的作品撐著。這一年我依然寫不出任何東西。這還不是最可怕的，更可怕的是，我好像對於身邊的事物不再關心。以往驅使我「想說點什麼」的那種感受力，我好像一夕之間徹底失去了。於是，每天穿過窗戶照在榻榻米上的，都是同樣的太陽。在庭院裡抬頭看到的，都是同樣的天空，無聊得令人絕望。

這些事情我無法對文壇中的朋友講，因此只好寫信給遠在臺灣的S氏。S氏雖是人類學家，但他有一顆詩人的心，他將他在蕃地歷險的見聞，寫成激憤人心又令人感傷的文章發表。我們曾在報社的聚會上碰過面。

S氏寄給我一張不見天街的明信片，寫道：「這裡沒有你的那一片天空。」

他依然是那個我認識的，懷有詩人之心的人啊。

我把不見天街的明信片放在書桌前，但是「不見天」的威力，依然照顧不到我這個靈感枯竭的作家身上。或許需要親自跑一趟吧。就在我花費許多白晝與黑夜在書桌前枯坐的這一年，我敬佩的作家佐藤春夫去了臺灣。

他在大正十年的下半年，旅遊了臺灣的許多地方。據文壇朋友所說，旅行回來的佐藤春夫，已經根據臺灣的旅遊經驗在構思新作。

另一片天空，果然是有效的嗎？

不過我聽聞佐藤君前往臺灣，是得到了總督府民政長官的禮遇與安排，因此有許多方便。我不敢期望有那般的待遇，和佐藤君的作品相比，我實在是太不成熟了。我已經預料到，若要前往臺灣，我需要克服眾多險阻。

就在這時，機會出現在我面前。

即便我是個創作生命岌岌可危的作家，我依然若無其事的參加著藝文聚會。在一場聚會中，我遇到了施君。

施君發表過一篇關於農民的小說，因此受邀參加聚會。施君與我的一位朋友A君似乎正在聊著什麼話題，A君突然拉著我，向施君介紹：「新宮君很擅長寫不倫，向他學學吧！」

施君是一位靦腆的青年，靦腆而正直。因為A君提到了「不倫」的話題，他青澀的面龐上微微泛紅。是到了青年仍懷有少年之心的純潔之人呢。

A君說明，施君的那篇小說很短，缺點是結局過於光明，根本無法把殖民地地主欺壓農民的困境表達出來。A君建議增加一些地主欺凌農民之妻或農民之女的橋段，來說明地主的邪惡。

施君皺起眉苦笑。他笑的時候，眉毛向兩側下垂，看起來和善而正直。

「那只是我的練習之作呀。」

老實說，我真羨慕他呀。這種有餘裕的感覺真好。他心中一定有很多感觸良多、卻尚未提筆寫下的故事吧。

「說什麼呢！已經很厲害了呀！像施君這樣能用日文發表小說的臺灣人，沒幾個吧？雖然還有很多可以學習的地方，但已經是頂尖了唷！」

A君是雜誌編輯，經營初創立的同人雜誌《情感》，雖然說話輕佻，實在有著編輯的慧眼。施君被這麼說，依然笑得靦腆。

原來是臺灣人呀，施君的日文帶點口音，我還以為是九州腔呢。

我一聽到臺灣，便想起了S氏寄給我的那張照片。脫口問他：「臺灣是不是有一條不見天街嗎？」

施君很驚訝：「很少有日本人會知道不見天街這個地方，您怎麼聽說的？」

我說了我這邊的故事。我不好意思地訴說著，我如何想像不見天街擁有另一片天空。同時我如何希望這種想像可以啟發我的寫作——我隱瞞了我的枯竭狀態——但目前為止並沒有太大的功用。

施君聽我說的時候，臉上露出興奮的表情——先前表現得靦腆而客氣的他，這時才像是終於有了自我。他對於我對不見天街的評價，似乎很滿意。

「我就住在不見天街上。非常歡迎您來看看。」

施君又露出那種舒坦眉間的笑容。他開始正式的自我介紹，告訴我他的家鄉鹿港。我覺得他比先前更親切了一些，說話的語氣也舒緩了一點。

我這才想到，作為一個臺灣人，在這種場合中，他一定很緊張、很難放開自我吧？而我雖是一名不稱職的作家，但我也已經相當習慣這樣的場合，不容易感到不知所措。能因為我提起施君的家鄉，而讓施君感覺自在，雖是個意外，但也可說，我無意間做對了一件正確的事。

施君談起港邊受崇敬的女神，我的心思已經飄到他的家鄉去了。儘管我一次也未曾去過那裡，我的靈魂卻彷彿在施君的描述中，已經把那個擁有不見天街的海港遊覽過一遍了。

我的身體總歸也是要去的吧？

施君提了一個迷人的提議——他們家就面對著不見天街，是一座三進的長形房屋。我不知道「三進」是何種格局，施君說，大概近似於江戶時代的「長屋」，不過長屋是許多人共租一間，他們的「長屋」中只住他們一戶人家。因此，施君說，他們家很可能可以挪騰出一間房，給我這個客人居住。他只要請示父親就行。

我當下有種十分不真實的感受。但正是因為這種「不真實」，我意識到，我有感受了——若說臺灣是解藥，那早在我尚未前往、只是湧起了前往的期待時，它就已經開始治療我了。

結果呢——就如同讀者諸君您所見到的，我已經能夠提筆把這些事寫下來了。所以對我的寫作來說，總歸是好的吧。但是支那有句話說「詩人不幸詩家幸」，對於寫作好的事，不一定對作家本人好——對我的人生來說呢，或許前往臺灣，不能算是一個全然正確的決定吧。不過那又如何呢，就算我的靈魂受傷了，我的筆仍是有墨水的。作為一名作家，這已經足夠了，我還有什麼好埋怨的呢。

✦

我在十月來到臺灣，從門司港搭船前往基隆。我與施君一同。其實施君是不該在新學期開始後的此時離開日本的，但施君的家人似乎希望他放棄學業，盡早回來——原因是什麼我並不了解——施君無可奈何，只好在十月，東京的銀杏已經轉黃之際，帶著我一同回到臺灣。

我這趟臺灣之行預計停留三個月，在明年一月離開。S氏替我規劃了一部分的行程。他對於我住在鹿港施君家中一事，深感贊同，他認為理解臺灣漢人家中生活的方式，必能對我的認知與寫作都有很大的幫助。但他也建議我不要錯過臺灣幾個重要的景點，包括日月潭、府城臺南，以及幾處蕃地……他建議我以施君家為中心，慢慢規劃旅程。

然而前往蕃地需要申請，S氏說前往蕃地的計畫，則由他來為我安排。我先在施君家中等候消息即可。鹿港剛好在臺灣中部，我打算先前往臺中與日月潭，下個月前往臺南，若中間上山申請通過了，則視情況調整旅程。一月回日本前，我離開施君家後，會再到S氏臺北的家中作客，由他為我導覽臺北與基隆。

十月東京已開始有秋意，臺灣則依然炎熱如夏。果然是熱情的南國呀。我們在基隆乘坐火車到彰化，再從彰化轉乘輕便鐵路抵達鹿港。其實不必到鹿港，光是在基隆走下船時，我就已經感覺到，臺灣是另一個地方。臺灣的當地人們說著我聽不懂的話，是臺灣話吧？音調聽起來與日語不同，彷彿充滿了強烈的情感與塵土的氣息。人們穿著西服、和服，還有許多人穿著短上衣一類的漢人衣服。

施君看我如此好奇，說：「在三十年前，你看到的這些人都還綁著辮子呢！」

「真的嗎？就像清國人一樣？」

「畢竟那時我們就是清國人啊。」施君笑笑。

施君一說，提醒了我關於臺灣的身世。這個島嶼曾經屬於清國，如果沒有發生政權轉移，或許它會繼續屬於清國吧——那個世界裡的施君，會以清國人的身分成長，也留著那條辮子長大呢。

只是出於一些歷史的意外，我與施君成了同一國家的國民，說著同樣的語言，讓他來到東京留學、以日文發表作品、遇到我。也讓我去到他的故鄉。如果不是因為這些歷史的——某種程度上算是意外的事件——我是斷然沒有機會的。

那我怎能不好好珍惜這個機會呢。既然我已經來到臺灣。

火車窗外，是遼闊的田野。如果只看田野部分，是不會意識到與日本有什麼區別的。但是在田地中央，不時出現一些支那式的聚落。那些聚落因離我有些遙遠，看起來像是玩具房屋似的，彷彿可以用手拿起來。我興起了那種旅人常有的懷想。我被我過去未曾接觸過的事物包圍著，這一切起於因緣與意外，但是現在，我卻真真實實的在那些本該無緣的事物之中。「我來到這裡」這件事本身，就已經是一種奇蹟了。我想著這樣的事，盡情享受著旅行的感覺。

✦

我在前往鹿港的火車上，已經聽施君說過關於鹿港這個地方：在清國時代，它是除了府城以外，臺灣最繁榮的地方。商船熙來攘往，據說港口內，都能看見載滿貨物的商船，那時港口尚未淤積，商船會直接開到商行門口卸貨。許多商行以貨品種類命名，運送米、布、油等物。這個如今看來已經沒落的海港內，交易著大量的貨物與金錢，物資以此為中心，擴散到中部其他市街。這是施君尚未出生以前的事。但是對於老人家們來說，彷彿歷歷在目，總是會說起以前鹿港的盛況，彷彿那是昨天的事。

但比起那些，我更關心的，其實是與小我三四歲、同樣成長於當代的施君，如何看待他所居住的古老城鎮。那些對我來說，才是我更有感觸的。

——而且施君是會寫小說的人。

「我很好奇施君自己會怎麼談鹿港呢，如果你來寫，會把鹿港寫成什麼樣子呢？」我說了這樣的話，施君臉上露出了很迅速的、我來不及看清的複雜表情。

「是嗎？」他只是這麼說著。那樣的遲疑，究竟是怎麼回事呢？和在東京時，我談起不見天街時他的興奮，簡直是兩種完全不同的神情。我很難想像，施君對自己出身的地方，同時具備這兩種強烈的感覺。

到了鹿港後，施家的傭人已經在車站等我們了。施君喚他「阿才」（アザイ），施君和阿才以臺灣話溝通，阿才看了我一眼，脫帽鞠了個躬。施君說我接下來將行李交給他就行。我們可以步行去看不見天街，再從不見天街一端的門進入施宅。

施君這麼說，我十分開心。我還怕一旦進入施君家，就會被慰留得出不了門。但我太想看不見天街了。以往遠在他方還沒有感覺，但我既已經來到鹿港，我的感受更為強烈。要是知道不見天街就在門外，我卻因為人情世故而無法踏出門外一步，我一定會惋惜到埋怨的程度。

我們走過鋪滿紅磚的地面。鹿港的街道多是如此，如果有人從空中俯瞰鹿港，應該會發現，這是一個紅磚色的小城。它彷彿與其他所有地方都不一樣，用自身獨特的顏色與質地，標示出它獨特的界域。

我終究是把鹿港想像得太美好了。施君說著往昔盛況的時候，彷彿鹿港只是「沒落」，但實際上，鹿港街道的狀況，已經遠遠超過沒落——是一去不返的衰敗與蕭條。我們穿越那些彷彿迷宮一般的紅磚小巷。這裡的巷弄蜿蜒又充滿死路，簡直就像是要困住人的陷阱。我在施君的帶領下穿出陷阱，來到不見天街。

從外面往裡頭看，陰暗不見天日的不見天街，確實是不見天呢。

當地人把不見天街叫作「街路亭」，它正式的路名是「五福路」。上方就如同我在照片中見到的一樣，覆蓋了長長的屋頂，擋住街道上方的陽光與雨水。屋頂之下有許多道木雕的拱門，看起來跟鹿港遍地都有的廟宇形狀很相似。我不禁開玩笑的想，這或許是臺灣版的「千鳥居」吧。

施君已向我說明過，臺灣許多地方的建築外，會預留一道長廊以遮雨，那被稱之為「亭仔腳」（デインアカー）。或許街路亭，就是更徹底、更完整的亭仔腳呢。

那些屋頂間會有一塊方形的天井，讓光線從上方落下。然而即便如此，不見天街中仍然陰暗幽深，白日中點著燈以助照明。支那式的彩繪燈籠中透出來的昏黃燈光，照在人們臉上。

這裡不知道存在多久了？我感覺自己正感受著數百年來的塵埃與潮濕。若說不見天街不只是從清國時期開始，而是開天闢地之刻就有了，我也一點都不會意外。

光是感受著這裡的氛圍，就足以令人不忍。如果加上一些想像力，或許能把它描繪成一個充滿哀愁與淒美情調的地方吧，所有人都在惋惜著過去的時光，如此云云。但實際上，鹿港這個地方並沒有那般渾然天成。鹿港的異國情調確實很濃厚，但這份情調中不是只有哀美的一面，也有令人無法忽視的一面。骯髒與陳舊的氛圍揮之不去，街道上的氣味十分強烈，地上鋪曬的醃菜的味道、魚的腥味、還有帶著熱氣的臭味，以及可能是尿騷味、餿水味的不知名臭味。整體來說，我對這些街道有「死了但是最後一口氣還沒嚥下，苟延殘喘著」之感。然而在臭味之中，又處處可見精緻的雕花，與古樸的磚牆。

施君說，鹿港因為兩年前設街，建了派出所、街役場、公會堂之類的現代建築。這些建築倚著不見天街，有著過去與現代並存、傳統與文明共生的衝突美感。

無精打采的人們站在路邊，因為我與施君的經過，而靜默無言地注視著我們。像我們這樣穿著西服、彷彿象徵著現代的人，走在古老的街道上，確實特別突兀。不見天街兩側有許多店家，也不時有人以我聽不懂的臺灣話吆喝。施君經過時，常遇到不少熟人，他以臺灣話和他們交談。有時提到我，他們會以打量的眼光看著我，我不知道該說了什麼，只好點頭微笑。施君在結束後，向我轉述他們的談話內容。

「是問我說『你從日本回來了啊』，我說對，還帶了在東京認識的日本朋友來。他說您看起來是位紳士呢。」

說著像是這樣的話。我感覺自己也開始參與進這個地方的生活了。

「不過聽說不見天街有三不見，除了不見天，我也沒發現其他什麼別的——而且雖說是不見天，還是看得到天空的呀。只是透過方格看，好像變小了。」

雖然看得到天空，但S氏說的沒錯——這裡看到的，確實不是同一片天空。但這不是因為抬頭所見天空不一樣，而是因為腳所踏的地不同了。

這種彷彿把過去的時光幽幽帶到現在的石板地。

施君為我解說了「三不見」的答案。

「不見天街的三不見，是『不見天、不見地、不見女人』。新宮先生剛剛一路走過來也注意到了吧？鹿港的廟宇非常多。在廟會的季節，鹿港的地上會鋪滿祭拜的紙錢，所以說『不見地』。另外不見女人，則是說鹿港大戶人家多，許多人家很傳統的，不讓女性出家門——過去是這樣。但現在當然不是了。而且不見天街還因為環境很像室內的關係，有些人家雖然不喜歡女兒外出，但在不見天裡就可以呢。」

「地上鋪滿紙錢啊，哇，真想看看……至於鹿港的女人，大概只能像這樣在街上遠觀了。」

「也不一定吧。」

施君只是很快的說了一聲，我聽得不太清楚，但似乎是這樣的句子。我想再次跟他確認，施君卻未看向我。

「施君有婚約對象嗎？是鹿港的女人嗎？」

我雖然感受到施君不喜歡這個話題，但我依然有一種僥倖的心情，覺得我就算說了，溫和的施君也不會責備我的。

「新宮先生，您還記得嗎？您在火車上說，您想聽聽我對鹿港的想法。」

「嗯，是的。」

「我的想法是，『喘不過氣來』。鹿港的街道令人喘不過氣。我時常覺得太過沉重了，不想背負這麼多。」

施君一字一句緩緩說著。我們已經走近了廟宇附近，人聲逐漸嘈雜起來。但是很奇妙的，他說的話，我卻聽得很清楚。

「不好意思，我這樣說混雜了太多的私人情感。鹿港是個適合旅遊的好地方，還請新宮先生務必樂在其中。」

我們走在不見天街裡的時候，我的視線偶爾會隨著人影的穿梭進出，望進兩側彷彿狹長得沒有盡頭的房屋中。那裡似乎有一片深邃而吞噬人的黑暗，每戶房屋都有說不完的故事。施君家也是吧。

✦

我們走到廟口，在廟口買了顆包子，又沿著不見天街往回走。施君家靠近廟口的相反側。包子散著熱氣，有甜膩的肉香，包子的皮鬆軟中帶有一點韌性。其實我原不該再多吃這顆包子的，但我實在忍不住。我們往回走時，已經臨近傍晚，施君和家裡說過，要帶我回去吃晚餐。

我們走進一處店面，施君跟掌店打了招呼，就往後面走去。後面是一個門廳，已經有一名女子在等候我們。她一注意到我們進門，馬上從椅子上站起來。

「林郡XX，XXXX！」

女子欣喜的拉著施君的手，喊著施君的名字「林郡」。但除此之外，沒有一個字我聽得懂。施君也回了幾句話，看起來似乎在責備女子，她委屈的嘛起嘴，很不服氣的樣子。又用撒嬌的語氣回話，施君很不領情。但不得不說，女子的模樣真是可愛，即便我才見她數秒鐘，已察覺到她的惹人憐愛。假使她是施君的家人，未來我常常可以見到她——我已經預料我將會很愉快。她像是一朵在清晨含苞的花蕊，帶來清新的氣息。

她蹙起小巧可愛的眉毛，水亮的雙眼似怒非怒的盯著施君。施君沒有回話，女子不甘被斥責，抬起頭看著我。

「這位一定就是新宮先生吧！初次見面很高興！我是——」

「是新宮羽雄先生沒錯，我信上提過的那位。」

女子用日文說，她還沒說完，就被施君打斷，害我錯過了聽到女子芳名的機會。她穿著漢人式的短衫，搭配裙子。我原以為她就像大部分鹿港人一樣，對日語並不熟悉，但從她可以輕鬆從臺灣話轉換到日語，以及語速也不慢這兩點看來，她應該練習過日語。這個年紀的女性，應該上過學校吧？

不知道女子是施君的誰呢？是姊妹嗎？

「那請問這位是……？」

「我是——」

女子正要回我，施君又介入。

「杏雨（ヒンホー），ヒン是日文的杏（きょう）花，ホー則是雨（あめ）。杏雨是我妹妹。」

「你又打斷我！我可以自己說！」

第二次被施君打斷，杏雨忍不住抗議。但她就算這麼說，語氣裡也帶點令男人心軟的嬌氣。

「我怎麼知道你會說什麼！」

施君又擺出哥哥的姿態責備杏雨。杏雨輕輕「哼」了一聲，小小聲的說了一句：「我一直都會聽你的話的呀。」我沒想到會突然遭遇兄妹鬥嘴的場景，也很意外的見到了施君直率的一面。施君有些不好意思的說：「讓你見醜了。」

我搖搖頭，為了轉移話題開口：「杏雨的話，是取自詩句『沾衣欲濕杏花雨』嗎？很詩意的名字啊。很高興認識你。」我對看起來有點沮喪的杏雨說。

「是呀！您很敏銳呢。不愧是日本來的大作家！林郡阿兄寄來了您的小說呢，我覺得很有趣喔！今天終於見到本人了！」

咦……？

小說的話，我目前出版的書雖有幾本，但小說應該只有《樓上》這本小說集。一想到我的〈樓上〉寫的是不倫，其中又有些豔情成分，然而讀過的女性讀者卻正在我面前……我不禁有些害羞起來。不過這頗令我意外，沒想到住在支那式建築裡、穿著漢人衣衫的女性，也會讀過我寫的小說。

「你真的看了呀？」施君和我一樣很驚訝。

「什麼嘛，真過分！我看完了呀！」

「你該不會只看得懂不倫的部分吧？」

「林郡阿兄真的太過分了！」杏雨發出可愛的嬌聲，讓人忍不住樂意看她被逗。

我們所在的地方，應該是施家的門廳。推過兩扇對開的雕花木門後，進來的這個門廳，放著幾張雕花木椅，懸掛著一些書畫。旁邊有一道可以走上樓的樓梯，從此處可以看到二樓的口字型走廊與雕花扶手。這樣的空間因為支那式的配色而有濃濃的異國風情，我不禁期待接下來住在這裡的時間。但即便是這樣迷人的宅邸空間，我剛剛都無暇注意。

我的房間在深處。我們走出門廳進到一處空地，我以為房屋就這樣了，但再往後，又是一棟兩層的建築，一樓看來是飯廳。飯廳後又是一處令人以為已經到底的空地，不同的是，這塊空地上有井。我們穿越井，終於來到第三棟閣樓。這裡才是我居住的地方。

穿過井的時候，杏雨說：「咦？在井後面嗎？」

「我覺得有些不好意思，但我想新宮先生應該不會介意吧。」施君說。

我已經穿行得眼花撩亂。施君唬我，這根本不是江戶時代的長屋啊！這比長屋還要容易令人迷路！

施君看我已經分不清方向，笑說，他們家是「三進式」的房屋。這是支那式房屋常見的樣式，中間那個庭院叫作天井，可以增加屋內的採光。我所居住的，就是最後面第三進的二樓。

杏雨一路跟著我們穿到第三進、上樓。施君開門的時候，杏雨也在旁邊，彷彿在等候的樣子。

「你上來做什麼？」

「媽媽要我幫新宮先生鋪床。」

聽到這句話，我不禁有些不好意思。讓朋友的妹妹鋪床？真是太麻煩了。

施君用臺灣話問杏雨，嘆了一聲氣後，又放杏雨進我房門。

「喂，新宮先生是學識淵博的作家，不要亂動他的物品，也不要怠慢他啊！」施君朝著房內說。

「我知道啦！」杏雨頭也不回地回答。

「聽說是我離開的這段時間，家裡人手少了很多。杏雨也要分攤一點傭人的工作。」施君解釋。

我逐漸對於施家的經濟狀況感到困惑，住在這麼寬敞的房屋中，施君家應該是有錢的吧？請未出嫁的妹妹鋪床，我就當作是將我視為「日本貴客」的表示了。

✦

看到杏雨如此活潑而惹人憐愛，我不禁私自思考起一種可能性——或許我有機會和待我和善的施君，締結更進一步的家族連結。這樣一想，就覺得這處我初造訪的臺灣房屋，竟有了一種熟悉感。

施君的家也像大多數鹿港街道一樣，充滿了細緻的雕花，有些地方還有彩繪浮雕，也有許多懸掛著的書法。竟是在這樣的家中，讓施君感到「喘不過氣來」嗎？

直到晚餐，我才稍微理解到施君這麼說的意義。

晚餐在飯廳吃。我與施家的男性一同坐在一張方桌上，由兩名傭人協助上菜。主位坐的是施君的父親，相貌與施君有些神似，也和施君一樣看上去很溫和。施君說過，他是一名書法家，他們家祖上有清朝的功名，所以施君的父親應該是會被稱為「老爺」那樣的人吧。施老爺只對我說「どうぞ、どうぞ」（請、請）。

桌上約有四、五道菜。傍晚經過時覺得昏黃的飯廳，此時已經點上了燈，室內依然昏暗，但花點時間適應後，可以感受到晚燈下獨有的一種情調。施君向我介紹，我所見到的書法全是施老爺的作品，如果我有意，可以請他為我寫一幅字。

「施夫人和杏雨呢？」我問。施老爺不太懂日語，但他應該聽得懂我說的「杏雨」的泉州話。施老爺聞言皺了眉。

「她們還在廚房忙。」施君說。

「等等會過來吃嗎？」

「等等會過來吃。」

施君只是複述了我說的話。而直到整頓飯結束後，我也沒見到施夫人和杏雨來吃飯。反倒是要收拾時，她們出現了。我離開前的眼角餘光看到，施老爺依然坐在椅子上，杏雨彎著腰收拾，施老爺的手自然地放到杏雨的腿上。我很意外像施老爺那般看起來斯文的老先生，竟能神色自若的做這樣的事。一般父親會這麼對自己女兒嗎？——太令人想不透了。

隔天一早用完早餐後，施君在客廳喝茶，和母親以臺灣話聊著天。我雖聽不懂他們說了什麼，但能感覺到，施君回答時都很不耐煩，施夫人則不停勸告。施夫人說到一半，轉頭對我說：「過年，一起吧。那天，林郡重要的日子。」

施夫人會說一些簡單的日語，不順暢但我聽得懂。

「我母親知道您留到一月，請您留下來過舊曆年，那天是臺灣人的重要日子。」施君急忙補充。聽到他這麼說，施夫人拍了一下他，對我說：

「不是不是，林郡與杏雨的──」

「家族中所有人的──」

施君與施夫人搶著話，他們已經切回臺灣話了，施老爺則默默喝茶，杏雨也低著頭。杏雨的表情有些尷尬，注意到我在看她，杏雨對我無奈的笑了。

✦

待在施君家的這段時間裡，慣例都是杏雨來幫我。早上時，她會端洗臉水進來，晚上前，她會先幫我鋪好床鋪。我因此有機會就近看著她，有時和她說上幾句話。她漂亮得不像是施君的妹妹，施君並非不俊秀，但杏雨有著令人難以忽視的可愛，她的臉蛋白皙而圓潤，雙眼眼角略略上提，給人總在嬌嗔的感覺。

從我的房間望出去，會看到中庭的井，以及對面第二進施君的房間。杏雨注意到我的視線，靜靜的說：「其實呀，我有點怕那口井。」

杏雨倚著窗看向外面。

「聽說有人死在裡面。」

杏雨難得露出嚴肅的表情。我看著她的側臉，發現與平常活潑的她，簡直是完全不同的兩個人。現在的她，看上去心事重重。

「不過如果是新宮先生的話，應該不必在意唷。」杏雨露出平常的開朗微笑。我原以為愛笑是她的天性，但此刻卻發現，她其實笑得很努力——或許她一直都是這麼努力笑著，為了遮掩住一些不欲人知的內心。

我們隔日無事，施君提議我們走去龍山寺。龍山寺非常遼闊，也是像施君家的格局一樣，一處建築搭配著一處庭院。只是畢竟是寺廟，庭院更為寬廣。龍山寺也是「三進」。龍山寺內和其他吵雜的廟宇不同，有一種安靜而莊重的氛圍，能夠讓人的心整個沉澱下來。

我跟施君說，我很願意待到鹿港的過年，古老城鎮的過年，想必有許多有趣的民俗值得我見識。舊曆新年在一月底，我可以將行程延後到二月再離開臺灣。

施君聽了有些躊躇。

「老實說，我不知道是希望您留下來，還是不希望您留下來。要是您留下來的話，就要讓您看到我的醜態了。」

這樣的情況三番兩次出現，我其實已經有預感了，我只是不好說出口。

「是和杏雨有關的事嗎？」

「咦，新宮先生知道了嗎……」施君很手足無措的樣子。

「抱歉，我只是猜的。」

「不……」我們坐在庭院中的榕樹下。施君沒有抬頭，只是看著自己的腳。「我很感謝您猜到了，這樣我就不必勉強自己向您提起了。」

「但是，這……」我不知道該怎麼說，哥哥跟妹妹之間的事……這不就像是伊邪那岐跟伊邪那美一樣嗎。難道支那也有這樣的傳統？我努力迴避說出「亂倫」之類的不雅詞彙，卻很難找到替代的用語，因此說不出話來。

「哈哈，讓您緊張了。」施君苦笑。「不是那麼一回事，請您放心。杏雨與我之間沒有血緣關係，她不是我父母生的。她是從小在我家長大的，我的未婚妻。」

啊——原來是未婚妻。

我突然理解，為何杏雨初次見到我時，她所說的話都被施君打斷。那不是哥哥擔心妹妹在客人面前失禮，而是施君擔心，杏雨會說出她身為未婚妻的事實。

原來我覺得嬌俏可愛的友人之妹，其實是友人之妻。想到這點，我不禁羞愧起來。

龍山寺主殿所祭拜的，是令人擁有看穿萬象智慧、擺脫煩惱的神佛。施君說，他從小就很喜歡龍山寺，常常會跑來這裡玩。他曾經很疼愛妹妹，但發現這位妹妹原來不是妹妹，而是母親為他準備的未婚妻，也就是臺灣話所說的「媳婦仔」——在那之後，他就有無盡的煩惱。龍山寺幽靜的空間可以讓他暫時忘卻一切，他也向觀音菩薩祈求，希望這些煩惱可以散去。

「就是因為散不了，所以我才跑到日本呀。」

「那你成功了嗎？」

「嗯，算是吧。短暫成功了，我甚至還發表了很短的一篇小說。雖然不是什麼重要的事，但確實讓我覺得，人生有很多可能性。但是……回來後，依然還是如此。我還是沒有選擇。」

「難道沒有辦法嗎？」

我想到寡言的施老爺，以及頻頻招呼我的施夫人。我很難想像他們要是知道施君如此痛苦，他們不會有所妥協。

「原本他們要我從日本回臺灣，就是要我回來結婚。我回來了，他們就擅自認為我答應了，還擅自把結婚的日子訂在大年初一……但我確實是回來了，事到如今，我又有什麼理由說我要拒絕呢。」

施君內心有深淵，但我什麼也幫不了。我們之間陷入沉默。

「我們去正殿參拜吧。」施君起身，拍拍身上的灰塵，指著正殿的觀音。

龍山寺的正殿後方擺著巨大的佛像，屋簷之高寬，更讓人感覺到自己的渺小。觀音的眼目低垂著。施君向觀音祈求了什麼，我並不知道。或許他還是像小時候一樣，二十年如一日地祈求著同一個答案，希望觀音能回應他。

但是也是二十年如一日的，觀音什麼都沒有做，所以才會走到如今這一步。像施君這樣的人，還會繼續信仰觀音嗎？一無所獲卻持續祈求，這樣的心態是何等的卑微與渺小呀。

✦

我和施君一同回到施家。我往裡頭走回我的寢室，因為滿頭混亂思緒而低著頭。

「哎呀，小心！」

迎面而來者出聲提醒我，我才發現我差點撞上她。是杏雨，她捧著水正要往第一進走。

「新宮先生，您們……今天回來得真早呀。」

杏雨的表情看起來有些古怪。

「你在忙嗎？這是……」

「沒什麼，施夫人要洗澡而已。」

杏雨沒有看我，迅速離開了。而我後來才知道，她說的「施夫人」，其實是施老爺。

我稍後碰到施君，施君回家後才和施夫人說了幾句話。我問：「施夫人不是在洗澡嗎？」施君聞言臉色一變，驚愕地看著我。

「剛剛杏雨是這麼說的嗎？她確實端著熱水嗎？」

「是的。」

「壞了。」

施君露出彷彿已預見糟糕結果的絕望表情，衝上第一進的二樓。

我後來才從施君與杏雨那邊，聽說了爭執的內容——施君認為這並不公平，竟是在他不在家時，施老爺對杏雨提出這般不合理的要求。杏雨則堅持，她從頭到尾都只是幫老爺倒洗澡水、擦背而已。無論如何，施君已經請施老爺與施夫人停止這個行為，他下次看到，必然會再跟他們爭吵。他也希望杏雨不要屈從，但杏雨並不認為這很嚴重，她說老爺並沒有多要求什麼，這也是她的分內之事。

施君仍很生氣。兩人在我屋內爭吵，似乎也是希望我這個外人，能給予一些比較公允的評價。

「什麼分內之事，哪個父親會要求自己的女兒擦背的？」

「我不是女兒呀。」杏雨知道施君告訴我後，就說得理所當然了。反而施君聽到，又是深吸了一口氣。

「……也沒有哪個公公會叫自己的媳婦做這種事。」

「我也不是媳婦呀。」

「……」

「我是媳婦仔——跟查某嫺差不多的媳婦仔。」

杏雨說得理所當然。沒有自虐，沒有哀傷，就像是說「東京在日本」那樣的理所當然。

但正是這樣的理所當然，把施君氣到說不出話來。施君似乎開口想說什麼，試了幾次，都沒有成功說出任何一句話。他握緊拳，狠狠的敲了一下自己的腿，拉開門，大步從我房間走了出去。獨留杏雨在我房中。

「林郡阿兄就是這樣，好像我所有的悲慘都是他的錯一樣。明明不是這麼一回事。」杏雨原本就常與施君鬥嘴，但這次不一樣，她是真的怨著施君，我感到有點不安。

「那也是施君的善良吧。」

「他的善良會害死我。」杏雨不理會我轉圜的話，她抬起頭來，眼中已沒有平常的笑意，但彷彿這才是她真實的模樣。

她冷酷的表情只浮現了一下，馬上收斂起來。

「這也是林郡阿兄可愛的地方呢。」

十月的秋天下午，陽光又斜了一點。她的語氣說是笑，臉上卻沒有表情。她靜靜的看向窗外，視線停留在那口井上。她說過會怕的井。

「那口井……你說死過人的。」

「嗯。但是死過人還不是最恐怖的，恐怖的是，我怕自己會成為下一個。望著那口井的時候，總覺得自己要跌進去了。井好像會吃人一樣。」

「如果你跌進去的話，我會拉住你的。我就在這裡，一直看著。」

「新宮大作家先生，」她又擺出那副嬉鬧的笑容。「這種話可不能隨便亂說呀。」

我什麼都不能做，只能偷偷說出這樣的話。真是太窩囊了。

「我是認真的。我會拉住你。」

我的手有輕微顫抖，我在說什麼呢，對於朋友的未婚妻，對一個不過見面一天的女人。臺灣女人。

「您不知道，那口井的故事吧？」杏雨的聲音彷彿飄在空中。

「據說在施家的上上上代……不知幾年前的某一位當家，收了一名美貌的查某嫺——就是婢女——那名查某嫺性格剛烈，在被收的當夜，就偷偷跑出來投井自盡了。打撈上來的時候，已經徹底斷了氣。就是在您樓下的那口井中。」

「您知道什麼是收嗎？」杏雨問我，我雖不清楚，但我怕是一名女性不好解釋的範圍，因此點了點頭。當我這樣想時，我也懂得什麼是「收用」了。

「這故事是真的嗎？」我問。

「不知道，也許是傳說呢。但就算是傳說，這樣的事也是存在的喔。細節或許有所不同，但同樣的事，是存在的。」杏雨低頭，她的聲音小到像是說給自己聽，但語氣卻無比肯定。她的身後，延伸著支那式房屋獨有的、秀麗蜿蜒的雕花線條。

「真像是鹿港這個地方會有的故事啊……」我無意間說出口，才意識到這好像不太恰當。沒想到杏雨理解般的笑了。

「還有更多這類的故事呢。比如呀，有父母因為不想養生出來的小女兒，所以就把女兒送人，當作媳婦仔……您不知道媳婦仔吧？雖然作為女兒撫養長大，卻是兒子的未婚妻。媳婦仔很好的喔，比女兒還好使喚，又乖巧，又不會反抗。」

杏雨笑了，那笑容彷彿在說「這就是我」。

「您不覺得奇怪嗎？媳婦仔從小與對頭一同長大，但總有一天要與對頭圓房——宛如手足的兩人，居然要圓房。這種不近人情的事情，就是存在著。因為我們漢人娶妻的聘金太高了，從小把媳婦養大，就不必付一筆這麼高昂的聘金。因為婆婆與媳婦已經很熟了，彼此之間也不會有摩擦。很聰明吧？是祖先傳承下來的智慧呢。……這樣的故事，您覺得如何呢，新宮作家先生？」

杏雨有些壞心眼，停下來觀察我的反應。但我難以偽裝，我確實因為她的一番話，而感到無地自容的羞愧。

我對故事感興趣，可是我並不對他人的悲慘感興趣——我可以這麼說嗎？我有資格這麼說嗎？杏雨在這樣支那情調的房間中，說著婢女自殺的故事時，沒錯，我的腦中已經開始創造起一個幽麗瘋狂的婢女鬼魂，她持續在家中作祟，讓傳統詛咒這個古老的家族，導致更多不幸發生……如果沒有杏雨，我可以這樣想像下去。

「對不起，我不是故意……我向你道歉……」

「我沒有生氣喔。而且那不是我，那個小女兒叫作杏花，她進入夫家後，因為好心的老爺嫌原本的名字太俗氣，不符合他們文化世家的身分，所以根據那首著名的詩，把杏花改成了杏雨。那之後，杏花就徹底不在了。」

沒想到，我見面時只是為了攀親帶故而對杏雨說的詩句之言，竟蘊含她痛苦的身世。

杏雨依然是那樣不怒不悲的說著，彷彿這是他人的事。我好像知道，為什麼施君會對杏雨如此生氣了。

為什麼要如此坦然的接受不公的命運呢？

明明還來得及做點什麼，為什麼要現在就放棄，接受別人的安排呢？

「我說完了。這樣的故事，應該是很好的小說題材吧。如果您需要的話，儘管拿去用吧。我不會介意的。」

「請別再說了……」正是因為我犯了錯，聽著這樣的揶揄，我才感到痛苦。「你想要什麼，讓我幫你吧。」

聽到這句話，杏雨難得露出詫異的表情。

「想要？我沒有什麼想要的……我只有一個請求，幫我勸勸林郡阿兄吧。如果他真的想保護我，和我結婚，才是唯一的辦法。」

✦

我發現了，說謊的時候會笑，說真話的時候，會當作是別人的事，露出事不關己的模樣。這就是杏雨。

——這樣說起來，杏雨不算是說過真話呢。如果「說真話」的意義，不只是道出真相，還包括表達對於那件事的真實情緒，那麼杏雨無疑是在迴避後者。她從來都拒絕表達真實的情緒。或許只有她說害怕那口井，是真的。

但是她仍日日經過那口井，來為我鋪被送水。

害怕，但仍壓抑，持續做好自己分內的事，這就是她的生存哲學吧。

杏雨後來果然沒有再為施老爺洗澡。而常常與施君吵架的她，語氣也變得柔和許多，常常露出關心施君的樣子，只是施君總是不領情。她幾次要幫忙施君燒水，施君都拒絕了。更不用說這段時間裡，施君對施夫人和施老爺也沒有好臉色。他們吵過幾次我聽不懂的架，偶爾施君會和我說，多數時候，他不會說。

雖然杏雨拜託我勸施君，我也不知如何開口。

施君仍然對杏雨生著一種緩慢而內斂的氣。這份生氣的源頭，可說是對於杏雨逆來順受的心疼。以施君的個性，身邊任何重要之人如此順從命運，他都會為對方抱不平。所以，這也不能算是戀愛的一種。但是沒有戀愛的夫妻多的是，以施君的心疼程度來說，已足以結婚——應該是這樣的。

施君又帶我去了許多地方：興化人建的媽祖廟，被稱之為新宮的、官方修建的媽祖廟，還有用來防止械鬥的街道上的門……我逐漸了解，就算有心疼，施君從自身角度出發的、對於杏雨的怨恨，也不是一時半刻可以瓦解的。

施君說，他發現自己的妹妹其實是未婚妻的那一刻，他的想法是，被騙了。他一度還有著那種孩童式的、以為自己可以做到所有事的天真期待——但擁有媳婦仔，就表示一切都被決定了。

施君討厭其他小孩對他說「家裡有個媳婦仔在等你」，那是欺騙與恥辱的印記。就算他到東京留了學，只要還有媳婦仔在家裡等他——他就始終是舊社會的共犯。那些舊社會遺毒始終附在他身上，即便他坐了船離了家，依然像殘存在血液裡一樣。

就像是，一道門被上了鎖，即便鎖是無辜的，應該要怨恨上鎖的人，但還是會討厭起鎖來——這種心緒，可以說是無解的。

我開不了口勸說被鎖住的施君。但是，對於鎖、以及被鎖之人的故事，我卻生出無限遐想。

我已經決定了，就讓這些是小說吧。只要寫成小說，我便不會再對杏雨本人胡思亂想。我想寫一個媳婦仔的故事，但是那名媳婦仔，比杏雨更妖媚也更可憐。我可能來不及看到臺灣真正的春天，就讓媳婦仔屬於春天，擁有花的名字……讓她怨懟自己的身世，並且，讓她在痛苦中，愛上這名異鄉來訪的客人。

如果我都要一廂情願，那就讓我是在虛構中一廂情願吧。

✦

在我緩慢構思小說的期間，逐漸接近舊曆新年。施家已經在準備施君與杏雨結婚的事宜。杏雨在端水來時，向我解釋過，媳婦仔都是在舊曆新年時結婚的，這是某種慣例。因為支那式的婚禮非常繁重而細瑣，但是媳婦仔的結婚，就是讓原本已經在家中同住的兩個人，從不同間房搬到同一間而已——要是再辦那樣盛大的婚禮，就太鋪張浪費了。不如趁親戚們本來就會相聚的新年，就順便把婚禮辦掉，這是最符合成本考量的。

杏雨依然是若無其事的語調。

我問，你不怨嗎？

「再多盼望也會落空，就讓我這樣想吧。」

杏雨這次沒有笑。她端水的纖指上沾了一些水珠，我注意過她的手，其實已經因為家務而長繭了。然而靜靜的放著時，姿態仍是如此優美，宛如千金小姐的手。我想起讀過的中國長篇小說《紅樓夢》裡，說婢女晴雯「心比天高，身為下賤」，生錯身分大概就是這樣吧——不過杏雨要是有小說裡晴雯的志氣，也不會讓施君生氣了。

即便是簡便的婚禮，也有許多東西要置辦。施家的傭人不多，我常見到那幾個面孔忙進忙出。第一天為我們提行李的男傭阿才，時常從外頭搬回一些我說不出來是什麼的物品。施君對於這些不予置評，我感覺到施君沒有排斥婚禮，但也沒有接受。

施夫人幾次對施君提起，要施君配合隨她出門，她要帶施君去做新衣服。施君幾次都拒絕，但拗不過施夫人，只好說要帶我去見朋友，已經跟朋友約好了，不可失約，等等。但其實哪有這回事。於是我們突然的跑到了彰化，打算去拜訪據說是文化界人士的一位醫師，外號「和仔仙」的，卻因為那名醫師不見日本人而吃了閉門羹。某天施君又帶我跑到二八水，拜訪一名極年輕的公學校教師王白淵君。幸好對方並沒有拒絕。王君對美術有興趣，說了一些這樣的話題。他又和施君聊到這陣子蔚為話題的一篇小說〈彼女は何處へ？〉（她將往何處去），是一篇談論臺灣女性問題的新奇小說——施君給我看過。據說作者謝春木君正在東京留學，是教師的熟人。我覺得是很具啟發性的一篇小說，可以窺見臺灣知識青年面對婚姻與戀愛的情況。

施君還跟我提過幾位正在日本留學的朋友，包括作為鹿港名門丁家女婿的陳虛谷君，出身功名之家、家中出過舉人的莊垂勝君……兩人現在都在東京學經濟。可惜他們已在暑假結束後返回日本，故未能得見。施君談起他們時，有時會順便提到他在東京參加過的一些為了臺灣奮鬥的組織與活動——他談起這些時，眼中有光明的嚮往。

「不過那都是回臺灣前的事了。」他最後總結道。

「之後還是可以再回東京的吧？」我試圖安慰他。

「或許可以吧——東京是可以再回去，但是一旦接受了親事，我的勇氣卻不會再回來了。」

施君無奈的笑了。

施君已經二十六歲了，早該完成的婚事被他拖到今日，終於到了不能再拖的程度。

施老爺給了壓力，希望施君能早日生兒子繼承家系——最好生兩個。一個要算給施老爺英年早逝的哥哥，拜伯父的神主牌。

「要是他也這麼關心生者就好了呢……」施君說。但是傳統的觀念難以動搖。我想，在這樣古老的小城中，或許更是如此。

✦

我把施君家的地址給過東京的幾位朋友。偶爾會收到一些文學邀約，例如辦雜誌的A君請我寫一點來到臺灣的隨筆，我便寫了一篇〈井上之月〉。迴響似乎不錯，我又寄了一篇〈天上之天〉的稿子給A君。我的稿子都很短，但感謝鹿港的餽贈，我已經可以寫下我所見過的景色。A君在給我的回信裡，敏銳的注意到我已經在籌備寫小說的材料。他問我，是否這次又會像〈樓上〉一樣，善用空間的特色。他很期待我展現關於傳統支那式建築空間的書寫，那是日本作家鮮少有機會寫到的。

我因此很想複習一下我那篇〈樓上〉。但因為旅行在外，書不在身邊，感到特別不便。我因為不能馬上看到書而覺得煩躁，因此請教施君。

施君聽聞我的請求，答應要拿《樓上》給我。然而施君翻遍了他的房間，也沒找到，我說或許杏雨知道，她畢竟是看過書的。

「那丫頭，真的不是只看書名嗎……」施君喃喃說。

杏雨不在房內。我與施君在家內找人。這一天，傭人們拉著梯子，正在為家裡布置一些紅色的「囍」字、掛上一些紅色的布幔與燈籠。施君看到，臉上又是一陣不高興。問了傭人，他們說杏雨應該是隨施夫人出門——可能是去裁結婚用的新衣或是去挑飾品之類的。施君聞言又板起臉。

「我們直接去她房間找找看吧。」

「這樣好嗎？我沒這麼急……」

「我去東京前還常到她房間找她。她不會介意的，真的。」

杏雨的房間就在施君的房間的另一側，施君仍是禮貌性的敲了門，當然是沒有人回應。施君開門，杏雨的房間比我預想的還要小很多，但也綁了一些紅色的布，貼了「囍」字。房間裡沒有書桌與書櫃，看上去也沒有擺著書的地方。他逕自走向化妝臺前，果然在化妝台的抽屜中看到了我的那本《樓上》。

「原來在這裡啊。為什麼要放在這種地方呢。」施君抽出《樓上》，放到我手中。原本打算就這樣把抽屜關上，卻好像看見了什麼而遲疑。施君從抽屜中拿出一本筆記本，翻開，紙面布滿了娟秀的字跡。

施君馬上把筆記本蓋上，放回抽屜裡。我也別過頭去，假裝什麼都沒看到。我想既然如此，我還是速速確認完我要的段落，再把《樓上》放回去，裝作什麼事都沒發生比較好吧——不然杏雨要是知道我們拿走了《樓上》，可能就會意識到我們看了她的筆記本。

我翻開書，書頁間密密麻麻的寫滿了筆記。

我雖然明知不該，還是速速瀏覽了一下——筆記的內容至少分成兩種，一種是針對字詞的，一種是針對小說內容的。針對字詞的筆記，解釋了一些詞彙的意思，列了幾個相近的詞彙。是把我的小說當作學日文的課本在用了。但是針對小說內容的，則會提到一些前後呼應的細節，我只是略看了一下，大抵感覺，她的理解不在多數評論家之下。應該是因為細讀過好幾遍的緣故。

我不知道該說什麼才好。內心湧出的，是深深的愧疚。

原來我以為如此理所當然的事，對她來說，必須要這樣隱藏起來、又勤勉刻苦地追求。

我放棄尋找我要的段落了，直接把書遞給施君。和我如今所見到令人驚愕的筆記相比，我原本想確認的細節已經太微乎其微。

施君將書原原本本的放回抽屜，我們安靜的離開杏雨的房間。

「我從來就不知道……我還以為她不會讀……」施君低著頭喃喃自語。因為施君不想待在家，我們來到新宮散心。那時我們走上不見天街後不知該往哪走，媽祖廟又太不清靜，便往回拐進新宮。這裡人潮較少，廟宇旁石碑的影子，因為夕陽而被拉長。我們的影子映照在石板地上。

施君說他在東京讀書時，寄過幾本書回來。他原本只是興沖沖的想說，要把自己在東京接觸到的新知，分一點給杏雨。儘管寄了，卻並不期待她真的會讀。從杏雨的房間內看來，她的書看起來極少，施君寄回來的書，應該就是全部了。她原本連公學校都沒念完，日語會話可能是跟施夫人一起去私人講習所學的。應該沒什麼機會接觸日文讀寫。

施君點到為止。我們都不敢想像，她究竟花費了多少心力。我想即便是在男人之中，像她這麼刻苦用功的，也是少見。更不用說，她應該是唯一一個，把我的小說讀爛的人。

——也難怪她那麼清楚我的小說取材品味。

我們經歷很長的沉默。良久，施君才開口。

「你帶杏雨走吧。」

施君的聲音浸潤進夕陽裡，有一種屬於海港的潮濕。此處的海風不大，但我依然聽不清施君說的話。不是風的緣故。

「咦？你在說什麼——」

要我帶杏雨走，是什麼意思？

為什麼突然這麼說？沒頭沒尾的，施君究竟在想什麼。

「我不能和杏雨結婚。」

施君痛苦的說。他眉間緊鎖，但我有種錯覺，他彷彿終於卸下了一直以來的重擔。

✦

後天，我們預計與施家人吃完早餐後，搭糖廠鐵路到彰化，再轉縱貫線前往臺南。就在早餐席上，施君當席宣布，他不會與杏雨結婚。

「在我們從臺南回來之後，我要看到這些紅燈籠與紅布全部拆除。否則我就會去東京，不再回來。」

施君用臺灣話說的，但他已經事先知會過我，這時我們就要出門。我與他一同去拿行李，施老爺沒有說話，施夫人則是很驚慌，杏雨打算送我們到門口，被施君拒絕了。

在去臺南的火車上，施君才終於說：

「看到這些，我無法接受跟她結婚。我沒有辦法接受，我居然要摧毀這樣一個人。」

我附和他而點頭，但腦中響起的是，杏雨所說的話。

——他的善良會害死我。

「那她怎麼辦？」

原本看向窗外的施君轉頭看向我。

「我記得新宮先生現在是一個人吧？你把她帶走吧。像她這樣的女子，跟著我太浪費了，應該要跟您去東京才對。新宮先生應該是喜歡杏雨的吧？」

「這件事……不是一時半刻能決定的。」

正是因為我喜歡杏雨，所以我不能接受。我若接受了，便是趁人之危。

我若答應施君的提案，杏雨是不會拒絕的。施夫人施老爺那邊，或許會需要使用一些讓本島人可以接受的手段——比如錢——那對我來說也不是問題。但這樣的婚事就算成了，我都覺得其中帶著陰影。那種不潔的感覺，一輩子都將揮之不去。

我們在臺南看了赤崁城與媽祖廟等幾處古蹟。臺南比鹿港，更有現代的文明氣息。我因此覺得鹿港仍是較有味道一點，或許我已經對於鹿港生出一種第二故鄉的情緒，也未可知呢。

施君在臺南似乎玩得很高興。應該是因為做下決定的緣故吧。反而是我心事重重，因為有了選擇而憂慮起來。

我們帶著決定自己未來的幻覺遊玩。但後來才知道，其實我們是沒有選擇的。

我們坐火車回到鹿港。一樣是阿才到車站迎接我們、為我們拿行李。回到施宅，廳內的紅色布幔撤了一半，但仍有一半留著，十分不乾脆。施君要找杏雨問話，杏雨的臥房半掩，從門縫間看得到她的眠床仍貼著「囍」字——甚至比上次看到的紅布更多了。施君也注意到了。

「真是的，該不會要背著我偷偷來吧。」施君轉身下樓，要去第一進施夫人與施老爺的房間進行抗議。我們路上遇到阿才，施君問阿才夫人在哪，阿才說了一些話，又似乎想阻止施君，施君並不理會他，阿才很焦急，不斷說著「ムシ、ムシ」，臺灣話裡「不是」的意思。

我隱隱有不好的預感，跟在施君後面僭越地上樓。施君喊了幾聲沒有人回話，施老爺不在他寫書法的書房裡，施君走到施老爺與施夫人的臥房。施君推開門，我先是看到赤著上身的施老爺坐在澡桶裡，板著一張臉。我急忙別開視線，施君走進去，喊著應該是「父親——」的聲音，卻不自然的止了住。

我方才的眼角餘光，瞥到好像是杏雨所穿的短衫。

我的心中閃過了一些糟糕的念頭——但我很快停了下來。我挪動了身子，杏雨就像是平常端水給我的樣子，捧著水往澡桶中倒。施老爺則別過頭去，一語不發。

看樣子，杏雨又被叫去幫施老爺洗澡擦背了。

施君與施老爺的氣氛僵住，沒有人說話。施夫人這時才因注意到騷亂而回到房間。她與施君吵了幾句，施夫人似乎想說明什麼，卻欲言又止，施君在這些空檔乘勝追擊。施夫人沉默了一會，施君見施夫人沒有回話，拉起杏雨的手，打算從房間裡離開。

這時，方才都不發一語的施老爺開口了。

「XXXXXXX，XXXXXX！」

施老爺的聲音低沉而響亮，我應該是第一次聽到他如此大聲的說話。我不知道那句話是什麼，但是，施君徹底被這句話打擊到了。他像是徹底被抽空一般，失去了方才所有的氣勢，氣力全無的跪坐在地上。

我看向杏雨，杏雨只是露出一抹淒慘的苦笑。

我感覺非常糟糕的事已經發生了。

——不能待下去。

即便明天就是除夕，但不能待下去。施君這樣一位有志青年的心智，會因為這場過年而被摧毀的。會回不去的。我很清楚。

我有辦法。施君跟杏雨或許因為難以反抗長輩而顯得軟弱。但我不會。

而且我是日本人。

我拉起施君往外走。我同時拉了杏雨的手。她的手因碰過水而溫熱，又因異常的狀況而顫抖著。令人不忍。

我們下樓，還在澡盆裡的施老爺追不上我們，呼喚了阿才。阿才原想攔住我們，因為施君的話而停住，我們趁機離開。衝到大街上攔了車，我不知道要往哪裡去，身邊兩個人都有些失魂，我怕鹿港依然有施家的影響力，我想到彰化吧。又從彰化搭了火車，來到臺中。

✦

除夕之夜，正是家家戶戶團圓之時，我卻帶走了施家的兒女——準確來說是施家的兒子，與施家的媳婦仔。不，或說是施家的妾呢，我已經搞不懂了。

離開施家之後，我才終於有機會理解發生了什麼事。在車上兩人不發一語，我有些尷尬。等到火車發車，施君才終於問杏雨：「你為什麼不說？」

「說了也沒辦法改變什麼，只是徒增你困擾而已。」

聞言，施君緊抿著唇。

杏雨聲音宛若雨聲，「而且，我不想給你壓力。」

「你成為父親的妾，難道我就會好受嗎？」

「反正到時也來不及了。」

「啊啊啊啊。」施君壓低聲音的喊著。是足以引起其他乘客注意、但不至於造成困擾的程度。我想他若無法說些什麼，便難以克制自己發怒的念頭吧。

兩人好不容易開口，卻又因為話不投機而沉默。那晚，我們落腳臺中的旅館。施君跟我解釋了施老爺想要娶妾的原因。

「我有一位英年早逝的大伯……您知道我們漢人很重祭祀吧。大伯沒有子嗣祭祀他，父親向來很惋惜，說他沒有生一個兒子給大伯。所以才要我結婚——大概是因為現在我拒絕了，所以他決定自己生了吧。而生兒子需要年輕的妾……」

說到這裡，施君咬緊牙齒。彷彿光是說出「妾」這個詞，對他來說都是殘忍的懲罰。

「不過無論如何，也不能對杏雨……！」施君眉頭緊皺，緊握拳頭。

而杏雨……我看得出來，杏雨在強顏歡笑。她想若無其事地和我聊天，我卻無法忽視她努力隱藏的那份委屈。看著她受苦，我也很痛苦。

我在心裡咒罵施老爺。像他這般支那遺毒的存在，讓鹿港整個都骯髒了起來。這是我先前刻意不看的另一面，其實它一直都存在，我只是因為覺得這跟我無關，而不去看而已。

但接下來不會與我無關了。

隔天，我拜訪了新聞社——這是我另一個選臺中的理由。這裡有內地友人告訴我「到臺灣可以去找的人」。我因此找到了新聞社的記者M君。M君了解事情後，幫我引介了一些人，也和警察那邊打過招呼。

M君根據我的話寫了一篇報導披露。報導刊登當天，他到旅館找我。

「不好了，新宮君，我聽到關於你的不好傳言。」

「內地來的作家新宮想染指施家的養女，因此聯合日本人的報紙，編造『施老爺想娶養女』這般荒誕的謊言，擄走施家的養女。」——這是傳言的內容。

「地方上的人很相信施老爺，都說施老爺是讀書人，不是那般好色之人。」

沒想到施老爺也會打輿論戰。以地方上來說，我是贏不了的。他們認識施老爺，卻不認識我。就算有新聞撐腰又如何？我始終是那裡的外人。

施君聽聞這件事，去打了電話。在施君去打電話前，在耳邊對我說：「留意杏雨。」

我不知道是怎麼回事，但一回到房間打開門，就看到正要往外走的杏雨。

「你要去哪裡？」

面對我的提問，杏雨低頭不應。

「你該不會要回鹿港吧？」

杏雨別過頭去。

「這是最快解決問題的辦法。我不能害了新宮先生您。」

杏雨聽說了吧，關於我謠言的事。

但是再怎麼樣，都輪不到她犧牲。

在那一刻，我有種情緒湧上來。我抓住她的肩膀——太危險了，這女人太危險了。她有自毀的傾向，我到底要怎樣才能阻止她呢。

「你到底——你到底為什麼——為什麼不拒絕呢——」

我彷彿懇求一般地問。杏雨抬頭看著我，我能聞到她身上檀香的木質氣味。是在施家時我很常聞到的味道。

「您說的是幫老爺洗澡呢，還是做妾的事呢？」

「兩件事都是。」

「這樣呀。」杏雨直直的看著我。「新宮先生，您的問題問錯了，不是這樣的問題——要是問『想不想拒絕』，答案是『想』。但正確的問題是，『能不能拒絕』，答案是『不能』。」

「但是，娶自己的女兒，這種事——」

「新宮先生，我不是他們的女兒呀，我是養女。」杏雨說時，臉上看不出任何表情。

「養女分很多種的。要跟自家兒子結婚的是一種，未來要出嫁的是一種，當查某嫺被使喚的是一種，收來做妾的——也是一種。養女很方便呢，非常靈活的。因為同樣是養女，彼此之間還可以互相變換的唷。要是媳婦仔的對頭娶了別人，那媳婦仔也可以當妹妹；做查某嫺的，主人看了中意，也可以收來當作妾。」杏雨盯著牆壁，就像是在背誦什麼一般地說。

又來了，那種事不關己的語調。

「但是呀，這都不是養女可以決定的。我早就知道了。」

杏雨說。她那句「我早就知道」中，帶有某種弔詭的自信。

我想抱住她——我想要順從內心想望的，抱著這個脆弱而企圖自毀的靈魂，好像這樣一來就能阻止她繼續摧殘自己——但我只是向前傾了身，又馬上因意識到自己的不妥而背過身去。

我不想趁人之危。

從我的背後傳來杏雨的聲音。

「如果您想的話，沒關係的。」

我轉回身看著她，杏雨的雙目只是靜靜的凝視地面，沒有看向我。

「您知道嗎，我第一次被叫去幫施老爺洗澡時，他居然對我說，『你長大後，我就沒有再把你當女兒看待了』。那時我就知道了，早晚一定會有這一天——所以我才那麼拚命的要嫁給林郡阿兄啊。很多事情我都吞忍了，但唯有嫁給從小到大視作父親的人，不行——我會因此毀壞的。」杏雨的嘴唇微微顫抖著。

「但是林郡阿兄太善良了，善良到不會意識到我的危機。他說不定連後頭那口井的事情都不清楚呢。只有我，只有我，那個故事就算我想忘，我都忘不了……」

杏雨的聲音仍是靜靜的，像是平靜的湖面。但是漸漸的，她的話中混進了一些雜質。終於，她雙目垂著兩行淚水，抬起頭來看著我。

管不了那麼多了。

我上前抱住了她。她嬌弱的身子在我懷中，彷彿柔弱得禁不起更多苦難。明明是這樣柔弱的身軀，怎麼能獨自承受那麼多呢。

我想說出那句話，但我說不出口。

「對不起。」於是我只能這麼說。

杏雨哭了。她的淚水潤濕了我的西裝，在我懷中，我能感覺到她因哭泣而劇烈起伏的呼吸。希望在這一刻，她可以把承受的重擔都卸下。就算只是片刻也好，我都會為了能安慰她而滿足。

「其實呀，一瞬間就結束了——做妾那天，我會燒了這個家。然後跳進井裡結束生命。一切會發生得很快，不會有人有痛苦的。」

杏雨說完，又發出笑聲。

「林郡阿兄真的是什麼也不懂啊。他以為只有他是惡人，其實我也是惡人呢。」

「你不是。」

我用盡氣力，也只能說出這三個字。

「呵呵，您又不真的認識我。」

「不，我知道你——」

我想到那本令我們兩人說不出話的《樓上》。

「——我知道你絕對不只是表面上的樣子。」

「新宮先生，您真好啊……如果能再溫柔一點，就更好了。」

杏雨的臉貼著我，一隻手輕撫著我的上衣。

「還有另外一條路。要麻煩您當惡人——那就是，現在抱了我。」

杏雨知道這個用法呢。私を抱く。

當然不是一般的抱。而是……男女間的抱。

「你在說什麼呢。」

「施老爺一定會放棄的。畢竟要是生下日本人的孩子，該怎麼辦呢。」

這句話我聽不下去。我推開杏雨，轉身離開了。關上日式房門前，我看到杏雨跌坐在地上的樣子，她張大著雙眸看向我，似乎在期待什麼，又似乎想說些什麼。我終究關上了房門。

但我依然怕她逃回鹿港，所以在玄關坐著，直到施君回來。

✦

我們一起住的這幾夜，我知道施君總是會在半夜時起床。

旅館是日式建築，我們住同一處。第一晚就寢前，施君一拉開門，看到女侍在榻榻米上鋪好的三人份布團，馬上就轉身往外走。是我留住了他。

晚上睡覺時，施君跟杏雨都不想鄰近彼此。只好我睡在中間。到了半夜，我總會聽到施君起身，關門離開的聲音。

這樣不就變成我和杏雨獨處了嗎——我想到杏雨白天的邀約，不禁開始胡思亂想，以至於煩惱著要不要跟施君一樣起身離開。

「新宮先生，您在吧？」

杏雨先出聲了。原來她也沒睡著。

「嗯。」

「林郡阿兄是怕您先離開，所以先起身的吧。他總是這樣呢。」

「總是？」

「對呀，總是。母親——就是林郡阿兄的母親，以前父親不在時，會把我們叫到她房裡，兩個人一起跟她睡。睡到一半，她會突然不見，很可怕的。」杏雨躺在床上，頭朝著天花板說話。

「後來林郡阿兄就學到了。他先不見，阿母就來不及不見了。」

還沒完全清醒的我，差點要問「為什麼呢」，但我很快就想到了。啊，原來是那樣啊。是希望兩個人間發生些什麼，成為既定事實吧。

「這招很厲害呢。後來有一次，阿母叫我去跟她睡，我發現阿爸也在時，我就用林郡阿兄這招。很好用的……」

杏雨話還沒說完，我就坐起了身，不可置信的看著她。杏雨身子轉向我這邊，窗外的微光落在棉被上，照出她裹著布團的輪廓。房間裡仍很暗，我看不清楚她的臉。

「新宮先生被我嚇到了吧。我只是想說，幸好今晚留下來的是您……。」杏雨的手從棉被中伸出來，撫摸著我的臉龐。被她碰到的那一刻，我感覺像是有電流通過全身。

✦

我害怕杏雨的誘惑，於是我說「我要去找施君」而離開了。

旅館在臺中公園旁，不知為何，我覺得施君一定在公園裡。深夜的公園很寧靜，因此樹枝輕輕擺動的聲音都聽得一清二楚。我漫無目的地找著施君，我感覺知道自己在害怕什麼了。

我害怕杏雨在利用我。

我毫無疑問愛著她。但是她那總是諱莫如深的態度，會讓我什麼都不能相信——我只知道她一心要嫁給施君，除此之外一無所知。杏雨應該是愛施君的吧，但她對我說的話，又太像真的了。歸根究柢，她有理由引誘我。或許我該被騙的，問題是——為什麼我會這麼害怕她利用我呢。我只要一想到，心口便如要裂開一般疼痛。

太可笑了，我竟因為愛她而拒絕她。

我在湖畔找到裹著和服襖、望向湖面沉思的施君。大概仍是受不了寒意，才穿了旅館的和服襖出門。我們沿著湖畔散步，湖上映著清晨微亮的日光，湖水的顏色也隨著光線越來越亮，而逐漸轉變成白日見到的景色。清晨的湖與湖心涼亭，彷彿是一幅支那式的水墨畫。

「我想了一夜。這一切都是我引起的。不好意思給您添麻煩了。我會負起責任，結束這件事。」施君說。

我們坐在岸邊。日出了，明亮的黃光穿透雲層，往湖中央的亭子照過去。亭子彷彿被描上了金邊，我想到的是杏雨側身躺在床上，身體的輪廓邊緣微微泛著光的模樣。我從此以後再也見不到了。

「我會一直記得的。今天的景色。」

施君這麼說。我不禁感到痛苦。

「我可以帶她走，我真的可以──」

我這麼說，話卻被施君所打斷。

「拜託你了。新宮先生。」施君的語氣聽上去很不好受。「謝謝你願意為我們做的一切，我不能再拖累你了。就讓我們回歸原點吧，然後……就當作一切都沒有發生。」

湖上的風習習吹來。施君身上的棉襖被風吹得晃動了一下。他的雙眉垂下，臉龐依然是我初見他時，那讓人感覺正直的面龐──只是多了一些複雜的皺褶。人原來是會在短短一刻成年的嗎。如今的施君，已經做好成為一家之主的準備了。

在那之後，我與施君、杏雨分別。在施君去叫車時，我和杏雨有片刻的獨處時間。我們在旅館等待，四周沒有其他人。杏雨站在我身邊望著前方，她開口時，神情與聲音都很平靜。

「因為事情都決定了。新宮先生您總可以相信我了吧。我對您說的話，那些心意，都是真的。但這樣的結果，也是我所期望的。所以您什麼都沒有錯。」

杏雨轉頭向我。我才看到她緊抿著嘴唇，水光在眼裡打轉。因為意識到我們就要分別了，連她這樣的表情，我也想好好記在腦內。

「我無論如何都想讓您知道這份心意。不過請您絕對不要告訴林郡阿兄。他萬一知道了，又會不要我了。」

我才要反駁，她以極快的速度，在我唇上親了一下。

沒有人看到，只有我們知道這件事。杏雨吸了口氣，施君回頭來找她時，她的語調與神情又恢復成平常的模樣。剛剛的一切就像沒有發生過一樣。

施君幫杏雨拿東西，兩人的相處已像是夫婦一般。施君來向我道別，邀請我可以再到鹿港。我要是再去的話，應該能趕得上施君與杏雨的大喜之日——但我選擇了迴避。杏雨結婚的樣子，想必非常美吧，我還是不要見到比較好。

施君離開時有個插曲，透過旅館叫到的車，實際上是阿才開來的。阿才下車後，施君馬上懂得這是怎麼一回事。儘管如此，他還是臉色鐵青的上了車。

送走他們後，我透過電報聯絡S氏，說我想提早去臺北找他。S氏則請我到屏東與他會合，他要進入屏東的排灣族蕃地。正好可以帶我一起同行。

蕃人的新奇獨特令人大開眼界，S氏的解說也很深刻而精闢。我想沒有人像我一樣，可以與這樣一位熟悉蕃地的人類學者同遊。我應該是要感到高興且珍惜的，但我的心思已經被填滿，沒有任何空位可以裝下這些有趣的見聞了。

我向S氏說了令我煩惱、不解，至今仍無法放下的這件事。

S氏是學者，比起我，他總是能從經驗中更快提煉出知識。我想我只是需要仰賴他的意見，讓我可以從中得到一些意義或是教訓——這樣一來，我就可以早日放下。

但S氏並沒有給我那樣的建議。

S氏聽了之後，只是若有所思的問我：「所以你拒絕娶那名女孩？」

「……一開始是。因為我不想要這般無可奈何的婚姻。」

「這樣啊……」S氏的眼神飄向旁邊。

「我跟新宮君你不一樣。我無論如何都會答應的。只要可以跟她結婚，過程如何我無所謂。就算是無可奈何也無所謂，我都無所謂。只要可以結婚就好。」

S氏說的是自己的事吧——我曾聽聞，他因為蕃女而心碎。

S氏帶我拜訪了五十年以前，「出兵臺灣」事件的相關史蹟。他告訴我，這十年以來，他一直在調查當年事件中的一名少女。她被喚作「阿台」，曾在西鄉都督的意思下被帶到東京，當作「蕃人可否教化」的實驗品。她受學於漢學家佐佐木支陰數個月，記載上，她回臺灣時只會講幾個簡單的日語單字。但S氏認為，可能並非如此，她或許有驚人的語言天賦，足以在這段時間內，把日語學透。而他向蕃社詢問過阿台回臺後的下落，得到的答案都是說，阿台回來後因為與蕃社格格不入，而選擇自殺——但S氏推測，「阿台」可能還活著，甚至活到了日本治理臺灣的時代。

我有種錯覺，S氏說這些的時候，好像很高興。他應該沒有機會見過阿台，但是他說的樣子，卻像他親眼見過。談論阿台的事，彷彿在談論一位令他眷戀懷想的友人。或許就是因為這種熟悉眷戀之情，使他這十年間仍不停的調查著阿台吧。

我不知道S氏經歷了什麼，但在那一瞬間，我突然懂了。

假使我們曾擁有的最後都要逝去——或許我也能用某種形式，將它殘存的部分留下來。對身為人類學家的S氏來說，足以偷渡他舊情的那個行為，是他的調查。那我呢？對身為作家的我來說，答案則再清楚不過了。

我腦中已經開始浮現，這篇小說被寫滿筆記的樣子。

查大人

【譯者註】

〈查大人〉為新宮羽雄收藏文物中發現的手稿，由其侄子新宮正太郎整理舊物時發現。手稿被妥善地以和紙包裹起來，與新宮羽雄的其他書信放在一起，可見新宮先生對它的重視。手稿前附上一封信，信上寫著：

「致新宮先生：呈寄拙作一份，這並非全部都是我的功勞，是結合了河村先生的經驗而寫成。寄給您的是日文版，未來預計以漢字版發表於臺灣的文藝雜誌。勞煩您不吝給予指點，您是我永遠的學習對象。杏花。昭和三年。」

這封日文信的字跡娟秀，與原稿文字筆跡相同。然而儘管信上說預計發表，檢閱臺灣的文學期刊，並未看到這份小說的發表紀錄。根據作者署名的「杏花」，可能為新宮羽雄〈新婦秘話〉中女主角的原型。假使真有此位女性作家存在，可為日治時代的女性文學樣貌增添多樣性。

「查大人」並非這份手稿的正式題名，而是寫在手稿外的附註，經字跡比對，應為新宮羽雄的手跡。應該與賴和同年（一九二八）發表的小說〈查大人〉有關。

本篇以日文版翻譯而成。很可惜未能見到這份手稿的漢字版，由於這份日文稿件的背面，部分有作者的漢字版手稿，因此本書收錄、編輯時，同時參雜了漢文與日文的原稿。

月江從洗衫的桶子裡拉出那項物件。

桶子裡躺著男子的白衣、褲子。但裡面有一項，她不認識。那是一條長長的白布，白布的其中一端縫了一條綁帶。月江拿起來端詳，倒有些像女人的肚綰。不過河村大人為什麼會有這款物件？日本女人也穿肚綰嗎？算了，就算那是女人的衫，也與她無關。

白布上有些汗漬，拿茶箍搓幾下，能搓掉一些。月江專心於搓洗衣衫，因此有些被身後的男聲嚇到。

「何をするの！」（你在做什麼！）

河村大人大步接近，一把搶過月江手中的白布。白布還濕著，滴著水，茶箍搓出的泡沫也還沾在上面。月江不自覺伸出手想拿回那條白布，但高大的河村大人只需把白布往上提一點，月江就碰不到了。月江看著白布的水不停滴落下來，內心非常著急。但這時候要說什麼呢？總不會說「予我」吧？

「大人，返す。」（大人，還我。）

河村大人沒有理會月江。他只是皺著眉，看上去想講什麼的樣子。河村大人身形挺拔，看上去整個人都很勇健，平常也總是精神又有禮的樣子。但這時候卻露出不相稱的表情，雙頰似乎是……有點面紅紅？

「これ，毋免。」

河村大人日臺夾雜的說，面上還是有點礙虐，又小聲補了一句「これから毋免」，從今以後，都不用碰它了。河村大人似乎感到歹勢，很快帶著那條白布轉身離開了。

這讓月江不禁更好奇了，那物件到底是什麼，讓平時威風的河村大人藏成這樣？那表情……難道是歹勢？她這是第一次見到令全村又愛又恨的警察大人歹勢的表情嗎？但河村大人可以自信的糾正偷刣豬的，卻要紅著臉保護這一塊看不出是什麼的白布，是什麼意思——河村大人就一名單身男子，也沒有妻子，品行也端正，是有什麼好臉紅的。

啊。

月江想通之後，她整個臉也火一樣的燒起來。那種事，她怎麼會知道啊。她怎麼會知道，日本人裡面穿的原來是這樣啊，她又沒看過……她一個姑娘家，怎麼可能會看過——她剛剛還在不知情的狀況下，用雙手奮力搓洗。想到這裡，她的雙手也逐漸變燙，好像有火燒起來了。

警察宿舍就在派出所後方，月江住在這裡，差不多相當於住在派出所，其實頗為奇怪。她之所以在這邊，根本就是個意外。她也不知道自己是什麼，如果有和河村大人「睏鬥陣」，那她算是人家的細姨。但她沒有，所以她應該只算是個「女中」（女傭）……不過河村大人連牽手都沒有了，沒有正妻，又哪來的細姨？

河村大人剛來村子裡的時候，大家以為又來了一個「你死母仔」。前一個任職的警察叫「西村」（にしむら），西村蠻不講理，又任意打罵本島人，因此被村民用臺語叫「你死母仔」。河村大人剛來時模樣神氣，也被眾人說「走了一個你死母仔，來了一個幹我母仔（かわむら）」——但在河村大人假日穿著和服在空地練劍後，就換女人們說：「從來沒見過這麼緣投的日本人。」

月江心裡知道，河村大人對她很好。看她打水辛苦，河村大人總是自己去挑。她買菜回來時，河村大人會騎著腳踏車去把菜拿回家。

但他是河村大人啊，或許他只是對誰都好而已。

✦

河村清次總好奇，不知道前一任西村做了什麼。他只知道本庄百姓見到他時，總是一臉警戒。一次他在巡邏中見到搬著貨物上牛車的村民，記得是雜貨店的年輕人，只是不知為何這次竟無人協助，身形瘦弱的他東西好幾次都搬不起來。清次接近他並伸出手，對方卻把身子往回縮——簡直就像是擔心清次會打他。清次知道警察有即決的資格，令人畏懼於受罰，但他明明什麼都還沒有說啊。

清次還是執意幫忙，對他結實的身體來說，這點重量並不造成負擔。年輕人似乎一直想阻止他，嚷嚷著些他聽不懂的臺灣話，清次搬完後還不停對他鞠躬。

清次只覺得奇怪，並沒有多想。然而隔天，保正就登門拜訪。保正李桑是個多話的中年男子，在街上開了幾間店鋪，清次上任第一天就收到了好多祝賀禮。這次，保正帶來了一瓶「白鹿」，說是因為前一天河村大人的慷慨相助，因此他跟雜貨店店主王桑買了酒來道謝。保正身後站著兩人，一個是昨天的瘦弱年輕人，另一位跟著他一同彎腰鞠躬的，想必就是王桑了。

「XX，アリガト！XX！」王桑對著年輕人吼，年輕人用緊張到顫抖的聲音說了聲：「アリガト。」他沒有不願意，只是緊張到無法表現出任何其他情感。

清次內心湧現了一種厭惡的情感，這樣的酒就算喝了，想必也不會好喝吧——他簡單回絕了保正，就說「小事不用在意」，便轉身進屋了。

這不是第一次。當初李桑送來的祝賀禮，清次只留下一小瓶酒，其餘肉菜全數退回了。清次是怕若全都不收，會對保正不禮貌，但保正似乎據此判斷，清次並不是全都不收，或許只是因為剛來到本島，吃不慣本島食物——因此反而更常送酒。但就算在日本，也沒能這麼常喝到清酒。河村家曾是武士，母親來自姓佐佐木的儒學之家。但在清次所成長的年代，河村家的身分被改為士族，父親也已經是個古物店商人了。清次的父親依然時常抱怨，客人並不夠尊重他們，他們可是武士啊。或許武士經商曾經是件新鮮事，但那時人人都是如此，河村家也並不特別。

清次儘管覺得那是舊時代的思想，應該淘汰的，但他依然在父親的教養下，繼承了對劍術的熱愛。父親甚至稱讚他「不愧為武士之子」，令他感覺彷彿繼承了河村家的氣魄。只是父親竟在臨終前的病榻，按照傳統，將他們所住的房屋與多數的財產，全都交由他那不成材的哥哥權太郎來繼承。若只是這樣，河村或許還不會感到氣憤——如果那些財產裡不包含父親曾多次說要傳給他的那把刀。

如果對清次來說，成為警察，是為了佩刀，那麼他選擇成為一個殖民地警察，是為了抗議——總之因為如此，清次孤身來到了臺灣。清次透過募集而加入隸屬於臺灣總督府的警察，搭著船抵達這個他從沒來過的島嶼。離開家那天，母親哭嚎著抓住清次，清次用力甩開母親，才得以成功出發。

臺灣比預想中近，但對母親來說仍是天涯海角。母親託人轉交幾封苦苦哀求他回家的信，清次都沒有理會。感受到自己被拋棄而變得瘋狂的母親，在信中寫了許多歇斯底里的言詞，而且十分害怕單身的清次娶到本島妻子，玷汙武家的血脈。

清次沒有想到那裡，儘管如今保正李桑的女兒看起來嬌嫩可愛，他也沒有想到那裡。

受訓二十週之後，清次轉往地方任職，接著來到了這個位在臺灣西部偏僻鄉下的庄擔任巡查。庄裡沒有日本人，全是本島人。只有半條街道，聚集了幾家商店。儘管地方看來不大，但巡查的職責比清次想像中繁重，他鮮少有機會去想其他事情。刣豬許可要他，衛生檢查要他，戶口檢查要他，收稅要他，連人死了要埋葬都要他簽字。但他是唯一的巡查，除此之外只有一位不算聰明的臺灣人巡查補吳阿三。

清次所在的派出所是事務室結合宿舍，一共分成三塊，最前面是公務用的「事務室」，中間是他所居住的、十坪左右的「巡查宿舍」，最後面是吳阿三所住的「巡查補宿舍」。即便宿舍與事務所相距如此之近，清次還是好幾次累到，連從事務所回後方宿舍的力氣都沒有。清次好幾次認真思考，真的有警察能把這些事情全都做到嗎？那個人想必是個完人吧。孤身的他，家裡自然雜亂不堪，要是愛整潔的母親看到，必然會責備他吧。

更何況，他還要利用時間學臺灣話。

清次學會的第一個詞，是「大人」，意思相當於「樣」，是臺語裡的敬稱。村民這麼喊時，多半說的就是他。至於第二個詞，叫作「禮素」，音唸作「れいそう」，意思就是「御馳走」，有時招待者也會說日文的「御馳走」。禮素有時以酒的形式呈現，多半是由保正李桑和其他村裡的富人送來。清次沒過多久就發現，本庄多數人都吃不起米飯，為什麼每次的「禮素」總是有酒有肉？在那之後，清次就懂得拒絕。就算因此失去讓李桑女兒倒酒的機會，也無所謂。

假使他接受了，那他跟那不成材的大哥又有什麼區別呢。

警察像是新時代的武士，在廢刀令頒布後，他們還能帶刀威風的走在路上，對無理之徒施以懲罰，並且可以免責。清次原本就想佩刀，但真正聽到刀掛在身上發出的清脆聲響，他依然有醉酒一般的感受。武士應該要正直的奉行某些原則吧——父親說的總是抽象，但至少，不被買通應該是基本。

清次上任半年，學會的臺灣話也比之前多了，也會說「毋免」、「多謝」、「免客氣」，他幫鋤頭掉到水溝裡的農夫撿過鋤頭，也曾背受傷的農夫回家。作為次子，他在家中的重要性總被排在父親與哥哥之後，但在這裡，所有大小事都要他決定，清次謹慎而榮幸的負擔起這一切。如此這般，在異地過上一段正直且權威的生涯，清次心中非常踏實。

李桑還是慣例派女兒來送東西，清次習慣性地拒絕。

市中心有給警察訓練的演武場，清次在那裡練習劍道。一同訓練的夥伴橋本在休息時間來找清次。

「你就是那個『河村大人』吧？大家都聽說了喔。」

「什麼？」剛剛那場練習橋本佔下風，清次因此對他接下來要說的話感到不安。

「你這樣不行啦！」橋本故作熟稔的說。「你是想當神明嗎？你知道嗎，還有人說你是不是想效仿那個被臺灣人當神拜的森川巡查。放鬆一點啦！不用那麼緊張。有時候你接受一下，土人那邊他們也比較能信賴你。你這樣啊，害我們的壓力也跟著變大了啊。」

清次一開始還聽得不太明白，隨著橋本的話，他逐漸皺起了眉。橋本似乎沒有注意到，繼續說著。

「反正未來也是要調任的嘛，又不會和那些土人相處一輩子，不必那麼溫柔。反而是我們這些你早晚會遇到的人，你也要考慮一下我們啊。」

橋本看來似乎很擅長講話，清次知道自己不是那種人，很可能會說出一些直接而不圓滑的話，因此並不打算開口回應。

「你不懂啊，混得好的話，可以像將軍一樣擁有大奧呢。」

「我要回去練習了。」清次簡短的說，轉身離開橋本。

「明明有將軍可以當，偏要當神明呀。」背後仍傳來橋本的聲音。

橋本的話並未讓清次改變，不如說清次更堅定了。這表示他的方向是正確的。做正確的事與受到他人肯定，假使只能選擇一項，那清次當然選擇做正確的事。到了他人會說話的程度，表示他確實正確到人們都意識到了吧？假使這是必然的代價，那他會選擇接受。

臺灣人最容易出現的犯罪，主要是賭博、竊盜這兩項。至於犯罪者，多是那些臺灣人稱之為「鱸鰻」的浮浪者。鱸鰻有老也有小，這些人成天無所事事，不懂得勞動的重要性，只知道賭博的放蕩快樂，錢財散盡便去偷去搶。

清次不喜歡無故闖入別人家裡，因此等到他敲了門、對方開門時，已經什麼證據都不剩了。但清次大抵知道是哪些人，庄中的鱸鰻囝仔，以林姓、陳姓和柯姓少年為最，其中林姓少年綽號「阿鐵」，是他們之中的王。這幾個鱸鰻囝仔令本庄非常頭痛，好幾位商店店主都被偷過，卻時常無法當下抓到他們，讓這些少年給逃了。

這一次，鱸鰻囝仔們被抓到了。

清次抵達時，林阿鐵和陳姓、柯姓少年已經被村民們抓住了，也從他們身上搜出了失竊的物品。原來是店主王桑一發現東西被偷，馬上大喊，使得附近的村民有機會抓住他們。

清次請臺灣人巡查補阿三一起，把三名少年帶回派出所訊問。三名少年確實犯了偷竊罪，只是清次一問才知道，陳姓、柯姓少年分別是十五、六歲，但林阿鐵只有十四歲。儘管阿鐵是他們之中的王，但十四歲並未具備完全的責任能力，清次就算再怎麼想懲罰、好讓阿鐵悔過，他能做的事，也只有好好訓誡一番，再放阿鐵回家給父母管束。

阿鐵臉上和手上有些被村民抓住時的傷痕，但他並未哭鬧，反而是一臉不屑，即便是面對警察大人，也沒什麼害怕的樣子。甚至在被綁住時，還瞪著清次。相對於陳姓、柯姓少年四處張望的不安，清次有點知道為什麼阿鐵會成為老大了。這乃是因為他頑童的程度特別的無可救藥所致。

在西村任職的年代，這三名少年已經被西村抓過幾次。看來就算是行事粗暴的西村，也無法使少年們改過向善。清次對他們勸說了一番，但少年們沒有反應，應該是聽不太懂日文，清次只好請阿三先看住三名少年，自己到後頭宿舍去拿新進收到、標有日文發音的說諭範本。清次才剛一回頭，就看到林阿鐵掙脫了束縛正要逃跑，和阿三扭成一團，兩名少年在一旁叫囂。

清次往前一把架住了林阿鐵，少年畢竟是少年，力量和平常勤練劍道的清次沒辦法比。清次把林阿鐵的手折到背後，故意施加力氣，讓阿鐵感到痛苦。但阿鐵空著的另一隻手仍在掙扎，清次不得不把阿鐵壓到地上，與阿三合力再次綁住他。這次清次綁得更緊了一些，不理會阿鐵發出的哀叫。

整理一番後，清次拿出那本說諭範本，企圖照著上面的發音唸。光是一句「你無想你父母飼養你到大漢，你非為亂作，敢有友孝父母」都唸得斷斷續續，林阿鐵甚至忍不住笑出聲。

清次不堪這種侮辱，但對林阿鐵又實在束手無策。他將另兩位少年判拘留，林阿鐵等父母來領回家。清次要跟阿鐵父母說，下一次再抓到阿鐵，就要把他送進有助於端正品行的成德學院。

在等待阿鐵父母的這段時間，不少村民圍到了派出所前面，好奇的打探終於被抓到的少年們會受到何種懲罰。但在阿三用臺灣話對他們說完後，許多人都感到不平。

「他們覺得阿鐵怎麼可以被放回家，他馬上又會開始偷的。」阿三對清次說。

「這是規定，我也沒辦法啊。」

阿三再對村民們說一次，村民們又發出不滿的聲音。大概他們聽不懂這是怎麼一回事，只覺得是清次要袒護阿鐵。

阿鐵父母還沒來，倒是有一名女子先進來了。

女子的頭髮簡單綁著，穿著臺灣人的衫褲，不減她清秀的姿色。清次記得她是阿鐵的姊姊，今年十九歲。但林家阿姊並非疼惜阿鐵，而是對著阿鐵就開始罵。

「講袂聽！就是講袂聽！阿爸阿母遮爾疼你，有啥物物件袂使用買的，愛去甲人偷！咱兜的面子攏予你歹了了。為啥物無才調趁錢，有才調偷！若是這般落去，你歸世人攏只好做賊。你無欲做正經工課，阿爸阿母過身了後，你欲靠啥人？到時你無錢、無伴，閣無人靠，做人人嫌的老鱸鰻，欲哭也無目屎！」

林家阿姊罵完一番喘了口氣，清次在一旁佩服不已，奉了一杯茶給林家阿姊。林家阿姊一口氣喝完後，才意識到是清次奉的茶，不停道歉又道謝。她會說一點簡單的日文。

這時阿鐵父母才終於進來，阿鐵的母親一看到阿鐵，馬上衝向前，抱住他開始哭。阿鐵母親一邊檢查兒子身上的傷口，確認沒有受重傷後，再次抱住阿鐵大哭。阿鐵父親則是不斷向清次鞠躬。林家阿姊則只是淡淡的站在一旁。清次覺得這一切像是一場鬧劇。不良少年的成因有許多種，有時是因家中沒有長輩管束。阿鐵父母雙全，看來成因無疑是父母過度的溺愛了。

清次請阿三翻譯，他希望能把阿鐵送進成德學院，阿鐵年少，還有被教化的可能性。請阿鐵父母把兒子帶回去好好管教，以後不能再偷竊，要是再偷，一定會讓阿鐵進成德學院。但清次也特別請阿三說明，成德學院並非少年監獄，而是一個讓少年們改過、學習的地方。沒想到，阿三講完後，阿鐵父親反而更加驚恐，再度不安的對清次鞠躬。

阿鐵父母卑微的道謝完後，把阿鐵領回家。人群眼看沒熱鬧可看，也跟著散了。

然而隔天，阿鐵父母再度來到派出所，遞了一包信封給清次，清次一打開才發現是一疊錢。明明林家也是種田的，哪裡來的這些錢？

「他們說要感謝你沒送阿鐵去給人關。」阿三說。

八成是因為另外兩名少年都被送去拘留，所以林家才這麼誤會了。林家似乎也當作清次是出於寬容才沒懲罰阿鐵。

「毋免。若い子、毋免。」阿鐵父母還是一副滿懷感謝的樣子，清次因此要求阿三向他們解釋，是因為阿鐵年齡小於十四歲，因此不必受罰。但阿鐵父母聽了之後並沒有改變，依然希望清次收下那疊錢。清次實在困惑，阿三真的有說對嗎？

清次成功拒絕了。只是依法執行，不該收人民的謝禮。但再隔天，清次巡邏完回到派出所時，看到阿鐵父親又來了，這次帶著林家阿姊。

阿三這回剛好不在，沒有翻譯，清次有點慌。

「毋免！毋免！」清次推辭著，怕阿鐵父親又要拿出信封來。但這次阿鐵父親沒有拿出什麼，只是把林家阿姊推到清次面前，報上她的名字，「月江」。清次不懂是什麼意思，阿鐵父親也只是不斷重複：「月江，どうぞ、どうぞ。」

清次還來不及搞清楚，阿鐵父親就離開了。留下月江一個人在這裡。月江身邊帶著一些小件的行李。月江是打算離家嗎？

清次讓月江坐下，慣例奉了杯茶給她。這回月江不敢接了。清次也不知道該說什麼，兩人只好陷入沉默。

過了一段時間，月江才開口，用日文說：「他們，搬家。我，給大人。」（彼、引っ越す。私、大人をあげる。）

清次懷疑自己聽錯了，嚇到站起來。月江抬起頭望著他，補充說著：「為了感謝，我弟弟的事。」（感謝のために、弟のこと。）

「不不不，不是我，是法律。」但「法律」這個詞對月江來說似乎太難了，月江沒有聽懂。她繼續說：「你，我弟弟，這個，沒有。」說到「這個」時，月江擺出毆打的姿勢。

「什麼？」

「這裡、這裡，你死母仔，這樣。」（ここ、ここ、にしむら、こんな。）

月江繼續擺出打人的動作。「弟弟，痛。」（弟、痛い。）

——所以前一任的西村，甚至對未滿十四歲的小孩動用私刑嗎？

阿鐵身上的傷疤，原來是西村打的嗎？

清次腦袋嗡嗡作響。

「他不應該打你弟弟。」清次試圖解釋。「他那麼做是不對的，面對未滿十四歲的少年，我們只能送他回去。」但這番話終究太複雜了吧，月江也只是張大眼睛看著他。

「我父母，很感謝。大人，救了弟弟。弟弟，很重要，我，沒關係。所以，我，給大人。」（父と母は、感謝する。大人，弟を救う。弟、大事な人。私、構いません。

だから、私、大人をあげる。）

這次清次終於聽懂了。

——為了報答而把女兒送給恩人，這是《水滸傳》宋江的故事吧。

若清次真做了什麼值得報答的事，那收到回報還在他可以接受的範圍內。但在清次心中，他純粹只是依法執行而已啊！甚至若問他的心意，他還覺得阿鐵現在就應該立刻進少年感化院成德學院，不該再被那寵溺他的父母帶著。誰知道林家父母寵溺阿鐵的程度，甚至到了用女兒來買通他的地步。

「我送你回家吧。」他對月江說。

本庄的人清次大抵都認得，因此對於月江住在哪裡，也十分清楚。只是因為本島人名字不好記，清次往往沒有全部記住，但誰住哪裡誰做什麼，他大抵都知道。林家不富裕，住家也只是一間簡陋的房屋，清次推門時，甚至沒有鎖。

裡面沒有任何人，東西也都收拾得相當乾淨，彷彿沒有人住過一樣。若非清次已經知道林家住這裡，八成會以為自己走錯路。

「咦？」

「搬家。」月江淡淡的說。

「害怕，所以搬家。」清次想了一下，才理解，這應該是說，害怕阿鐵被抓去關，所以搬家嗎？

這時已經有點晚了，送月江回家時已經是黃昏，如今更是暗到室內需要點燈。這時候和女性單獨相處，顯然不是個好主意。清次準備告辭離開。

「請等一下。」月江抓住了清次的衣角，這一刻讓清次心跳快了一些。

「今晚，可怕。」月江指著門，表情在黑暗中難以辨識清楚。清次不懂這是什麼意思。可能只是月江害怕自己一個人睡？但他也不能做什麼，他一個大男人，又不能在月江身邊陪她。

「請安心。」因此清次只是隨便安慰了一下月江，把門帶上便離開了。

清次回到家，換完衣服後躺在床上，才終於意識到月江說的「可怕」是什麼意思。

他居然把一名無人保護的年輕女子，單獨留在門輕輕一推便開的家中。

本庄的浮浪者並非只有那一群少年，還有其他幾名清次認得的浮浪者。這些無所事事的浮浪者，可能有色情狂的傾向。萬一發生了什麼事，那不就是清次的錯嗎？

意識到的清次馬上跳起身，連衣服都來不及換便準備出門。

清次拿起燈前往月江家。遠遠就聽到傳來聲響，似乎有些人影晃動。清次看不清楚，用燈照了一下，被照到的那幾名浮浪者馬上哄的一聲散了。他們逃得太快，清次與他們距離遙遠，本來就難以追上。他們轉了個彎，清次便看不到了。

清次走回林家，輕輕敲月江的門，低聲說：「我是河村巡查。」

他又想到似的補一句。「請安心。」

門打開了，月江的表情頹喪，看上去與其說是恐懼，不如更像是寂寞——儘管清次只是就著燈光看見一部分她的臉龐，他也知道不好了。

她現在說什麼，他都無法拒絕的。

月江低著頭，她沒有求救，彷彿她早就預料到這件事，因此並不氣憤。黃昏時也是這樣，就算提醒了清次，清次沒有聽懂，月江也沒有再說第二次。為什麼呢？這明明是攸關她安全的大事啊。

但最後並不是月江提的，而是清次主動說，那就先暫住他那裡吧。宿舍儘管只有十坪多一點的大小，仍然可以區分成座敷與居間兩處。居間本來就是清次睡的地方，月江可以睡在座敷，拉上障子也算隔開。宿舍儘管小，也有簡單的炊事場與便所，除了洗澡必須到公共澡堂以外，機能還算完備。前一任西村似乎是攜眷赴任的，因此兩個人住這一塊地方，應該沒什麼問題。

作為獨身男子，即便中間有障子隔著，聽見隔壁女子翻身的聲音，都會讓清次不自覺地產生許多聯想。清次把這兩天發生的事拿出來想了一想。沒想到在弟弟阿鐵面前可以直接地罵他、氣勢甚至足以壓倒清次的月江，獨自一人時，會變得如此的脆弱……這就是女性嗎？無論她們在人前如何的堅強，孤身一人時，都需要被保護。

林家人丟下月江，從本庄迅速搬走。這實在令清次困擾，想找也不知往哪裡去找人。問月江，月江只是搖搖頭，說他們並沒有告訴她。這使得清次無路可退。到底該拿月江怎麼辦……清次也暫時沒有別的想法。他唯一的念頭，就是絕對不要讓月江再遇到一次同樣的事。要是那樣，他一定饒不了自己。

開門時月江寂寞的表情，還映在他腦海裡。為什麼那個畫面總是浮現呢？大概是，那種過於接受命運的釋然與寂寞，令他聯想到自己吧。

他好像終於有一點衝動，願意給母親寫信了。

✦

早上時，清次聽到炊事場傳來聲音。準確來說，是味道。

鄉下地方常有雞鳴，這好像是第一次，清次不是被雞叫醒。他走到炊事場，月江正背對著他煮著什麼，她眼前的鍋子冒著熱氣。聽到清次的腳步聲，轉過頭來對著他笑。

「請等一下。」

月江依然是她那身臺灣人衫褲，但這樣看，背影看起來嬌小又可靠。月江拿了個小碟子，舀了一口端給他，白色的，是粥。

「吃嗎？」（食べる？）她開朗的問，說這句時，汗珠從月江的額間滴落。

啊啊，這就是結婚的感覺嗎？

清次接過碟子，輕啜一口後對著月江點頭。月江更開心了，盛了一整碗給他。

那天一早，他和月江對坐著，好好的吃完了一碗粥。在這近乎靜止的一刻，清次感覺到自己彷彿已經很久很久沒有認真的吃一頓飯了。清次平常也吃自己煮的粥，但都是為了填飽肚子而煮。如今即便只是一碗白粥，他都有回到家的感覺，幾乎要克制自己不落淚。

清次和月江協議好，月江晚上可以住在宿舍裡，但白天必須煮三餐給清次。清次會給一點薪資，如此這般，暫且持續到能聯絡上林家為止。

清次努力說服自己，這並非讓林家「把女兒送給他」的計謀得逞——這只是一段幫傭的契約關係。並非如林家原本所想的，讓月江成為側室。這兩者間有絕對的差異。

無論如何，清次是絕對不會冒犯月江的。

✦

原本只說煮飯，月江又自動的把清次的衣服也拿去洗，宿舍裡一方狹窄的空間，她也費心擦拭過。害得清次原本只算煮三餐的錢，倒顯得有點不好意思。殖民地派任有加給，清次又沒什麼花用的機會，也沒寄錢給家裡，因此收入頗豐。從這些裡拿一些出來請一名女傭料理家事，可謂輕鬆又方便，自己之前怎麼就沒想到呢。

清次也拿了一點錢，請月江去買菜。一個人吃不比兩個人吃，兩個人吃該買好一點的。

有了月江之後，清次總算發現，自己之前那一份生活中的匱乏感是從何而來。一個人生活有許多不方便之處，他總覺得是自己勤勞不足、品性尚需加以砥礪的緣故。在家中，這些事情都是母親完成的，他既然要離家，就要有離家的覺悟……然而要自己把生活打理好，終究沒有想像中輕鬆。有月江在，這才是真正的「獨立」了。

母親看到了，會高興的吧。

「獨立」的感覺太令人滿足，使得清次刻意忽略了一些其他問題——或許他下意識的想著，他是大人，大家不會說話的。

月江搬進來幾天後，原本就頻繁上門的保正李桑，來得更加頻繁了。清次問過他，知不知道林家會去哪裡，李桑說了林家阿母娘家所在，但那個地名很寬泛，清次知道了也沒有用。李桑回答完，終於忍不住開口問清次：「大人啊，我問你，我女兒是有哪裡不好嗎？」

「為什麼這麼問呢？李桑的女兒相當好啊。」清次沒弄懂李桑想說什麼。

「那您為什麼看上林家的女兒啊！」李桑看上去相當挫折，清次這才終於明白，之前李桑派女兒拿東西給他都是為了什麼。

「李桑，您誤會了。不是那樣的。因為林家搬家了，月江只是幫我打掃而已。」

「大人的意思是，我女兒還有機會是嗎？大人喜歡嗎？喜歡的話說一聲，我們很快可以準備好。我女兒啊，心裡對大人您也是，喜歡（すき）喔！」

李桑可以誇張的模仿少女思春的模樣，誇大了那句用日文說的「喜歡」。但由李桑來講，清次總覺得不單純。這也像李桑帶來的其他東西一樣，都是「御馳走」，只是一份比較高級的「御馳走」。

「我現在只想把工作做好，不想考慮這種事。」清次說，把李桑打發走了。

「工作重要，身體也重要！」李桑走的時候，還留下這麼一句不明所以的話。

在那之後，清次思考了李桑女兒的事。並非考慮，而是為了保持自己行為的公正性，日常都需要反省。而在李桑女兒與月江的事情上，清次覺得自己想得不夠。

為什麼李桑的女兒是「禮素」，月江就不是？

是因為清次知道李桑想跟他攀關係，並從他這裡得到一些好處，所以該拒絕。

林家就沒有想從清次這裡得到好處嗎？

林家沒有，林家不是這個企圖。林家打算報恩。

報恩就可以收嗎？

不，報錯的恩，一樣不能收。

那報對了恩就可以收嗎？

也不可以，無論如何，那是人家的一輩子，不能這樣收的。本島人就是太把婚姻當作人身買賣了，才會出現這樣的狀況。

更何況——他沒有「收」。只是讓月江煮三餐，清次也付了錢，這不算「收」。

這一切都是正當而合理的。很快的，清次又找到了新的事情讓月江做：當他的「先生」。

原本阿鐵帶頭的那群鱸鰻少年走的走、拘留的拘留。本庄看似清靜了一陣子，但是很快的，另一群鱸鰻囡仔發現沒人跟他們搶地盤，開始放肆了。清次抓到他們賭博只是早晚的問題，屆時他不想念臺灣話訓誡又結巴，因此請月江當他的臺灣話先生。

「咦？我？我、大人、先生？無理無理！」果然月江一聽到這提案，非常慌張。清次拿出他所收的一些臺灣話教材，也包括上次照唸的那本說諭範本。月江原本推託，但清次發現他先把音唸出來後，月江便會急著糾正他。糾正完後，又馬上道歉，表示她無意冒犯大人。

清次原本只是想學臺灣話，但月江的反應讓他多了幾分趣味，臺灣話也學得更勤了。清次也教月江一些日文。月江上過幾年公學校，但似乎因為幫忙家裡的緣故，因此沒有讀完。但月江學習力還不錯，懂得的日文比絕大多數上公學校的本島人都多，一個詞彙教兩次，通常她就能記住了。

清次誇獎她時，她會露出害羞的笑容。

清次終於給母親寫了回信。信寫得簡短，只說先前的來信都收到了。現在任職於本庄，一切安好。正在向一名臺灣人女子學臺灣話。

清次寫完後看了一遍，把「女子」二字劃去、塗黑。

✦

清次查過林家的戶口，尤其是林阿鐵母親原本的出身地，那是同一州不同廳的另一處。但打電話問過當地巡查後，林家似乎也沒有遷回林阿鐵母親的家。

母親回信了。母親的信很長，說她收到回信的那一天，高興到都要昏了過去，還需要其他人攙扶著她。她在信中不斷的說「太好了」，在清次不在的這段時間，她為清次留意到了不錯的對象，趁清次放假回本土的時間，便可以安排婚事，盡早成婚。

清次知道，自己的婚事一直都是母親所在意的。因此一旦聯絡上，母親又重提話題，也是理所當然。但不知為何，只要一想到自己未來有一天要成家，清次腦中浮現的就是月江的身影。無論他如何的說服自己，月江只是女傭，他還是難以想像與其他女性擁有同樣的生活。

這不是戀愛吧。

這一定不能是戀愛。

即便不是戀愛，這份情感都足以令人難堪。清次視之為寶物的生活，在他人眼中，也可能只是一樁買賣。

清次聽說了這樣一則傳聞——某個富有的家族，收購了一名女嬰作為養女。在本島人家庭裡，將買來的小孩當作兒女是再平常不過的事。這個富有的家族因此得到了一名女兒，以便在未來需要的時候，將她嫁給日本人，締結利於家族的婚姻關係。

清次會聽說這樣一則傳聞，起於先聽到村民說「保正伯還不是想學那某某家族」，清次問了村內其他會說日語的人，才知道了這則故事。清次並不覺得自己有什麼能給人的好處，但其他人不見得是這麼想的。以他手上握有的權力，要讓人理解他無法被收買，太難了。

✦

陷阱很多。幸好他的月江不會是一樁陷阱。

由於衛生的緣故，春、秋兩季慣例要進行全庄的徹底大掃除。清次時間到了才知道，以前都是用錢掃的——村民都來繳錢給他，卻沒有人真正動手掃除。前任的西村到底是怎麼把村民都變成這樣的？沒有西村可以罵，清次氣得把有力者們都叫來訓了一頓。經過一些訓練，清次的臺灣話這時已經很「輾轉」了，他罵了一堆「垃圾」、「破病」、「歹款」之類的話。罵完人後，清次又反省，自己這樣對待村民，跟西村又有什麼差別——負責聽他反省的月江只是笑笑，說他很「格好いい」。

村民因為久沒有真正掃除，已經不知道掃除是怎麼回事，清次還要從頭教起。清次與阿三兩人忙不過來，連月江也被叫去布達。清次對月江很不好意思，這不該是她的工作，但月江跑了幾趟，回來時還有幾滴汗珠在她額頭，髮絲也被汗水濡濕了。她眨著溼潤的細長眼睫毛說「大丈夫」，還說「面白い」。

終於把掃除的事忙完後，清次讓月江放了一餐的假，不讓她煮飯，而是買了幾個罐詰和酒，請月江一同坐下來喝酒。月江依然很侷促，但清次突然意識到，這是在他離家後第一次，他有了可以一起慶祝的人。如果不是月江坐在對面，他又該如何享受這份工作結束後的放鬆呢。

清次暗暗下了決定。

真正使清次行動的是那一次事件。橋本因公務來訪，那時不是上班時間，橋本也沒穿制服，不知道是從哪裡回來順路經過。橋本直接來宿舍，大概是看派出所那邊沒人，直接過來了。清次看到橋本，只打算留他在玄關，橋本卻注意到了清次身後的月江，用帶著深意的眼神打量月江。

「神明大人也是有人性的啊。我就說嘛。」

橋本露出了那種屬於男人之間、帶有隱秘默契的猥瑣笑容。清次握緊了拳頭，這離冒犯月江只差一步，要是月江沒有注意到，他可以放過橋本，但月江表情有些不自在，原本瑟縮看向這裡的她轉過頭去，快步離開。

「不是那麼回事。月江只是幫我煮飯的。」

「害羞什麼呀……她是個美人呀。」

清次湧起一股莫名的情緒，一把抓住橋本的領子，另一手準備揮拳。他明知道不該這麼做，但內心湧現的那份感覺，卻讓他難以克制住自己。橋本瞇起了雙眼，露出彷彿勝利的笑容。

清次揮出的拳落在牆壁上，他把橋本趕了出門。

「大人！您流血了！」

橋本離去後，清次仍站在原地。月江這麼一說後，他才發現自己的拳頭關節突起處滲出了血。月江表情慌亂，明明清次也不是第一次受傷，但月江的反應，就好像她知道他是為了她而受傷的。月江仔細地幫清次擦拭傷口，頭很低，清次看不到她的表情。這名教他臺灣話、個性溫順的臺灣女子，剛剛才被當成他的情婦——這份侮辱，清次不能忍受。

清次彎了身，對低頭的月江說：

「絕對不是他所說的那樣。我絕對沒有那個意思。」

月江依然迴避直視清次，清次忍不住抓住月江的手，看著她宛如動物般的雙目。

「請你相信。」

突如其來的一句話，月江嚇到了。她謹慎的望著被抓住的手，清次意識到後，馬上不好意思的鬆開。兩人陷入尷尬的沉默。月江道了歉起身，清次再次抓住她的手。月江露出困惑的表情，看著她被抓住的手，也試圖掙脫，但清次並不打算鬆手。

「可以請你……」即便清次事前已經想過，實際上要說時，竟是這麼困難。

「可以請你當我的妻子嗎？」

清次鬆開了抓住月江的手，光說出這句話，就已經用光他全部的勇氣。月江的臉上也泛起紅暈。

「對不起。」

月江道了歉便離開了。那晚，月江就像平常一樣默默當個隱形人，做好事情之後便躲到一邊，沒有再與清次說一句話，也迴避眼神的接觸。原本清次以為這只是一時的，沒想到連續幾天都是如此。

月江沒有即刻答應，對清次來說，不知究竟是好事還是壞事呢。

在那幾天中，清次得知了事情的經過。

因為一些事情，他把那群剩下的鱸鰻少年留在派出所。就是那群曾經騷擾過月江的少年。剛好有契機，清次唸了一番他們騷擾女性的事情，少年們很不服氣。

「彼是林家叫阮去的。講按呢你就會轉來。」

「你講啥？」

清次不敢相信自己聽到的話。

「林家講會予阮錢，到今錢猶未予阮。」少年說。

「月江敢知影？」

「伊知影啊。」

少年說話時，有一種不在乎的神情，看起來不像在說謊。清次反常地，很快把該管教的少年們放了回去。他需要一點時間沉澱。月江知道——？所以從一開始，就是在騙他？

為什麼要這麼做？是因為摸透了清次的個性，才知道安排鱸鰻少年，清次會「收下」月江吧。那為什麼林家父母堅持要供上月江？他們能從他這裡得到什麼？為什麼他們一個個都以為可以用女兒換到什麼——這份想法令清次頭痛。但他也很清楚，這恐怕又是西村留下來的陋習之一。他們八成以為，把女兒獻給他，可以換來巡查大人的庇護。——即便清次很想否認，但假使他誠實一點自問，如果他娶了月江，或只是把月江當情婦，當月江為弟弟求情，他會不會動搖？答案確實是肯定的。就算是現在，月江還不是他的誰，他都已經忍不住要袒護月江了。那就是他們要的。

所以那些都是誘惑嗎？

清次想到月江疲憊的笑容，溫順的身姿，覺得一切都變得骯髒了起來。

清次感到憤怒。他是那麼努力的當一個正直的人，正直的巡查。他有太多濫用職權的空間，他都一一抵擋住那些誘惑。即便多數時候那樣做會比較簡單，但他為了自己的良心，選擇了比較困難的路——他不濫用職權，是百姓的福氣。沒想到他的善良卻被利用，他的不強硬，成了他們騎到他頭上來的空間。他們要利用他的正直，把他弄髒。

他不會讓他們得逞的。

✦

在幾天的靜默與迴避後，在一個假日早晨的早飯時段，河村大人坐在桌子前，月江還在炊事場收拾，河村大人舉起筷子，卻又放下。

「你為什麼要騙我？」

河村大人坐那裡，看起來又憤怒又受傷。月江愣住了，不懂他在說什麼。

「大人，您在說什麼……」

「你就這麼打算繼續騙我嗎？」河村大人繼續問，他寬大的肩膀此時看起來有些虛弱。

「我問過那些鱸鰻了。」

月江明白了。

就是眼前這個人，做過一些令她銘記的事情。某個買完菜走回派出所的路上，下起了突如其來的大雨。騎著腳踏車的河村大人經過，把傘留給了她，自己又在大雨中騎著腳踏車走了。雨很大，可以讓月江一路哭著走回派出所。雨聲蓋過她的聲音。就算她知道，把她換成別人，河村大人都同樣會那麼做，這不代表她被特別對待——但她就是止不住哭。這世界上沒有人對她這麼好了。即便是誰都能得到的待遇，也已經是她最好的待遇。

為什麼會在這時想起那個時刻呢？

一定是因為她背叛了這份善心吧。

「大人，」月江在圍裙上擦了手，跪在榻榻米上，手放在身前，俯身鞠躬。「非常抱歉，請給我一天時間收拾，我明天就會離開。」

月江這麼做並不太難，不如說，她原本就打算辭別的，她只是錯誤地猶豫了一下。這只是讓一切回到原本該有的發展方向，沒事的，這才是她原本的計畫。

河村大人跟其他日本人都不一樣。

阿母看出來這點，才知道河村大人身上有可趁之機。但阿母所不知道的是，她太看得起自己女兒了，清次沒那麼容易煞到她，這位大人比他們想的還要君子很多。

說是送給大人當妾，阿母當然沒那麼慷慨。雖然從小到大阿母眼中就只有弟弟，確實願意為了弟弟犧牲她。但她也沒傻到想把女兒免費送人，她懂得女子的價值——若是有什麼有錢的阿舍看得起月江，阿母一定馬上跑去人家家裡算錢。承蒙沒這好運，她才能淪落到河村大人手中，賭他有朝一日想付錢永久買下這名臺灣女傭——運氣好的話，能是以妻子的名義。運氣再壞，也夠他們演完這齣戲，搬回本庄後，庇佑那鱸鰻弟弟三五年。

這是阿母的美夢，不是月江的。人家河村大人沒那個意思，她也沒那個福氣。月江早跟阿母說過河村大人不會收，阿母不信，幸好多想了一點，終究還是走到這步。這對月江來說是個好機會，趁這時學點日本人的禮素慣習，未來能去大城市裡，趁日本人的錢，永久離開那個災難般的家。

她原本打算早點辭別的，但是她沒有想過，河村大人居然會跟她求婚——她以為阿母算錯了。怎知道河村大人這麼糊塗。

而她居然還動搖了。

月江不知道該怎麼處理這狀況，只好躲河村大人躲了幾天。每次想起來，她都在心裡罵河村大人糊塗，怎麼會想到要把她當「奥さん」，她必然會讓河村大人失望的呀。而且河村大人不知道嗎，她背後是一個糟糕的家庭啊。阿母不會放過可憐的河村大人的。河村大人不可能沒想到呀。

河村大人終究是自己發現了。這樣很好。按照她原本的打算進行就好。

「大人，真正非常失禮。請大人諒解，我沒有那個意思。我絕對沒有要大人做什麼，我原本就打算說要去城市工作。很感謝大人這陣子的照顧……大人非常溫柔，對我非常好……」月江低著的頭有點抬不起來。她不知道自己現在看起來是什麼表情，害怕她的表情會出賣她。

「我絕對沒有想要騙大人，」月江只好繼續說下去，也不知道自己為什麼要這麼多話。「不好意思給大人造成困擾了。但是請大人相信，我沒有什麼別的意圖……」

河村大人的手敲在桌子上，打斷了月江。

「就這樣嗎？」

「什麼……」

河村大人緊皺雙眉，看上去非常痛苦。他靠近月江，月江不自覺往後退。月江聞到河村大人的氣息。她洗過那麼多次衣服，總覺得那氣味令人安心，但她又同時知道現在狀況很混亂。

「你就只是道歉而已嗎？」河村大人直視月江，語氣近乎威逼。月江看不透那雙絕望的眉眼。不懂現在發生了什麼事，河村大人到底要她做什麼……？

「你打算就這樣離開嗎？」河村大人聲音有些沙啞。儘管他現在盛氣凌人，月江卻覺得他需要幫助。

「對不起……」

「我很生氣。」

「對不起。」月江都快哭出來了。

「你什麼都不懂。」

他吸了一口氣，接著暫時恢復鎮定。

「我說啊，」河村大人的聲音變得有些尖銳，帶有難以反抗的感覺。

「你這樣，要怎麼嫁人啊？」

月江睜著大眼，不懂為什麼河村大人突然這麼說。

「你的名聲早就打壞了吧。一個和日本男人同居的人。別人會怎麼想你？」

「大人對我很好，所以，應該沒有那個問題……」月江低頭小聲說。

「看來你搞不懂。」河村大人靠得更近了，月江彷彿能看到敞開和服領口下的身軀。

「本庄的人會怎麼看你？你沒有想過該怎麼辦嗎？」

「我要……去臺中，那裡的人不認識我……所以，應該不會有事……」月江越說越小聲。現在不是她要道歉嗎？河村大人怎麼反倒擔心起她的名聲？

「我可以負起責任。」河村大人低沉的說，這句話伴隨著熱氣，吹過月江的耳際，讓月江有些不自在。

「我可以為了你的名聲娶你。錢也不是問題。反正你們本島人不就想要錢。」河村大人越靠越近，最後一句話，差不多是在月江耳邊說的。

「大人，請不要這樣！」月江有些慌張，不小心推開了河村大人。她這才發現自己做錯事——那可是警察大人啊。月江彎著身不停跟河村大人道歉，她不知道到底該怎麼逃離這裡，也不知道河村大人到底是怎麼一回事，像先前那樣善待她多好，現在的河村大人，陌生到她都不認得了，她又想哭了。

「對不起，是我多想了。你一定會過得很好的。」河村大人說。

月江抬起頭來，看到河村大人表情的那一瞬間，她說不出話來。

河村大人比她更慘呀。

河村大人整個人像是被抽空一樣，雙目失神。只是他的目光依然沒有離開月江。

「只是、片思い（かたおもい）嗎……」

河村大人淒慘地笑了。他的臉色慘白，月江不理解發生了什麼事。河村大人既然質問她了，這難道不是他所期望的結果嗎？他為什麼又要露出這麼悲傷的表情？

片思い。這個詞，月江沒有學過。

✦

月江離開了本庄。

月江真的迅速收拾好了行李，反正她的東西本來就極少。清次原本要送她去車站，月江拒絕了，說什麼都不肯讓他送。就連清次發給月江的分內工資，月江也拒絕了。清次在宿舍外送別月江，他想為昨天說的話道歉，但說不出口。月江彎下腰，鞠了個很日本人式的躬，她停了很長很長的時間，長到足以讓清次有所期待。她在想什麼呢？是捨不得嗎？清次甚至開始期待，他可以從月江再次抬起來的臉上看出一些破綻。但沒有，月江漆黑的雙目中只有體面的感激，她又道了好幾次謝，聲音令人失望地堅定。

他恨她的無情。

送走月江後，清次寫信給母親，回覆了那門親事。今年之內，他就會在放假時回內地結婚吧。然後下一個崗位，或許就會攜新婚妻子赴任了。

月江離開後不久，林家搬回了本庄。林家阿母一直纏著清次，問他月江去了哪裡——清次感覺到月江對父母是不告而別，因此只回說「我不知道」。但清次原本以為月江跟父母同謀，現在想來，就算是，也沒有那麼嚴重。只是當時他還無法看清這件事。

林家阿母發現問清次問不出結果後，久了似乎也對女兒的去向不是很在意。林家的兒子還是繼續跟那群鱸鰻廝混，也就依然是派出所裡的常客。林家阿母有時會說「看在我女兒分上」，但清次並未理會。

清次的親事因為他回家時間太少而屢屢延宕。最主要的緣故，是清次的假日往往有工作要忙，真正能放假的時刻只有新年。然而每次回家只處理一點親事的進度，又嫌太慢，就這樣訂婚訂了兩年還結不了婚，但清次並不在意。不如說，他內心期望繼續拖得更久一些。

他不知道自己還在等什麼。

月江當時說是去臺中吧？有時休假，清次一個人坐火車到臺中去，在臺中閒晃了一圈，再回到本庄。他總能找一些理由給自己：買寄回家的羊羹、買些酒與罐詰，或只是吃碗咖哩飯……夕陽時他搭上南下的火車，總覺得自己很愚蠢。

清次再請了一名煮飯婆。阿婆煮得比月江好吃多了，但清次也只讓她煮個幾餐，多數時候他也自己簡單弄一下。自己坐在桌前吃飯時，有時會有幻覺，以為月江人就在炊事場。

結果調任通知比結婚還來得早一些，但調任後的新年，就是清次的結婚日期。要離開本庄，清次雖然感慨，但也自認沒有愧對本庄。現在本庄的百姓不用教，就懂得怎麼掃除了。清次只是捨不得離開派出所的宿舍，他一離開後，就什麼都沒有了。但清次依然按照規定淨空宿舍，上鎖離開。

清次調任的地點到了臺中州內，一個靠海的Z庄。清次慣例要關注地方上的無賴鱸鰻，這些亂源是清次監督的對象。劉阿狗是兩三名無賴的其中一位，一樣是本島人說叫「羅漢腳」的單身漢，沒有工作，平常不是賭博就是上門討錢——但最近清次聽說，劉阿狗有了女人。

清次找到據說是劉阿狗家的那戶，敲了掩著的門。門打開後的人影，清次太過熟悉了，是他一直想著的那個人。

月江頭髮留長了一些，隨性的綁成一束在腦後。身上穿的依然是漢人式的布衫，身形感覺比先前更纖瘦，五官看上去也更成熟了一些，感覺比清次記憶中更美麗。

「大人，好久不見。」月江一點也不驚訝，反倒是微微一笑。

那一笑，清次差點忘記自己在哪。他整理了一下心情，問：「劉阿狗住這嗎？」

「他出門了。」

兩人間陷入尷尬的沉默。月江熟練地接著招呼他：「大人請坐，我去奉茶。」但清次並不想坐下。

「你為什麼會在這裡？」

「嗯……我離開大人後，到臺中的喫茶店工作，認識了他，就來到Z庄了。」月江看上去比先前穩重不少，或許是工作的緣故，讓她善於應付人了吧。

「這也太巧了吧……」

「是呀，沒想到會在這裡遇到大人。」月江說。但她今天開門以來，並未表現出任何驚訝。這讓清次覺得十分奇怪。

「真的是很奇妙。」

「大人多想了……不好意思，家裡沒有什麼東西可以招待。希望阮尪回來時買點酒，孝敬大人。」

「不用這些禮素。你又不是不認識我。」

清次想多說點什麼，但最後還是決定起身告辭，改日再訪。就在這時，劉阿狗推門回來了。劉阿狗身上帶有酒味，一回來就摟著月江的腰，問清次：「大人啊，來作伙啉一杯。」清次看向月江，劉阿狗的手在月江身上來回摸索，而月江沒有回應劉阿狗，只是堅定望著清次，她的眼神看起來像在等待什麼，但也不像是要求救。

「你再喝下去，以後就到派出所去喝。」

清次雖然虛張了聲勢，卻是狼狽地離開了劉阿狗家。

清次走到派出所門口，才想起來自己的帽子留在劉阿狗家。他返回去拿，卻聽到屋內傳來阿狗與月江的聲音，似乎正在爭吵。兩人用臺灣話爭吵，清次能聽懂一些。劉阿狗說的話尤其粗鄙，清次多半不懂——畢竟月江不會教他。

「我就知影伊是恁契兄。」劉阿狗狠狠的說。

「伊毋是。」月江的態度也很強硬。

「汝甲伊按呢不答不七，闍毋承認。看伊的眼神我就知影。汝這个愛人姦的查某，汝愛萬人輪！」

「契兄」這個詞，清次不懂。但從劉阿狗的態度大概能猜到意思——是在說月江與清次通姦。除此之外還能聽到一些書上有教的髒話。

「予伊幹爽毋爽？爽毋爽？伊遐爾勇，闍提那支劍四界囂俳，暗時誠爽乎？」

「我就講無——」

「袂見笑查某，你下底誠癢乎？」

「你莫按呢！」

屋內傳來衣服摩擦的聲音，一些碰撞聲，以及月江掙扎的聲音。清次不願去想裡面發生什麼事，但他知道，要是再晚一些開門，他看到的景象，可能會令他嘔吐。

他意識到時，他已經打開了劉阿狗家的門。

「劉阿狗，跟我去派出所一趟。」清次冷冷的說，一隻手摸著腰間的佩刀。

「大人，遮是阮兜欸。」

「跟我去派出所一趟。」清次重複。劉阿狗的眼神不屑，但終究乖乖就範。清次幫劉阿狗上銬，其實這樣做並不妥當，但總之先押回派出所，剩下的罪名再想——想到這裡清次不禁在心裡冷笑，他也成了自己最瞧不起的那種警察了。

清次把劉阿狗押走前，劉阿狗對著月江大聲說：「我就知影啦！」而月江整理了衣衫，站在原地，淡淡的對劉阿狗說：「伊比你勢。」

這句話激怒了劉阿狗，劉阿狗還想再罵些什麼，但這時已經被清次押回派出所了。

按照劉阿狗平常的生活，清次可以寫的罪名可多了。平常是正直讓他寬限，現在是私心讓他公正。清次先找了條名義拘留劉阿狗十天，剩下再繼續想。

確認劉阿狗暫時不會回來後，清次回頭去找月江。Z庄的海風吹起來有些鹹味，清次搞不懂，為什麼月江選了劉阿狗，當時卻堅定的拒絕他。

一樣是月江開的門，月江笑笑說，「大人，您回來了。」

明明是她的丈夫被抓，她卻不在乎——清次懂了。

不，清次不懂。

「你就這麼打算繼續騙我嗎？」

再一次，清次問出這句話。清次眉頭緊皺，這一次，他如此希望她真的是騙他的。

「對不起，大人——我說了謊。」月江說著，露出調皮的笑容。「我知道您在這裡，所以才過來的。謝謝您，您真的如我所想的一樣溫柔呢。」

清次知道月江說的是劉阿狗的事。清次別過臉去，說起劉阿狗讓他愧疚。介入人家夫婦間的事情算什麼？假使沒有月江，他會普通地寬限，就像他在前一個庄學到的那樣，不要待人太苛；因為有月江，清次才做出了平常不會做的依法執行。

新聞上常常能看到這樣的事件吧，某巡查為了哪個女人，而找哪位百姓麻煩。

「為什麼要這麼做……」

清次感到一陣心痛。假使月江愛劉阿狗，他無法接受。但月江為了他忍受劉阿狗，清次同樣無法接受。

「大人，我後來想了很久，才知道為什麼那天您那樣對我說話。我很笨拙，大人也很笨拙呢。」

「對，我很笨拙，我不知道怎麼說，你才會留在我身邊。我去臺中幾次……因為不知道要怎麼找你，只能在街上無目的的走……但我確實一直都在想，什麼時候能再遇到你。今天開門時，我還以為我終於出現幻覺了，哈哈。」

月江跟著笑了，幾年不見，月江笑起來手掩著嘴的神情，還是清次記憶中熟悉的樣子。

笑完之後，兩人陷入短暫的沉默。

「大人現在還是一樣自己打水嗎？」月江先開口。

「現在該說的不是這個吧。」

「那大人還是一樣自己洗……那條白布嗎？」

清次抓住月江的手。

「你為什麼要這樣懲罰我？」

月江沒有企圖掙脫，而是看向一邊。「大人在說什麼啊，真難懂。」

看到月江，依然讓他感到痛苦。過年他要結婚了，結婚對象不是月江。

「不要再叫我大人了……在你面前，我不是什麼大人，只是個普通的男人而已。」

「可是我只能當您是大人啊。」

清次抱住月江──她瘦弱的身軀在懷中感覺十分嬌小。清次從來沒有抱過月江，不知道女人抱起來竟是這樣纖細。

「我變成一個糟糕的人了呢……因為自己的私心而抓人。我會變成你們說的那種警察吧，為了自己的私利而隨便抓人，」

他小心翼翼維護的那份正直與名聲，就這麼完了。

「那我也變得糟糕了。」月江抬頭，直視著他的雙眼。「我變成了一個說謊的人。我說，您比他強。」

他低下頭親吻了她。

在那之後，月江的謊言成了真實。清次湊了幾條罪名，讓劉阿狗在他在Z庄的時期，都不會再回來。但也只能撐個幾年，清次依然害怕劉阿狗出獄。

在劉阿狗的事後，清次感覺到村民對他的態度不一樣了。他到幾戶人家中時，會發現他們把女兒藏起來。對他的態度也比原本更乖順。這是出於對他的畏懼，但對清次來說，一切都反而更方便了。

清次在新聞上看過自己的名字。

臺中州有個消息靈通的記者，打聽到了清次在前一個庄的名聲，寫成了一篇「好巡查的墮落」的文章。文章結尾把他和幾個惡警察相提並論。那些警察的名字他有點印象，有欺壓百姓的警察，姦淫婦女的警察，還有私通人妻被捉姦的警察。本島人的新聞，特別喜歡記錄這些警察惡行。

清次讀完不禁覺得好笑，這類警察惡行非常常見，清次所做還算情節普通——頂多是「以民女為情婦」。清次知道自己救了月江，但在別人眼中，看起來與那些壞警察一樣吧。

聽說還有人拿他寫成小說。清次沒看過寫他的那一篇，但他之前看過這種本島作家寫的壞警察，他大概知道會被寫成什麼樣子。

比起那些，懷中的月江才是真實的。

月江拒絕住進警察宿舍，因此往往是清次去劉阿狗家找她。清次想了幾回，他想退婚另娶，但母親絕對不會同意的，一個臺灣女人。母親曾說，她祖父教過一個臺灣土人女孩，黑黑醜醜的，還會裝笨，假裝只會說一些簡單的日語，其實很奸巧，早就什麼都會了——臺灣女人都不可信。

清次在腦中想過許多計畫。最後只對月江說：「我帶你去日本吧。」

事情演變至此，清次已愧對那個當時能抬頭挺胸、以一名警察自豪的自己。回去日本，他可以去做其他事，從警察變成商人，或許也有可能吧。就像他父親，從一名武士成了一名古董商。

清次說的那天，月江罕見地，終於願意跟他去Z庄的派出所宿舍。月江摸了摸桌上，用手指沾起灰塵。清次的炊事場裡，也留著還沒洗的碗筷。清次露出像小狗一樣無辜的眼神，月江只是嘆了氣。看到月江身在自己平常起居的宿舍，他浪漫的想著，原來自己無法收拾的混亂生活，就是等著月江來救他。而只要有月江在，生活的混亂也不算什麼。

清次從月江身後抱住她。

「求求你離開他吧。萬一劉阿狗回來後……喔不，我光是想到就要發瘋了。跟我去日本吧。」

「我會離開他的。」月江在清次耳邊輕聲說。

清次才剛要高興，月江就掙脫開了他。

「如果我有兩條命的話，可以拿其中一條命跟你去日本。」

「什麼意思……？」

清次還沒想通，就看到月江淒涼的笑了。

不要，不可以。

清次抓住了月江的肩膀，彷彿只有這樣緊緊抓著，才能夠把這女人綁在他身邊。

「不要離開我。你要什麼都可以——我願意，我願意為了你拋棄一切。」

「我知道。」月江直視著他。

「可是我不要。」

月江的手滑過清次的臉，撫摸著他的臉頰。

「河村大人。」

「……不要叫我大人。」

「但我只能當您是大人。對不起，我對大人您做了殘忍的事。我害了您。」

「沒有這回事……」

月江倚著清次。她的體溫有些高，身子就像清次熟悉的那般柔軟。

「大人，您犯過的錯不會一直跟著您。只有我離開您，您才可以在我看不到的地方，抬頭挺胸地活著。」

「別開玩笑了，我會心碎的。」

「是的，您會心碎。但您不會毀壞，您依然是您。」

月江放手時，從清次身上掏出了一疊手帕。

「您真的是不太會洗呢，都髒了。」

月江輕輕摸著手帕，眼神十分眷戀。

「就算髒了也是您的東西，我就帶走了。」

「你在做什麼——」

這女人在想什麼，清次用什麼方法把劉阿狗弄走，她難道不清楚嗎？只要他想，他可以再做一次。不管用什麼方法，不管要付出什麼代價。

但清次馬上為自己的這個念頭，感到深深的慚愧。

月江是對的。

那他也只能做對的事了。

月夜愁

【編者註】

這是由戰爭婦女創傷工作坊的工作人員提供的一份文稿。工作坊其中一位女性長者李滿在過世前，將這份文稿捐給工作坊。今將這份文稿，與其他日記、書信、小說，一同收錄在本書之中。此篇文稿體裁雖為小說，但應是李滿根據自身經歷寫成的。工作坊工作人員曾經整理過的參與成員的口述史，其中李滿的經歷，與小說中的「理玖」多有重疊之處。這篇文稿本來就以現代中文寫成，據說李滿戰後持續學習中文，直至晚年仍熱衷閱讀。這篇文稿應為李滿在其孤獨生涯中，致力於學習新語言與小說技術的成果。

李滿（一九二四～二〇一〇）：第二次世界大戰時，李滿因公務去到南洋的印度尼西亞，待在南洋的時間約為一九四四～一九四六年。一九四六年從南洋返臺後，李滿有過兩段婚姻，但皆不順利，此後便維持獨身，獨自經營店鋪。一九九六年戰爭婦女創傷工作坊開始後，七十二歲的李滿成為其中一員，為其中比較健談的一位，善唱歌，也會教工作坊內其他女性長者唱歌。她八十六歲時去世。

戰爭結束以後，美蘭回家了。

然而事實上，回來的只是美蘭的一部分。

一名女子在光復後隔年的某個豔陽天，來到屏東街上的陳家，帶來了一段頭髮、一件洋裝，和一枚護身符。那段頭髮烏黑油亮，看上去確實像是美蘭的；但那件洋裝陳家人卻沒見過，貧困的陳家從沒讓美蘭穿上這麼好的衣服，可見到護身符，陳家人確定了。慈鳳宮阿猴媽祖的護身符，上面由美蘭阿爸寫了美蘭的名字，那是美蘭一直戴在身上的。

美蘭真的回家了。

「你穿甲遮媠喔，哪會無予阮看就轉去矣。」美蘭阿母將護身符放在洋裝上，說了一句後，抱著洋裝哭起來。美蘭阿爸也跟著鼻酸，喊了一聲：「媽祖啊！」

理玖站在旁邊看得不忍。美蘭阿爸在一陣慌亂後，才終於找了張凳子讓理玖坐下，問候理玖。美蘭阿爸問得很直接：「人佇佗位？」

理玖在來的路上已經想好了一套說法，準備這時候對美蘭父母交代。理玖說，她和美蘭在海外認識，但美蘭不幸在海外往生，戰爭加上路途遙遠，遺體無法運送回家，只能帶回洋裝與護身符。就連理玖自己，也是好不容易才回到臺灣的。

理玖向美蘭父母傳達美蘭的遺願，「蘭子死前講，伊欲轉來厝。閣有，伊欲結婚。」

美蘭阿爸聽到十分困惑。「人死了欲按怎結婚？敢是要予人娶神主牌？佮啥人？」

「是冥婚無毋著。伊講要予人抾紅包，伊欲家己揀。」

美蘭阿爸於是找來道士舉行招魂儀式。再把理玖帶回來的那一束美蘭頭髮放在紅包裡。最後，是一個外地來的清瘦男子昭雄撿到了美蘭的紅包。根據被派去的美蘭弟弟說，除了昭雄以外的其他人，都沒有看到那個紅包。美蘭彷彿真的在挑人。

昭雄瘦，且黑。昭雄從高雄到屏東來找親戚，一出火車站後沿著大街走，就發現了地上這像是誰人落下的財物。美蘭阿母一直誇昭雄心善，細問以後，人品也不錯。昭雄是從南方戰場回來的原日本兵，老實寡言，從軍之前是教師，對人的態度總是溫溫的。

「美蘭總是有伊的原因。」美蘭阿母說。

昭雄看起來一切都好，但理玖辨識出了他認真態度下，時不時會流露的那份恍惚。

這種人她見多了，她認得。

冥婚儀式的時間是日落之後。秋季白天的炎熱，到了太陽落下後還殘存著。美蘭的神主牌嫁到了昭雄在高雄的吳家。理玖也去觀了禮，看昭雄捧著蘭子的神主牌行禮，她總覺得奇怪。雖然這是蘭子的遺願，但理玖總很難相信，那神主牌能代表蘭子。

昭雄似乎也不信。但昭雄聽說結婚是美蘭的遺願後，就事事配合，沒有一句怨言。

儀式結束後，理玖來洞房看狀況。見到昭雄坐在房外的藤椅上，看著漸漸暗去的天。

「你不進去嗎？」理玖問。對昭雄，她可以說她熟悉的日語。不是不熟臺灣話，只是她講日語的時間太長太長了。

「沒有新娘在的洞房，需要這麼早進去嗎？」昭雄也用日語回話。戰前當過教師的人，日語也很標準。

「你不信這些。」

「嗯。」

「但你依然和蘭子結婚。」

「對。」昭雄頓了一下。「理玖小姐，你聽過人死前的慘叫嗎？我到現在還是常常想起來。如果被砲擊卻沒有馬上死，人會淒厲的慘叫。光是要慘叫，就要費盡所有最後的氣力，沒有機會再留下遺言。所以，我覺得能留下遺言都是幸福的。」

蘭子，你真是選了個適合的人。是理解死亡的人呢。理玖想。

「其實我聽過。我知道。」

那些年戰爭的聲響，傷口的氣息，汗味。那也是她的記憶。

「理玖小姐聽過？怎麼會有機會？」

「在戰爭時，我跟蘭子在南洋當看護婦助手。」

「是這樣啊。都是南洋回來的人……那我跟美蘭成為夫妻，真的是緣分呢。」昭雄說，視線卻是看著理玖。「他們說你是唯一一個知道美蘭那段人生的人，跟我說說關於她的事吧。她長什麼樣子？也跟理玖小姐一樣氣質高雅、聲音悅耳嗎？你們去南洋的哪裡？」

理玖說，蘭子是個個子矮小，臉上圓圓的，總是泛著紅暈的開朗女孩。兩人同樣擔任志願看護婦助手，一起照顧傷兵，搬運過冰冷的屍體。終戰之後，她們和軍人一起被留在南洋，漫漫長日中糧食不足，許多人因此餓死了，蘭子是其中一個。

至於地點，是婆羅洲。

「我也是婆羅洲！我們說不定見過。該不會還搭過同一艘船。難怪我覺得理玖小姐有些眼熟。」

因為提到南洋的關係，昭雄變得有些激動起來。那種待人處事的恍惚退去，變得全神貫注起來。理玖對於這份認真態度有些害怕。昭雄想問部隊番號船班，理玖只說她不記得了。

理玖開始覺得這話題該到此為止了。對昭雄來說卻不是。

「南洋啊……終於找到能懂我的人了。」

昭雄說了一些自己的事。像是終於找到有人聽他說一般，滔滔不絕的說。昭雄在說話時，整個身心都非常投入。他澄澈的黑瞳會望著說話的對象，就像是無比認真而誠懇的看著理玖一樣……那眼神讓理玖不自在，怕被看透，也怕對方看得太入迷。理玖常被稱之為「美人」，她常被男人注目，但也怕自己多想。

昭雄去南洋當的是志願兵。他在學校當教師時，天天在朝會宣導愛國精神，或許因為這樣，自己也被感染了一些。但在那個年代，哪些感情是國家的，哪些感情是自己的，其實很難分——唱軍歌總是會不小心變得激昂，讀報時看見誰又抱病寫血書從軍，內心也會震動。

就因為這樣而去「志願」了一把。後來才知道，這是將性命賭給國家，命彷彿那一分五釐的郵資。但不去嘛，又會被說是「非國民」，要在這混亂的時代活出尊嚴，人人都不容易。

昭雄也記得送行時得到的千人針。「一千個婦女織成的『武運祈長久』能夠躲避槍林彈雨」這種事，昭雄也不信。但對一個要上戰場的單身漢來說，那是他少數能享受「被女性牽掛」的機會了。

「我們男人就是這樣，很愚蠢也很簡單啊。」昭雄苦笑。

但是戰爭結束，結束得跟所有人想的都不一樣。昭雄沒想到自己還能結婚，因為當初從軍的寄金和月給都沒了，生活都有困難，哪有可能娶妻。美蘭是因為飢餓而死的啊。他太懂了。在等待船班時，昭雄也因為飢餓變得瘦弱。

在和昭雄談話的時間，月亮逐漸升到天空。這是個晴朗的夜晚，月光照在門窗上，有微涼的晚風。這是個新婚之夜，理玖作為獨身女子不應久留，但這也是個奇異的儀式之夜，所有與亡者相關的事，彷彿都能是種紀念。理玖終究順了順洋裝裙襬而起身。

「我就不打擾你們的新婚之夜了。」

「和從未蒙面的女子結名義上的婚，新婚之夜沒有新娘。但和不是妻子的人，卻做夫妻才會做的事。這世間很奇怪呢。」

理玖背對昭雄時，昭雄淡淡說。理玖轉頭，昭雄只是苦笑。

「沒事。像理玖小姐這樣的女性，不會知道那種地方的吧。南洋有太多事了……理玖小姐以後可以再來找我嗎？我只能對你說了。」

「以後還會有機會的。」理玖說。

✦

昭雄的妻子會聽他說話。

神主牌靜默不動的樣子，就彷彿真的有人在聽。昭雄拿到了美蘭的一張照片，照片既小張又模糊，美蘭不會回話，只是用那張天真的圓臉看著他。但光是這樣，對昭雄來說也是一份支持。

昭雄在戰前是受人尊敬、神采飛揚而身體健壯的教師，但去了一趟南洋，一切都變了。戰後昭雄隱瞞這段經歷，他變得沉默寡言，過去熱愛學習的他，戰後對新語言提不起勁。好像換了個時代，他也換了個靈魂。所有人都說「昭雄過去不是這樣的人」，他聽膩了。

新的貨幣，新的制度，新的人。所有人都在往前進，只有他還停在原地。不過幸好，他有總是願意聽他說話的妻。美蘭的時間也停在過去，她可以理解的。

雨林潮濕的氣息，斷肢的同袍，在船上聽聞的戰機聲，等待回國時刺眼的南方太陽。昭雄可以用日語跟臺語說這些，但是沒辦法用新的語言說。經過婚後隔年春季的混亂，高雄展開了鎮壓，昭雄認識的一些人被逮捕了，跟著他曾經有的戰友一起，去到了另一個世界。昭雄更意識到，他的過去應該被深深埋到找不到的地方——但他不可能把自己的一部分挖出來丟掉，白天他可以小心翼翼，唯一的暢所欲言，只能是對亡魂。

有些人前進，有些人停下。同代人都逐一離他而去，他還必須在這宛如陰間的人世中活著。

昭雄總覺得照片上模糊的美蘭很眼熟。就連美蘭唯一回來的那件洋裝，昭雄也覺得很眼熟。

昭雄心中有個樣貌。她有張圓臉、臉上帶著稚氣，有一雙靈動的大眼，烏黑髮絲貼在臉上，嘴唇總像想說什麼一般微張。

那是誰呢，他在哪裡看過這張臉？

昭雄想起來了。那是在南洋遇見的一個女人。臺灣女人。

第一次遇見她，是在深夜。輪到昭雄值夜，他站半夜到凌晨的時間，在溪邊的崗位。夜晚的南洋有時而喧嘩時而寧靜的蟲鳴，既嘈雜又寂寥。這時間按理不會有任何人，昭雄卻聽到蟲鳴之中，有人聲。人聲從溪的另一頭傳來。

那不是男人的聲音，而是……女人的歌聲？

起初不容易聽清楚，昭雄集中注意力後，能夠聽到旋律。歌聲柔美婉轉而深遠悠揚，像是下定決心要放開來唱一般，就連蟲鳴也無法蓋過。那是聽過一次就很難忘記的歌聲，歌聲裡宛若有深不見底的思念，可以感覺到，唱歌者有什麼說不出口的情緒，只能藉著唱歌表達。唱歌者應該是特意挑了人煙稀少的地方唱歌，才會來到這溪邊。但她不知道，昭雄所站的崗哨就在附近。昭雄因此而能幸運地聽到。

歌聲是昭雄非常熟悉的旋律，讓昭雄有些恍惚，彷彿回到遙遠以前的過去，他還覺得很安全、舒服的某個地方。那是什麼旋律呢，啊，是〈月夜愁〉。

但不是，不是〈月夜愁〉，是他知道的軍歌，〈軍夫の妻〉。

「緑の丘に　別れし姿
死んで帰ると　あの言葉
おお今もなお……」

兩首旋律相同，所以才會讓昭雄誤會吧。但昭雄寧願這是〈月夜愁〉，讓他想起他最熟悉的故鄉。就算是欺騙自己的想像也好，能在這個離家千萬里的異地之夜裡，聽到〈月夜愁〉，是無比珍貴的體驗啊。昭雄感謝這個唱歌的女人，經歷一年的軍隊生活，昭雄都快忘記自己心中依然有某些柔軟的情緒，那些想起來，就會懷念到令他想哭泣的感情。昭雄由衷感謝唱歌的女人，讓他能夠隱秘地重溫心中最重要的情感，久違地感覺自己像個人。

不過……怎麼會有女人呢。

土人女子不會唱日本軍歌，只有可能是日本女人。說到日本女人，應該是附近慰安所的日本P吧。前一陣子根據地轉換後，昭雄所在的部隊便到了慰安所附近。這成為部隊上最近沸沸揚揚的話題，令興奮的同袍休息日還沒到就躁動不安。如果有日本女人，只可能是那裡出來的吧。

「軍夫の妻よ日本の女
花と散るなら泣きはせぬ

外。

おお泣きはせぬ」

但日本P，會唱歌……？

不，是人的話，當然就可能會唱歌。只是日本P會唱歌，多少讓昭雄覺得……很意

「更深無伴　獨相思

秋蟬哀啼　月光所照的樹影」

咦，不是。

「加添阮傷悲　心頭酸目屎滴

啊……無聊月暝」

——這是〈月夜愁〉沒錯。

即便女人剛剛唱的是〈軍夫の妻〉，現在確確實實地，就是〈月夜愁〉，不會有錯。臺灣來的女人，怎麼可能？難道是在慰安所裡？昭雄的心揉成了一團。

昭雄震驚間，忘記掩飾自己的聲音。唱歌者因察覺到而暫停時，昭雄的歌聲還在。

「是誰在那裡？」

對方用日語問，昭雄才剛開了頭要說「你免驚」，就聽到草叢晃動的聲音與越來越遠的腳步聲。在那之後，整夜都沒再聽到歌聲。

✦

隔天，昭雄找到機會向同袍打聽慰安所。同袍笑他：「終於有興趣了啊？」一開始聽說慰安所時，昭雄是感到非常困惑，甚至帶著憤怒的。他所知道的性，應該是在結婚之後，和妻子之間的事情。慰安所的存在卻讓他徹底混亂了。

「是來勞軍的嘛！我們這麼辛苦，不知道何時就要死去，確實應該讓我們享受一下啊。」同袍這麼說。

「你想把你的純潔留給你妻子嗎？你妻子不會知道的啦。」同袍知道了之後笑他。昭雄也只能說：「我沒有妻子。但我想留給我未來的妻子。」卻引來了眾人更大的訕笑。

昭雄坐到一邊，其他人仍在興奮討論著慰安所的事。有一瞬間，昭雄在對他們的輕視中，感覺到一種悲哀之情。為了帝國的擴張，將自己的性命輕賤地奉獻出來，已足夠不得已，連身體最私密的交流行為，也要在國家的安排之下進行嗎？指定好的場所、指定好的對象、指定好的時間。難道人，就真的一點自由也沒有嗎？那樣的性，能算是性嗎？接受那樣的性的人，又能夠算是個人嗎？昭雄為這些問題所深深困惑著。

因為昭雄先前的冷淡，同袍們先挖苦一番昭雄，昭雄才有機會發問。

「慰安所裡有臺灣女人嗎？」

「……可能有吧。聽說有日本P、朝鮮P、印度尼西亞P，可能也會有臺灣P吧。怎麼，你想找臺灣的？」

「……我只是問問。」

「哈哈，不過你能跟她們講幾句話就不錯了，她們多半不講話的，誰知道她們是哪裡人，反正都差不多。」

昭雄尷尬的陪笑。再問了幾個人，有人遇過朝鮮的女人，不怎麼聽得懂日文的。儘管打聽不出來，但昭雄覺得不會有錯，一定有一個臺灣女人。

她為什麼要在半夜唱歌，還是唱臺灣話的〈月夜愁〉……她想家嗎？那種地方的女人，是可以在半夜偷偷唱著家鄉的歌想家的嗎？

昭雄混亂了，這和之前聽說的不一樣。上面說他們可以去慰安所，那是天皇的賞賜，是「為了軍國男兒獻上身心的大和撫子」。昭雄也聽說過，慰安所裡的女人，對於即將出征的士兵，會以堅定的語氣跪著行禮說：「你一定會平安歸來的。」

那會是多大的心理安慰啊。「平安歸來」，就算是謊言也好——不，正因為是謊言，所以才需要。就像〈軍夫の妻〉。即便〈軍夫の妻〉是〈月夜愁〉的謊言版，但歌詞裡迎送出征的女性，昭雄依然有嚮往。如果要說昭雄有一點上慰安所的理由，只可能是為了那句話。

慰安所的女人應該要是這樣甘願柔順。但是一想到那個悲傷的歌聲，昭雄就覺得衝突。去慰安所外面排隊，昭雄原本就覺得，就像在指定的食堂裡吃準備好的飯菜一樣，一點選擇也沒有。P會在半夜唱歌一事，更讓他覺得這飯菜，有毒。

那個女人，她到底是誰？她在想什麼？昭雄好奇得不得了。

又或許，他只是想再聽一次她的歌聲。

✦

第二次遇到那名臺灣女子，是在哪一天呢？大概是某個豔陽天吧，昭雄到溪邊洗手，聽見窸窣的聲音，又看到一晃而過的人影。

昭雄原以為是偷偷摸摸的土人，問了一聲：「誰？」

沒想到對方卻跑得更快。昭雄追上，抓住之後才發現，是隻纖細白皙的胳膊。或許是用力過猛，女人一把倒進他的懷裡，兩人順勢落進淺溪中。

女人再起身時，濕透了的衣服貼在她身上，凸顯出她胸部到腰際的線條。那是一件寬大的淺色衣服，女人底下沒有再穿其他衣著，昭雄看得到胸部尖端的黑影，不禁屏住氣。他從未看過女子的裸體，他畢竟與那些上慰安所的男人不同，眼前的情景使他忍不住臉紅。

不過，慰安所的女人為什麼會出現在這裡？

女人猶豫了一下，似乎打算再跑，昭雄急了，將她推到了岸上的草叢中，壓住她的手。昭雄內心很猶豫，他不應該這樣對女性，但是他直覺意識到，這名女子想逃跑。這條溪離慰安所已經有段距離，女子跑的方向，也不是朝著慰安所，而是慰安所的相反方向。

「喂！你想去哪裡？」昭雄用日語喊。女人默不作聲。

「你想逃跑嗎？」

女人依然沒有說話，昭雄這就當作是默認了。

「就算能逃出這裡，你也逃不了的。沒有許可，你上不了船。就算能逃出這裡，也逃不出這座島。放棄吧。」

昭雄的話引起的女人的注意，一雙眼睛望向他。昭雄這才發現女人哭了。

女人又開始掙扎起來，想要擺脫昭雄。昭雄一方面想到自己的職責——作為一個士兵，放跑了這女人，會被懲罰的吧？另一方面是，他不想看到這相貌可愛的女人被射殺。

「你被抓到的話會死的。」

面對昭雄的恐嚇，女人卻沒被唬住。水珠從她眉間流下，停在長長的睫毛上。她張眼望著昭雄，昭雄反而有些害怕。

「恁遮日本狗，恁毋是人，恁無人性，是畜生。」

昭雄訝異於她居然這樣直接羞辱日本士兵，是不想活了吧……如果他是日本人，早就一巴掌打下去了。

阻止他的是什麼呢？

臺灣話，這女人說的是臺灣話。日本士兵聽不懂的臺灣話。

原來這就是那名臺灣女人嗎？

自那日以來，時刻盤據他心頭的女人，如今近在眼前？

「我毋是日本狗，我是臺灣人。」

女人聽見昭雄說臺灣話愣住了，不敢置信地望著他。正如昭雄搞不懂她為何淪落至此，她也不懂昭雄為何身在此處吧。

「我問你，你是毋是幾工前暗時，佇咧溪邊唱〈月夜愁〉？」

昭雄問。女人沒有回答，只是望著他，輕輕點了頭。

昭雄想到那個夜晚令人心疼的歌聲，以及眼前她失敗的逃跑之舉，頓時起了愛憐之心。

「你唱歌真好聽。」昭雄說，他的聲音充滿柔情。但這已經是他最節制的感想了。

昭雄觀察起這個唱歌的女人。圓月一般的臉龐，無辜而泛著水光的雙眼，看起來像隨時要哭出來。

「你叫啥物名？為什麼會佇遮？」

昭雄的聲音很溫和，但女人咬著下唇，不打算回答。昭雄補充說，「我袂講出去。你莫走，等咧就轉去。我袂講。」

女人聞言低下頭：「我毋想欲轉去。」

只是一句話，就讓昭雄感覺自己狠心。慰安所是什麼地方，他會不知道？竟然要這女人回去。阻止了女人逃亡的他，會成為欺負她的共犯吧。

南國的天氣很蹊蹺，在昭雄遲疑間，下起了暴雨。這是臺灣偶爾也會出現的那種午後急雨，昭雄並不陌生。這是雨滴打在身上會痛，所有事情都要為了它停止的雨。昭雄因為這種雨而延遲回去的時間，並不會被責怪的吧。這場雨彷彿可以讓時間暫停，昭雄決定借用這雨。他拉著女人穿過樹林，來到附近的他所知道的一間荒廢破屋避雨。一路上，昭雄順勢拉著女人的手。直到進了破屋，兩人才意識到尷尬而放開。昭雄放開時，發現女人手腕上有傷口。女人只是把手藏到身後。

這種破屋，應該是以前農人休息的地方吧。原本的使用者不知道逃去哪裡了，昭雄之前經過時發現，就記住了這地方，沒想到會在這時派上用場。

破屋依然會滴水，但已經比淋雨好多了。昭雄和女人都不好意思看向彼此，昭雄用眼角餘光觀察女人的表情。女人看著屋外滴下的雨，平靜地說：「等一下雨停，我就會轉去。」

昭雄鬆了一口氣。雨聲打在屋頂上，碰碰碰，雨勢彷彿比剛剛在屋外時更大。昭雄問出他一直好奇的問題。

「你彼工……哪會暗時佇遐唱歌？」

雨聲幾乎要蓋過他的聲音。但女人應該聽到了。

「我的朋友自殺，我毋知欲按怎……」

自殺……？

P除了想逃，還會自殺。但他們士兵卻什麼都不知道。

「我真歹勢。」昭雄說。

「為啥物你愛會失禮？」

「我啥物攏毋知，閣叫你轉去。」昭雄原本低著頭，抬起頭時，卻發現女人已經轉身向自己。淺色寬鬆衣服同樣貼在女人身上。昭雄不敢多看，只是低下頭，又看到女人手腕的傷口。

「你的手……」

昭雄一說，女人又把手遮起來。

「是予誰用的？」

女人默不作聲。

「日本兵？」

女人笑了出來。「擱有誰？你嘛真好笑。你閣替個刣人啊。」

昭雄也笑，但卻無法笑出來。

「你講了無毋著，我是日本人的狗。」

昭雄這麼說，女人突然有些慌了。大概是不擅長責備別人的人吧，馬上露出有些手足無措的表情，雙眼垂下來，做錯事般望著他。

「你是日本人的狗。」女人指著昭雄，又指著自己。「我是日本人的狗母。」

女人笑出來。是天真無邪的笑容，好像她真的說了一個笑話——這不是笑話啊。昭雄的心像要裂開一般。他想到那晚的〈月夜愁〉，她明明是擁有如月亮般澄澈心靈的人，卻被當成公共廁所，他雙手抓住女人的肩，把她扳向自己，愣愣地看著她。他要做什麼呢？他不知道。他只覺得這女人在自毀，他心疼。

女人不知道發生什麼事，眨著眼望向昭雄。

「你會當來找我，我就在慰安所……」女人終於打破沉默。但像是想阻止女人繼續說下去一般，昭雄吻上了她。

這不是太不合理了嗎？吻一個初次見面的女人，慰安所的女人。女人沒有反抗，甚至還像在回應他一樣——這使昭雄更加感覺自己過分。他這算什麼？其他人掠奪她的身體，他掠奪的吻難道就比較高尚嗎？

「日曜日。」昭雄深吸一口氣。「下一個日曜日，佇遮等我。」

昭雄只是起心動念，那麼做不是太冒險了嗎？但他覺得自己已經涉入了。如果不做點什麼，不算是個男人。

女人臉上表情夾雜驚訝與困惑，或許是昭雄的一廂情願，昭雄竟覺得她沒有感覺被冒犯。

「嗯。我會等你。」

昭雄見雨勢小，已經能夠行動。問女人是否要送她回慰安所，可以裝成是她迷路。但被女人拒絕了。昭雄在細雨中，用眼神望著女人離去的背影，突然很害怕，這會是他唯一一次見到她。

他想為她做點什麼。

✦

在那之後幾天，昭雄觀察了換班的時間，研究了土人的聚落的位置與我方哨點的配置，以一種宛若要逃兵的精神。昭雄當時約的五天後，是他的休息日。他應該能給出一個明確的時間，找出一條活路，幫助這女人安全的逃亡。就算無法馬上行動，只要繼續見到女人，就能再約下一次，他就還有時間。

下一次見面，昭雄要問她的名字。

但是五天後，昭雄來到破屋裡，等了一整天，都沒看到女人出現。這天沒有下雨，天氣晴朗得像是要把人蒸熟。昭雄坐在屋裡，預想等等女人出現時，他該說什麼。好幾次他聽到聲音，都以為是女人來了——然而開門時，又誰也沒見到。

等了一天，昭雄記憶最深的，是那天總是聽到詭異的、不祥的鳥叫聲。昭雄不想聽，但鳥叫聲卻一直傳進昭雄耳裡。

或許對那女人來說，他的約定並不重要吧。

即便昭雄事先偷偷用紙筆畫了圖，打算把圖跟筆記交給女人。這張圖要是被發現，昭雄是會被當作間諜的。他冒了這麼大的危險——那又如何，對她來說，可能都不重要。說到底，她為什麼要接受他這樣一個陌生男人的幫助呢？他們也只是見了一面而已。

昭雄之後會去慰安所找她，但不是今天。

在那之後過了幾天，在吃飯時，昭雄聽到同袍們的閒聊。那群人並不是昭雄會往來的一群，昭雄只知道主要說話的那個人，似乎姓野口。野口正在講女人的事，大概又是慰安所經驗之類的吧——然而昭雄卻聽到野口問其他人：「你們知道溪邊有個破屋嗎？」

野口之前經過那附近時，發現裡面有個女人。昭雄聽到野口說了什麼「不用錢」「不用管時間」之類的話，他意識過來時，就已經把野口推到牆上，一拳打在野口臉上了。

昭雄沒等野口還手，就迅速地跑了。雖然他有自信跟野口打，但重要的是，他怕女人還在破屋——果然他趕到時，裡面已經沒有任何人了。

該死，一切都是他害的。

昭雄在破屋地上看到一張之前沒見過的布條。布條約巴掌大，邊緣粗糙，像是從什麼東西上撕下來的。布上的字已經暈染開來，應該是因為這中間所下的雨吧。但昭雄仍然能辨識出上面寫的字。

「ぱいせ

わべだんぎりあ

りあいわえ」

那是用日文拼音的臺灣話：「歹勢，我袂當見你啊，你愛活欸。」昭雄宛若頭被敲了一記，緊緊抓著布條，失神跪下，久久無法起身。

因為打野口的事，昭雄被丟到小屋中關了兩三天。那幾天，昭雄非常痛苦。他不敢想破屋中發生的事，但又無法阻止自己不去想。他更想不通的是，到底女人為什麼要留下那些話？為什麼要道歉？又為什麼她要道別？

昭雄出來後，到了自由時間他做的第一件事，就是去慰安所。

「我要找一個臺灣女人。」排了許久的隊，終於輪到昭雄，他跟經營慰安所的中年婦女說。

「臺灣的？這裡沒有臺灣的了。」

中年婦女揮著手說。昭雄語塞。中年婦女見昭雄沒回話，不耐煩地問：「你要指定番號嗎？」慰安所裡每個人都有號碼，昭雄前面的幾個士兵都被分派到一個號碼的房間。

「……我不知道她幾號。」

中年婦女嘆氣。「那不然名字呢？」

「……我也不知道她的名字。」

中年婦女皺眉。人很多，後面還有人在排隊，沒有時間讓昭雄磨磨蹭蹭。中年婦女拿了個號碼牌給他，要他讓位給下一個。

「等等，真的沒有臺灣的了嗎？一個圓臉的，唱歌很好聽的……」

「你到底在說誰啊？」

中年婦女盯著昭雄說。她的神情，讓昭雄徹底懷疑世界上是否不存在那個女人。

昭雄後面的一個已經往前站，昭雄站在廊間，愣愣地望著手中的號碼牌。是六號。除了號碼牌外，還有個橡皮套。

六號背後是那女人的可能性有多高呢？

慰安所的通道窄小，昭雄和幾個人錯身而過。昭雄找到六號的門，前面一位剛出來。門沒有全掩，開了條縫。昭雄在門邊站了一下，敲了敲門，開門的是一名纖細、有著尖下巴臉龐的女人，不是那個嬌小的圓臉女人。

尖下巴女人臉上沒什麼表情，沾了汗水的髮絲貼在臉上，顯得有些凌亂。她見昭雄站著不動，拉昭雄進來，把門關上。她從頭到尾都沒說什麼話，雙眼也不看昭雄，就直接要脫衣服。昭雄出聲叫她停，尖下巴女人沒聽見，昭雄抓住她的手，制止了她。

昭雄直覺她心情不好，雖然他不知道為什麼。

他沒有那個心情，她也沒有，但她沒有選擇，仍然必須工作。不如就別了吧。昭雄想起他聽來的那個片段。

「你可以跟我說一句話嗎？說『你一定會平安回來的』。然後我就會開門出去。你只要為我做這件事就好。」

女人聞言皺眉，低聲說了一句「奇怪的傢伙」。接著吸了一口氣，重整表情，鄭重的對昭雄鞠躬。

「你一定會平安回來的。」

原本只是一時興起的要求，但那女人彎腰向他的那一刻，昭雄內心卻有意想不到的震動。彷彿真的有個女人在等他，彷彿他真的有一條，值得活著回家的命。

在後來幾個性命交關的危險時刻，聽著那烙印在腦海中的哀號聲時，很奇怪的，他想到的居然不是別的事情，而是尖下巴女人的那個鞠躬的模樣。為什麼如此弔詭呢？他甚至連她的模樣都記不清了。

昭雄沒有再見過唱歌的女人。他去過幾次破屋，沒有任何痕跡。他也去過幾次慰安所領過號碼牌，都只是看了一眼就走，十間房他都去過了，就是沒有那女人。他甚至趁慰安所的女人們剛好到河邊洗衣服時，跑去偷看她們。慰安所中的十個女人都在，同樣沒有看到那張在他記憶中的圓臉，就連一個講著臺灣話的女人都沒有。

昭雄後來一直把唱歌女人的布條帶在身上，那是屬於他的「武運祈長久」。說到底，誰需要千人針呢。只要一個人的思念，就夠他存活。

昭雄挺過了戰爭，挺過了等待的漫長歲月。他也不知道自己為誰活著，就算活著了，是要去哪裡？見誰呢？她不是都留下布條，說不能見他了？但也是她說的，他要活著。就當作是遵命吧。

就這樣藉著混沌不清的祝福，昭雄居然也真的平安搭上船，踏上臺灣的土地。

對著美蘭，昭雄竟一直想到那個唱歌的女人。美蘭模糊不清的照片上也是圓臉，好像和昭雄記憶中的樣子有些相似。昭雄總會不小心地，將兩個人的樣貌疊合在一起。

不過這樣的聯想，畢竟對美蘭太失禮了吧。

美蘭是看護婦助手，看護婦助手都是高女出身、純潔無瑕的女子，就像擁有凜然氣質的理玖所代表的那樣。那與慰安婦相差何止十萬八千里，兩個人再怎麼說，都不會是同一個人。只是因為同樣都是去過南洋的臺灣女子，所以才讓昭雄有此聯想吧？但婆羅洲如此之大，就算同樣在南洋，同樣在婆羅洲，昭雄會覺得是同一個人，應該是因為他的一廂情願吧。

昭雄知道，他只是假借自己跟美蘭的人鬼婚姻，偷偷思念那名唱歌的女人。

——美蘭，對不起。

但在那些獨眠的晚上，昭雄往往會想著那個唱歌的女人，到了無法抑止思念的程度。他已經窮盡當時的所有辦法了，但她就像憑空消失一樣，從此沒再出現。真的就如同她說的，「我袂當見你啊」。

唱歌女人的話，在戰爭時，還像命令一樣，從宛如神的角度確保他的性命。即便昭雄沒見到她，還是覺得她或許在某個地方看著自己。然而如今戰爭過去，昭雄活得不需費力，反而覺得如今是真正的什麼都沒有了。

這些往事他不能說，一切更像夢一樣。他只能暗自期待理玖來訪，同樣從南洋回來的理玖，會理解他的吧。

✦

「理玖，理玖。」

理玖感覺到有人輕拍自己，帶著點俏皮與親切，她很熟悉這個聲音。但已經好久沒有人這麼叫她了，會是誰呢？

她從床上坐起身，她沒開燈，窗戶開著的房間裡，有些微城市的燈火照進來。她等眼睛適應黑暗，漸漸看到了一個人影。

是蘭子。

理玖拿起床邊的燈，要把蘭子看清楚。蘭子只是笑吟吟地站在原地。她穿著那件理玖帶回來的洋裝，她的臉龐圓了一些，臉色也不像之前理玖見到的那樣蒼白。蘭子笑得直率，蘭子各種狀況總會笑，這次是真心的笑。

理玖差點要忘了現在是哪一年。

她跌坐回床上——怎麼可能蘭子會來找她。她可是摸過蘭子冰冷的手。如今的蘭子只是幻覺，只是她思念的集合而已。但就算理玖這樣想，蘭子依然沒有消失。

「我是來跟理玖道謝的。」蘭子彎腰對她說，她的聲音帶有甜甜的喜悅。

就算是幻覺，現在對理玖來說，這個蘭子也有某種真實。

「有什麼好道謝的。」

「當然有啊！因為理玖，我才能結婚。理玖真的完成了我的心願，我怎麼感謝都不夠呢。」

那樣的冥婚……算了，說來也罷。蘭子開心就好。

「你喜歡他嗎？」

「嗯。」蘭子露出小女孩一般的害羞表情。「理玖還記得南洋的事嗎？那個人就是昭雄。」

「什麼……就是那個人？你找到他了？」

不可能這麼巧吧。理玖忍不住想：「現在的蘭子果然能做到人類做不到的事呢。」

「嗯，雖然他不知道，但我們是兩情相悅。現在我覺得非常幸福。如果不是被騙到南洋，我也不會遇到他。所以，在南洋的事，最終有了美好的結局，應該也不能說完全沒有意義吧……至少對我來說是這樣的。」蘭子小心翼翼的，在說這話時不要冒犯到理玖。

理玖注意到蘭子的顧慮，但她依然沒辦法真心替蘭子開心。「美好的結局」什麼的，是理玖絕對說不出口的。她連想都不敢想。蘭子怎麼可以這麼說？她當真甘心？被騙的一切，只因為最後有一樁她一廂情願覺得美好的婚姻，她就全部都甘心了？理玖無話可說。

「要感謝理玖的事情，真的感謝不完……如果可以，我也希望理玖接受我的道歉。」

「道歉，為什麼？你做錯了什麼事嗎？」

「未來有機會我會跟理玖說的……理玖可以再來看我嗎？」

「去看你？去哪裡，吳昭雄家嗎？」

「嗯。你們都是對我來說很重要的人，昭雄見到理玖一定會很高興的。」

叫得真是親切啊，真像一對夫妻，明明就不是那樣的……理玖在那之後失去意識沉沉睡去。意識迷離間，她感覺到有人趴在她的床邊，對她說：「對不起，理玖。」是蘭子嗎？蘭子似乎還哭了。理玖想起身安慰她，卻起不來……再後來，她又感覺到有人在叫她，但醒來時，已經看不見蘭子。理玖的雙眼酸酸的，一摸，她的面頰上掛著兩道淚痕。

是她太思念蘭子了吧。

一年了。在蘭子結婚後，理玖隨即嫁了人。被介紹時，理玖只有一個要求，就是離家越遠越好。因此理玖從臺北的家嫁到了高雄。理玖當初不挑，只想趕快結婚離家，結婚一年，理玖越來越常像這天晚上一樣獨眠。

理玖嫁到高雄，完全是巧合。就算和吳昭雄就在同一個城市裡，理玖也知道他住哪，她卻從沒去拜訪過。理玖不討厭昭雄，她只是不太喜歡和昭雄相處。她可以擺出附和昭雄的樣子，可以讓這名前士兵感覺到自己被理解，理玖會本能地做這些事，即便她事後會有深深的疲憊感襲上來。

難道就不能徹底拋開那一段日子嗎？

在那之後還有兩三次，理玖都在睡夢中感覺到有人在叫自己。有時也能感覺到那聲蘭子說的「對不起」——但理玖永遠沒有搞懂，蘭子到底想道什麼歉呢？

就算是幻影，蘭子的出現也勾起了理玖無限的感傷。她多希望能真正見到蘭子，活生生的蘭子，多希望蘭子不要死……為什麼要留下她一人孤單的在這世上？就算她總是比較堅強的那一個，但這世間對她來說，還是太險惡了啊。

在前往南洋的船上，當理玖發現事情不對勁時，她就決定要憋氣。就像把頭埋入臉盆裡一樣，閉上眼就什麼也看不到、什麼也感覺不到。那些發生在水中的事，總歸不會是切身的事。她可以閉氣很長一段時間，比多數人都久。而如今，她需要的也不過就是再把頭埋進水裡一次，比氣長。

抵達的第一天，她們站成整齊的隊伍讓長官巡視時，理玖就做出決定了。經營的日本人夫婦說，她們要成為為國家奉獻身心的大和撫子。理玖在心裡冷笑，現場日本人很少，有的是朝鮮人，還有像她這般的臺灣人。成為大和撫子？從最一開始就錯了啊，錯得離譜。不是日本人的話，再怎麼樣努力都不會成為日本人，這點她在家鄉早就無比透徹地知道了。但在拿到和服、分配好房間之後，理玖看見了一線可能性。

在這裡，每位女子都要起個日本名。理玖的本名當然不是理玖，但理玖已經做出了決定。既然是六號，那她就徹徹底底成為六號吧。用六的其中一種發音（りく），為自己起名為理玖（りく）。她穿起和服，她的日語本就端正，足以忠實的扮演「大和撫子」。這裡沒有臺灣人的她，只有作為日本女人的理玖。

「理玖」這個新身分可以容納此處的所有汙穢。那個「理玖」以外的自己，她就先存放起來，等她從水裡探頭起身，再去領取。

在小房間裡躺下的多數時間，理玖對著天花板發呆。發呆的好處是，她有時間回憶很多事。理玖想起了一些很久以前的事情，而有其中一件，在這個時刻，特別縈繞在她心中。

理玖剛出來工作時，曾經聽工作餐廳裡的內地人老伯伯說，他非常小的時候看過臺灣人。那名老伯伯來自長崎，說那時海關大樓裡關了一個臺灣女孩，大家都跑去看，他也被父母帶過去了。他其實已經沒有印象，只是後來聽父母一再提起——那是個黑黑瘦瘦的蕃人小女孩，她的身邊放置著一些舊式槍枝。她雙眼無神，總是在哭。她會拿別人給她的東西，但應該是無意識的。那時日本還沒領有臺灣。老伯伯對理玖說的時候，說那個小女孩「應該就和你現在一樣大」。

按照長崎老伯伯的年紀，那是幾年前呢？八十年前嗎？八十年前的長崎，會有蕃人嗎？理玖覺得這更像是一則傳奇。但她現在卻想起這個故事，覺得無比真實。應該是因為現在被關著的她，若有人能看穿，她也是雙眼無神，總是在哭吧。

但理玖偽裝得很好，就像是個習慣這一切的日本女人。直到遇見蘭子。蘭子見到理玖，就用臺灣話對她說：

「你好，我叫陳美蘭。我對臺灣來的，你嘛是乎？」

理玖想裝作聽不懂，但在她猶豫的時刻，就已經暴露答案了。理玖從此沒和蘭子說

第二句話，直到她在簡陋的病床上見到蘭子虛弱的笑。

「理玖，你來看我啊……我足歡喜欸。」

那一次理玖衝進病房，見蘭子面色蒼白地坐在病床上，虛弱地笑著。愛笑的蘭子這次笑得有些抱歉。怎麼會是她呢？比蘭子更不堪勞軍的例子，理玖都看過。但誰能想到性情開朗柔順的蘭子，竟然是會割腕的那一個？

「你哪會遮戇！」

理玖顧不得她跟自己「不說臺灣話」的約定，出口就是這一句。她那天還罵了什麼呢？她不記得了。她抓過蘭子的手，看她手腕上繃帶滲出的血，把蘭子唸了一頓。蘭子居然不是被罵到覺得委屈，而是笑著聽理玖的罵。

「有人關心我的感覺，真好。」

理玖聽到這樣一句，又是一頓氣起來。那天，她跟蘭子約法三章：一，理玖不會叫她「陳美蘭」，而會叫她日文名「蘭子」。二，不准跟理玖說臺灣話。三，不准再割腕，其他自殺方式也不可以。

理玖說完，蘭子就笑嘻嘻的切成日文，說「はい」。

蘭子沒有其他朋友，理玖是來看她的唯一一人。如果沒有蘭子割腕的這件事，理玖應該永遠不會和她說話吧。

那晚理玖坐在床邊，蘭子沒過幾分鐘就叫她一次「理玖、理玖」，理玖煩都快被煩死了，但她也不打算離開。

「理玖、理玖。我好想家喔。」

「不要去想。」

「理玖、理玖。你覺得如果去海邊，往北看，能夠看到臺灣的南端嗎？我家在屏東，能看得到的吧。」

「我不知道。」

如果說理玖是閉氣的人，蘭子就是直接用嘴巴在水中呼吸的人。

笨蛋，這樣會嗆到也是正常的。

像理玖一樣武裝自己不就好了。為什麼蘭子什麼都不做，為什麼要把自己的想法，如此誠實的說出來呢？明明是只要偽裝起來就可以解決的事情，蘭子為什麼要那麼笨拙的迎面撞上呢？沒有人可以承受那麼多的痛苦的。

在這裡，有人學會了抽煙，有人學會了喝酒。大家都在說謊啊，沒有人在痛苦之中還選擇誠實的，除了蘭子。

但正是因為蘭子的誠實，理玖知道和自己這種逃兵相比，蘭子承受的比她多更多。該死，她原本不打算放感情的。

「理玖、理玖。你覺得我未來會結婚嗎？」

「我不知道。」

「你覺得……他會討厭我嗎？」

「我不知道。」

理玖在蘭子床邊待到昏昏欲睡，但蘭子卻始終很有精神。蘭子的語氣很平靜，但左手有時會顫抖，有時疲憊的閉上眼，又會皺起眉不能好好睡……她的手應該還很痛吧。

「我不希望……我未來的丈夫討厭我。我希望他喜歡我。」

聽到蘭子這番話，理玖的心已經碎得一塌糊塗了。為什麼還要想著結婚呢？正是因為還懷抱著渺茫的希望，所以才會發現眼前所處的是地獄啊。為什麼要這麼傻呢？

「他不會討厭你的。」

「可是當他發現……我要怎麼辦。我想把最好的留給他，但我已經沒有了啊，我什麼都沒有了啊……」

「不要再說了，求求你……」

「理玖，你為什麼要哭呢……」

「你這個……笨蛋……」

理玖雖然這樣說，但也拿不出魄力來罵人，只是掩著淚背過去。

在確認蘭子睡著後，那天半夜，理玖唯一一次，從她的逃離中逃離。唯一一次，理玖放棄了「日本人理玖」的身分，逃回溫暖的臺灣話中。只有那裡，才能容納她的一切不安。

那個涼風輕拂的半夜發生的事，應該沒有人知道吧？就連蘭子都不知道。這是理玖心中的秘密。她一個人的秘密。唯一偶然聽到的那個人，一定很快就會忘記的。

蘭子從病房出來之後，有幾天突然變得容光煥發，就像綻放的花一樣十分耀眼。理玖問她發生什麼事，蘭子的回答很奇異。

「我跑去看了海，從這邊往北看，真的可以看到臺灣南端喔。」蘭子笑吟吟地說。

怎麼可能。蘭子在說謊。理玖至少還知道，婆羅洲跟臺灣之間隔著一個比島。更不用說，這附近可沒有海，就算要走到海邊，日本兵怎麼可能讓她們過去。

「騙人。」

「沒騙你，我真的——看到了——臺灣。」

雖然蘭子說謊，但蘭子的高興卻是真的。她說起「看到臺灣」的事時，總是在偷笑。

接下來的幾天，蘭子算著日子，但還沒算到蘭子要的那一天，她就病倒了。

蘭子又躺回那張簡陋的病床。聽軍醫說，蘭子染上了瘧疾。如果是早一點還有藥可治療，但最近戰況緊急，物資短缺，蘭子可能撐不了幾天。

理玖工作結束後，就來病床邊照顧蘭子。蘭子發了高燒，表情看起來非常痛苦，豐潤的圓臉皺成一團。理玖不停用毛巾幫她擦汗，蘭子的汗都是冷的。

「理玖、理玖，日曜日。」蘭子嘴唇發白，但依然努力擠出這句。

蘭子用顫抖的雙唇，支支吾吾努力描述了一個地點。沿著溪邊走，可以發現一間破屋。日曜日，到那間破屋去。

「你會好起來的。你自己去。」理玖說。

「不，」蘭子搖搖頭，「你答應我。日曜日一定要去。」

「……好，我答應你。」

理玖很無奈。她想相信蘭子會好起來，蘭子卻比她更悲觀。蘭子的病時好時壞，稍微好一點時，她能講完整的話。理玖總想藉著這些時候相信，蘭子會好起來的。

「理玖、理玖，你在聽嗎？」

「嗯，我在聽。」

那是其中一個晚上，這天蘭子沒有冒冷汗，她只是說起話來比較慢，容易喘。

「你知道，一個人為什麼會親另一個人嗎……」

理玖好像懂了什麼。她好不想告訴蘭子。

「別問我了，你明明知道。」

「理玖說給我聽嘛……」

理玖認輸般嘆了口氣，「他喜歡你。」

蘭子虛弱地格格笑，把棉被拉高到蓋著她的半張臉。

「是誰？」

「我不知道。」蘭子的聲音在棉被裡，悶悶的。

「怎麼會不知道……」

「我真的不知道，我只知道他是臺灣人。很神奇喔，日本兵裡也有臺灣人。」

「在慰安所遇到的嗎？」

「不是喔……那種人，他才不會上慰安所呢。」

蘭子甜甜地說，理玖真是拿她沒辦法，原想反問：「是男人誰不上慰安所？」但還是沒說出口。蘭子一定是因為太喜歡對方，在心裡美化了好幾倍吧。

隔天晚上，理玖和蘭子聊了一整晚。蘭子說了她的家鄉阿猴，拿出她掛在胸前的媽祖護身符——她一直掛在身上。就算是在沒穿衣服的時候，她都會偷偷綁在頭髮上。

蘭子還要理玖教她唱歌，唱什麼都好，最好是情歌——蘭子說，「那個獨夜無伴守燈下」，理玖只好教她唱〈望春風〉。蘭子的喉嚨已經沙啞了，歌唱得一塌糊塗。就算不沙啞，理玖也知道，蘭子本來就唱得差。但沒關係，蘭子這樣的人，只要能唱得開心就好了。好不好無所謂。

那天的蘭子異常有精神，還叫理玖幫她整理頭髮，她日曜日要去見那個人。蘭子終於好轉了，理玖心裡想。那晚理玖趴在床邊睡著了，稍微放下心來後，睡得特別熟。到了深夜，被蘭子叫起來。

「理玖，理玖。」

「……什麼事？」理玖很累，稍微抬起了頭，看到蘭子拿著一個布包遞給自己。

「你收下這個，你一定要收下。」

「這是什麼？」

理玖打開，布包裹著兩樣東西，一個是另一條布，上頭寫著字。另一個是以紙綑起來的……頭髮？

「理玖，我接下來講的話，你一定要答應我。」蘭子突然正經起來。

「理玖，坐下來聽我說。第一件事，」蘭子拿起那張寫字的布條。「無論如何，日曜日時去破屋找那個臺灣男人，把這個交給他。然後，你要幫我問他的名字，他住哪裡。回來跟我說，好不好？」

「他親了你，但你連他的名字都不知道？」

蘭子低下頭不好意思的笑。

「如果能活著的話，我想要跟他結婚。我想穿上新娘禮服，白色的那種。他會穿黑色的西裝，很好看的樣子。但現在好像、有點來不及了。」

「你會結婚的。我幫你問他的名字，你們回臺灣結婚，我會去參加你們的婚禮。」

「真的是那樣就好了……真是好笑啊，以前不懂得珍惜，居然還想死。等到可以死的時候，卻因為一個人，比世界上所有人都想活著。我真是貪心啊，神明一定會笑我的吧。」

「神明會保佑你的。」除了這些話，理玖實在不知道要說什麼了。不過為什麼呢？蘭子明明比前幾天都要清醒，卻比前幾天都要絕望。

「第二件事，如果我死了的話，幫我結婚。」

蘭子一說，理玖馬上把布包放回床上，站起來。好像她要是接過布包，就是接受「蘭子會死」的這件事。

「你不會死的。」

蘭子再度把那疊布包跟頭髮推給理玖，指著她裁下來的頭髮。

「如果我死了，理玖知道怎麼做的吧？我想要冥婚。無論如何我都想結婚，如果活著，跟那個人結婚當然最好。但我死了，就只要能結婚就好。對象就交給理玖挑吧，我想跟理玖一起嫁人。有理玖陪，我就不會覺得寂寞了。理玖的丈夫一定會是個好人。」

「你不會死的……你如果真的要挑，一定會有很多男人急著娶你，蘭子這麼可愛。」

雖然是這時候說的話，但對理玖來說，這不是場面話。

「才不會。我知道的喔，就連我也知道，他們會說，你這不要臉的賤貨，我才不要娶你這種婊子。沒有人會娶我。如果當個鬼新娘，說不定還可以嫁到好人呢。」

「我才不要。」理玖吸了一口氣，努力冷靜下來。她不能縱容蘭子說這種喪氣話。

「拜託你了，你一定要答應我，幫我結婚。」

「就說你自己去結，誰要幫你結啊。」

「拜託嘛。」

「我才不要。」

「理玖這麼說，我就當你答應了。」

理玖推不過，只能收下那疊布包。蘭子看著她收下的動作，雙眼逐漸濕潤。

「理玖，我在死前知道了戀愛的感覺，我應該要開心的。但我一點也不滿足，我好想再見他一面喔……」

說到這裡，蘭子終於不可抑止的哭了起來。

「我好想活下去喔……理玖……」蘭子無助地哭著，理玖抱住她——說起來很弔詭，她和蘭子不過相識幾天，但這小她幾歲的女孩居然已經變成了世上最親近的人。理玖向來不愛與人親近，這輩子沒幾個朋友。要不是像蘭子這樣讓人放心不下，她也不會開口跟她說話。

在發現蘭子是臺灣人後，理玖一直默默關心著她。蘭子會主動找別人說話，就算被拒絕也無所謂。她會分享自己的心情，好像不懂得怎麼假裝，總是在認真的生活。

就算只是從遠處看著。理玖在小房間裡躺下來，看著頭上的燈光被男人的黑影遮蔽時，都會想到她不是一個人。

但這次蘭子的恐懼，她沒辦法一起分擔了。

就算她能擦拭蘭子的淚水，但她們彼此都知道，死亡的恐懼，蘭子還是要一個人面對。

就跟蘭子之後的世界，理玖要一個人面對一樣。

日曜日那天，蘭子劇烈抽搐。理玖從頭到尾都守在蘭子身邊，在蘭子嘔吐的時候用臉盆接住，幫蘭子擦拭身體。等到理玖忙得筋疲力盡，蘭子終於從痛苦中沉沉睡去時，一天也結束了。

隔日早上，理玖在病床旁醒來時，蘭子已變得全身冰冷。理玖解下了蘭子身上的護身符。

蘭子交付的東西除了一束頭髮以外，還有另外一張寫著字的布條。那應該是從床單上撕下來的布，上面寫著幾個平假名拼的臺灣話，說不能再見他了。

蘭子只是想道別，讓那個臺灣男人不要牽掛。但理玖有更大的企圖——她要告訴他真相。臺灣人嘛，那簡單。蘭子也想要冥婚。

那男人日曜日沒有等到，以後一定還會再去破屋的吧。理玖抓準了這點，沿著溪找到了那間破屋。她有空的時候，就去漫無目的地等。休息日時，就可以等整天。

還有一點點，理玖想看看那個男人長什麼樣子。

那一天，終於來了一個男人。

是個粗獷高壯的男人。理玖問了對方的名字，是個日本名。理玖不死心，她知道有很多臺灣人改了日本名，因此再問出身，也是日本。理玖發現不是時已經來不及，對方以為理玖對他有意思，想要對理玖非禮，理玖掙扎半天，最終沒有逃掉。被壓住的時候，她甚至還頻頻注意外面的風吹草動——要不是因為蘭子，她才不會忍受這種屈辱。在那之後，理玖就不去了。

理玖也向軍官打聽過有沒有臺灣人。六點以後是軍官的時間。和白天來的士兵不同，與軍官們的相處時間更久、更有機會開啟話題。但這些軍官就算摟著她，對於腦中所持的情報卻守得密不透風。理玖什麼都問不出來。

後來，日本戰敗了。再後來，理玖帶著蘭子的遺物回到臺灣。

理玖有種感覺，是蘭子保護了她——正是因為蘭子死了。她才能活著回臺灣。她的命是用蘭子換的。

兩年間發生的事，也會跟著人一輩子嗎？理玖回到臺灣後，越感覺到在南洋的經歷宛若烙印，揮之不去。從南洋回來後的人生何其漫長，為什麼不能夠放過她呢？

幸好，蘭子最後結成了婚。

理玖有蘭子沒有的這條命，蘭子有理玖沒有的好丈夫。這樣，算是扯平了嗎？

理玖有時會想起蘭子的話，但想到蘭子說「理玖的丈夫一定是個好人」，理玖就難過得受不了——沒有。蘭子，沒有這回事。世界上或許有好丈夫吧，但不會是我們這種人的丈夫。你是對的。當個鬼新娘，才能嫁到好人。

昭雄一定是個好人吧。

蘭子來訪後，理玖去拜訪過一次昭雄，就如同蘭子所期望的。那次拜訪很短暫，理玖穿了一件高雅的淺色洋裝，帶了一份簡單的伴手禮，上了香離開。昭雄接過時，露出不好意思的神情。他低下頭苦笑，用左手抓著頭髮。後來的六年間，理玖不知為何一直記得吳昭雄的這個表情。

理玖還夢過幾次蘭子，夢中的蘭子都是想要開口道歉，但理玖還沒聽清楚原因就醒了。夢境越來越模糊，越來越稀疏。再後來，理玖幾乎夢不到蘭子了。

理玖離了兩次婚。丈夫都很普通，他們只是擁有「想要小孩」這種普通的願望而已。但理玖清楚，那很難達成。當第一任丈夫開始納悶理玖為何不孕時，理玖受不了愧疚，而最終吐露實情。

第一任丈夫拿起家中的凳子砸向她：不要臉！

第二任丈夫氣沖沖地出了門。隔日，理玖出門時穿越街坊鄰居可疑詭異的重重視線，她當下決定從此不要再回那個家。

如果死了，自己的事情就一輩子不會有人知道，也不必忍受這種屈辱了吧。

理玖在人群中獨自走著。等到她回神時，已經立在吳昭雄家門外。

吳昭雄的家，理玖沒有忘。不如說，她一直以來都壓抑著，儘量可能不去記憶、不去思考。造訪已故友人的丈夫有什麼不行？可理玖總覺得，那樣不好。蘭子要理玖去，應該是想幫她。但如果可以，她想再撐一會。

可她最終還是失敗了。

理玖沒有敲門，是昭雄透過人影發現了她。距離上次見面已經六年，昭雄卻親切招呼理玖，彷彿多年故友。理玖心裡有種異樣的情愫，落不下來，懸在心上。

昭雄家的廳堂桌椅與六年前相類似，昭雄自己倒茶、切水果，家裡看起來沒有女主人。就算如此，理玖在心裡做了準備：她這次來不是避難的，只是想聽聽另一個版本的愛情故事。而補齊版本，是為了更完整的記憶蘭子。——還是為了蘭子。

理玖在蘭子靈位前上了香。想起來，應該告訴昭雄嗎？告訴昭雄，原來蘭子就是他吻過的那名女子。或許蘭子挑中他時，理玖就該懷疑昭雄是蘭子的牽掛之人了吧。但理玖和昭雄聊天的當時，只顧著隱瞞經歷，哪裡有時間想到？可是要是告訴了昭雄，那關於自己和蘭子的身世，可就瞞不住了。——對不起，唯有這件事，沒有辦法。就算昭雄的無知，會使他和蘭子的戀愛結婚留下小小遺憾，這件事也沒有辦法。

理玖只是閒閒散散地問起昭雄在南洋的經歷。南洋的天，南洋的海，等待渡船回臺的那些日子，昭雄多多少少說了了一些。「不好意思，都是些微不足道的事。」他低頭笑，這麼大的人了，居然還會害羞。

昭雄低頭的樣子，依然是理玖記憶中的那個表情。

「不會，我覺得很有意思。」理玖輕輕地搖搖頭。這個人面對喜歡的女性，又會露出什麼樣的表情呢？

「在南洋還有個經歷，是我一輩子都忘不掉的。」

「是什麼樣的事啊？」

「是戀愛。」

「戀愛？」

「說起來很不好意思，只是非常短暫的戀愛。我因為在夜半聽聞了一位女性唱的〈月夜愁〉，而喜歡上她。」

〈月夜愁〉……？

理玖想到蘭子根本不會唱歌。

而自己……

「我後來遇見她了。那時她正要逃跑，被我發現了。老實說，我沒想到慰安婦裡會有臺灣人。我一時衝動親了她。我們約好了再見面，但我後來再去找她時，卻找不到人……我好希望能再見她一面。不知道她有沒有成功回到臺灣？」

理玖的心跳動著。

「她一定已經成功回到臺灣了。」

她輕鬆地笑。

蘭子，你不用道歉，完全不用道歉的喔。是我運氣不好。如果只是那種程度的謊言，沒有關係的。

「真的嗎？你怎麼知道她回來臺灣了？」昭雄很興奮，抓住了理玖的肩膀。過了一會，才因為驚覺自己失態而放開。「我在說什麼，你當然不會知道……」昭雄垂下頭。

理玖懂了。懂得多年以前，為什麼蘭子要理玖去找她。這笨蛋，她想回報啊。

在這種時刻，出現這種奇蹟，不會太剛好了嗎？

理玖要求昭雄講完整個故事。所有的細節。每個片段都令理玖感到飢渴，她原來以為這是蘭子的故事，如今才發現這也是自己的故事。昭雄有時會困惑，為什麼理玖如此投入，但理玖都拒絕回答。

望著專心回憶的昭雄，理玖想，原來，讓她受辱的就是眼前這個男人。

但他什麼都不知道，他永遠都不會知道。

吶，你都已經收留蘭子了，能不能收留我？

你是個好人吧？能不能再更好一點？

理玖感覺到自己手中握有鑰匙，差一點，只差一點，就可以回歸正軌了。就可以像蘭子一樣，擁有美滿婚姻、幸福人生。理玖沒有想過那夜的逃離會成為伏筆，她原以為那是獨屬於她的秘密。命運繞了一圈，再度回到她手上。

昭雄拿出當初蘭子撕下來的布條。理玖看著布條，眼淚不由自主地滑落臉龐。她別過頭去，不想讓昭雄看到。昭雄似乎嚇壞了，拿出身上的手帕遞給理玖。

理玖接過手帕。但沒有拿起來擦，只是放在掌心上。

「理玖小姐，雖然我們只見過三次面，這麼說也許不太適合，但我有話想對理玖小姐您說。」昭雄低下頭，又害羞了起來。

理玖猜到了。但是那可能嗎？

「我雖然還不了解理玖小姐，但我能感覺得出來，理玖小姐是個善良的人。我如您所見，就只是一個家裡沒多少錢的單身男子。這不是說，我因為沒有選擇，才問理玖小姐的喔。我是真的對理玖小姐您……我也從來就沒有遇過，像理玖小姐這樣，會願意了解我的人。如果理玖小姐願意接受我的心意的話……我一定……會高興得不知道怎麼辦才好……」

理玖沒有回應。只是捏緊了手中的手帕。

就算吳昭雄接受慰安婦，理玖也不會說出真相的。但如果是吳昭雄，被發現了也無所謂吧。

應該是這樣吧。

「我總覺得理玖小姐看上去很面熟，很像一個我見過的人。」昭雄接著說。

「是誰呢？」

「像一個對我說過『你一定會平安回來的』的女人。」

聽到這句話，理玖把昭雄的手帕丟在地上。

理玖見過很多男人，多半不記得了。原來吳昭雄就是那個奇怪的傢伙啊。那天他進來，什麼也不要，就只要她說這句話。那個奇怪的男人。

「理玖小姐，很不好意思提出這樣的要求，我不會要你現在做決定……」

「別說了。」

「理玖小姐，我做錯了什麼……」

「住嘴。」

理玖大口喘著氣，瞪著吳昭雄。吳昭雄則一臉茫然。

「我要走了。代替我照顧好蘭子。」

昭雄試著攔住理玖，都被理玖拒絕了。

來不及了。從昭雄說出那句話開始，就來不及了。

離開這裡後，或許也不會有哪個地方，讓理玖可以一輩子清白的活著。但昭雄身邊已經不安全了。就算昭雄會愛她，那又如何？要賠上的自尊太慘重了。

走出昭雄家的時候，月亮已經高掛空中了。

不知不覺聊了這麼久啊。

走出昭雄家之後，夢真的要結束了。

下一站，會是哪裡呢？沒有家可去的話，會走到哪裡呢？

月色照出前方的路途，像是只要走著，總會走出一條路。

這輪月亮，理玖在蘭子的床邊看過，在昭雄家外頭與他聊天時看過，也在夜晚的溪邊看過。

她唱起那首歌。

這一回，應該真的不會有人聽到了吧？

「敢是註定　無緣分

所愛的伊　因何予阮放袂離

夢中來相見　斷腸詩唱袂止

啊……憂愁月暝」

後記

我在五、六年前開始搜集與阿台相關的資料。書中所收的這五篇文獻，即為我搜集的結果。我在做完基礎的考證工作後，於二〇一九年申請到文化部的翻譯補助，原預計於二〇二〇年完成，因疫情展延了一年，直到二〇二三年才終於把書中三篇日文文獻（日本建築家中井惠的手記〈白蟻〉、排灣女性djalan的書信〈來自蕃地〉、日本作家新宮羽雄的小說〈新婦秘話〉）翻譯完畢。〈查大人〉主要語言為日文，但我參照了文稿上的中文來翻譯，試圖還原它原本的樣貌。〈月夜愁〉原本就以中文寫成，我校定了其中部分的錯字、漏字。

這些文獻，我不知該說是虛構，又或是真實。根據這些文獻拼湊起來的「真相」，我所心心念念難以忘懷的那名排灣少女阿台，她在回臺之後，並沒有死——她活了下來，長成一名成年婦女，甚至在因緣際會之下，遇到另一名排灣少女djalan，教會了她日文。按照djalan所說，阿台不只教她日文，還教她關於日本人的思維。

阿台因一段意外的經歷，而踏上了被詛咒的人生。假使她的經驗能夠傳承，或許可以協助族人面對一八九五年後，日本在臺灣開始的統治。

但是這件事並沒有發生。阿台白白受苦了嗎？我想至少在文獻中所映照的那個可能性中，阿台並非平白無故的被擄、被排斥。她苦難的結晶留了下來。

即便djalan隱瞞她受學於阿台一事，但我想她在日英博的旅程中，或許已經因為她所承襲的經歷，而悄悄改變了什麼。她從阿台身上學到的東西，讓她在面對日本這個強勢文明時，能夠毫無懼色的、平等的思考自身文化所處的位置。那是阿台留下來的禮物。

而我現在，也只是想將這樣的「禮物」傳遞下去。

阿台的意義，一度因為我們不知道她的餘生，而被中斷。現在我希望透過翻譯這些文獻，把這份意義接上——傳承始終在那裡，只是我們過去因為被遮蔽了，因此並不知道。

多年前，在我因為調查阿台的事，而前往屏東縣牡丹鄉石門一帶時，我看到了由中井惠所設計的「西鄉都督遺跡紀念碑」。但是我那時並未認出來，它就是那個「西鄉都督遺跡紀念碑」——因為上面題的是「澄清海宇　還我河山」八個字。這樣的事情並不令人陌生，所有治臺灣史的人，都已經看過無數次歷史被塗改的痕跡。日治時代留下來的日本年號，在戰後幾乎都被改成「民國」，因此無論是明治、大正、昭和，全都成了「民國」。還有「民國前N年」這種紀年方法呢。

惠所設計的紀念碑，就這樣很長一段時間，被脈絡不清的空洞口號覆蓋住了。

如今，這座紀念碑上的文字已經改了回來。但是，一定還有許多人，只看過「澄清海宇　還我河山」，而不知道它實際上是「西鄉都督遺跡紀念碑」吧。像這樣被覆蓋後，原本的模樣就消失的例子，還有很多。記憶從來就不是一次成形，而是不斷被塗塗改改。我想，我現在也只是把被錯誤覆蓋的記憶，再度還原回來。

本書獲 109 年度文化部青年創作獎勵

國家圖書館出版品預行編目（CIP）資料

可愛的仇人 / 謝宜安作 . -- 初版 . -- 臺北市 : 大塊文化出版股份有限公司 , 2024.08

面； 公分 . -- (to ; 136)

ISBN 978-626-7483-43-5（平裝）

863.57 113010034

LOCUS

LOCUS

L O C U S

LOCUS